Spritzgebäck

Romantic Gay Comedy

AF140830

das Buch

Was die Nebenjobs angeht, darf Kunststudent Tom nicht wählerisch sein. Trotzdem versucht er, sich vor seiner neuen Aufgabe zu drücken, wo er nur kann. Das ist nur nicht so einfach, wenn im Dezember alle Welt im Einkaufsrausch ist und man im Kaufhaus als Weihnachtsmann für gute Laune sorgen soll. Das Kostüm kratzt, die Weihnachtsmusik nervt und dann tauchen auch noch ehemalige Klassenkameraden auf, die Ärger machen …

Einzig Gianluca hebt die Stimmung, als er sich ausgerechnet von Weihnachtsmann Tom eingehende Kaufberatung wünscht. Schnell wird klar, dass die Mitarbeiterpräsente dabei gar nicht im Mittelpunkt stehen. Und ehe sich Tom versieht, bekommt er einen zusätzlichen Job angeboten. Er ist hin- und hergerissen. Nicht nur, weil ihm das Angebot seltsam vorkommt, sondern auch, weil er den geheimnisvollen Fremden äußerst anziehend findet …

Eine heiße Liebesgeschichte voller spritziger Dialoge, sündhafter Kekse und gar nicht so viel Weihnachten …

der Autor

Alex Seinfriend wurde 1976 in den USA geboren. Trotz fortgeschrittenem Alter und prüden Wurzeln, schreibt er vornehmlich homoerotische Bücher. »Sex – was man nicht hat, fantasiert man herbei!« (A. S.)

Der erotisch-humorvolle Weihnachtsroman Spritzgebäck zählt zu seinen erfolgreichsten Werken. Aufgrund der guten Zusammenarbeit mit sich selbst, hat der Autor sich spontan von seinem Verlag getrennt, um seine Bücher fortan komplett in Eigenregie herauszubringen.

Alex Seinfriend

Spritzgebäck

Romantic Gay Comedy

Bibliografische Information der Deutschen Nationalbibliothek
Die Deutsche Nationalbibliothek verzeichnet diese Publikation in der Deutschen Natio-
nalbibliografie; detaillierte bibliografische Daten sind im Internet über http://dnb.d-nb.de
abrufbar.

Alex Seinfriend
Spritzgebäck
Romantic Gay Comedy

© 2012 Alex Seinfriend
www.florian-hoeltgen.de
Cover- und Buchgestaltung: Florian Höltgen
Cover 18336885 Floral design ornaments © milkal – Fotolia.com
Frontcover 27728220 Sexy Santa in bed © CURAphotography – Fotolia.com
Rückcover 34081713 Sexy man in bed © CURAphotography – Fotolia.com
Logo 19906804 Male Silhouette © kushit – Fotolia.com

Herstellung und Verlag: BoD - Books on Demand, Norderstedt
ISBN-13: 978-3739206639
2. Auflage November 2015
Originalausgabe Dezember 2012

Soundtrack

the man in the santa suit
silent night
jingle bell rock
candy cane
the man with all the toys
hard candy christmas
sleigh ride
these are the special times
joy to the world
parade of the wooden soldiers
winter wonderland
baby, it's cold outside
all i want for christmas is you

Die besinnlichen Tage
zwischen Weihnachten und Neujahr
haben schon manchen
um die Besinnung gebracht.

Joachim Ringelnatz

the man in the santa suit

KAPITEL 1

… in welchem Tom sich verkleidet …
… und seinen Traummann trifft.

Die Schicht hatte gerade erst angefangen und schon jetzt sammelte sich der Schweiß überall. Tom sah sich kurz um, bevor er sich in den Schritt fasste und kratzte. Das war mit Abstand der beschissenste Studentenjob, den er je angenommen hatte. Weihnachtsmann im Kaufhaus, ho-ho-ho. Dabei war die Hitze nicht mal das Schlimmste oder das Rumstehen, das stinkende Kostüm, das ständige Jucken … Das Übelste war die fröhliche Weihnachtsmusik in Dauerschleife. Gerade lief zum sicher vierten Mal *Last Christmas* – und er war kaum zwanzig Minuten hier! Nur gut, dass George Michael sich bestimmt nicht blicken lassen würde. Da könnte Tom für nichts garantieren …

Ein paar Meter weiter rief ein Kind und zeigte auf ihn. »Da! Daaa! Weihnachtsmann!«

»Gott, halt bloß den Mund und geh«, murmelte Tom. Als die Mutter des Schreihalses herüberschaute, nickte er aber angestrengt fröhlich und winkte. Glücklicherweise fühlte die Frau sich jedoch nicht ermutigt und zog ihr Balg eilig fort. Immerhin, der

Weihnachtsstress der Kunden bewahrte ihn vor so manch blöden Situation. Und im Gegensatz zu seinen drei Kollegen in den unteren Etagen hatte er es hier oben in der Herrenabteilung richtig gut. Nicht auszudenken, was unten bei den Fressalien und dem Kleinkrams los sein musste – oder in der Kinderabteilung. Eigentlich sollte Tom auch eher bei Film und Musik festliche Stimmung verbreiten, aber bislang hatte sich niemand beschwert, dass er seinen Wirkungsbereich heimlich verlagerte. Männer waren generell weniger anfällig für Weihnachtsfieber. Beim Klamottenkauf schien das noch mehr zu gelten, als für die Elektro- oder Medienabteilung. Hier in der Männerkleidung hielten sich auch selten Mütter mit Kindern auf und die Pärchen waren meist mit ihren Streitereien beschäftigt. Das perfekte Versteck, wenn man davon absah, dass er als rotweißer Leuchtturm blöd herumstand. Außerdem minimierte er so die Gefahr, zufällig bekannten Gesichtern ...

»Mist!« Tom drehte sich schnell um und beugte sich über einen Wühltisch mit Socken. Dann fiel ihm ein, dass er ja gar kein Kunde war. Er warf das Bündel Herrenstrümpfe zurück und tat so, als gäbe es hinten bei den Umkleiden etwas Spannendes zu sehen. Auch total blöd, aber gerade war ihm alles recht, solange seine ehemaligen Klassenkameraden bitte, bitte, bitte nur nicht ...

»He! Nikolaus!«

Tom wurde es noch viel heißer unter dem Filzzeug. Die kratzigen Klamotten sumpften regelrecht an ihm fest. Vor lauter Verzweiflung nahm er doch wieder die Strümpfe und sortierte blind herum.

»He! Wo haste denn deinen Sack?«

Das war Dennis – ausgerechnet! Zwei Jahre nach dem Abi reichten noch lange nicht aus, um die zwei gemeinsamen Jahre Oberstufe mit ihm zu neutralisieren. Und wie es schien, hatte der Blödmann sich während dieser Zeit kein Stück geändert ...

»He!«

Jetzt rempelte ihn jemand an. Tom hatte keine Wahl, er musste sich umdrehen. Aber er senkte den Kopf so, dass zumindest eine kleine Chance bestand, dass die Arschgeigen ihn hinter all dem Kunsthaar nicht erkannten.

»Bist wohl schwerhörig, was?«

Tom ballte die Fäuste. Das wär doch was: Kaufhausweihnachtsmann verprügelte Kunden.

»Der is halt schon alt«, sagte Martin.

»He! Hast du ein Problem?« Dennis trat jetzt viel zu nah an ihn heran.

Tom schluckte und schüttelte den Kopf. Das Spielchen kannte er ja aus der Schule. Dennis drängte sich mit der Brust gegen ihn, um ihn zu einer Reaktion zu zwingen. Sobald Tom auch nur die Andeutung einer Bewegung machte, würde Dennis das als Angriff werten. Und daran bestand kein Zweifel: Ob Schule oder Kaufhaus, ob Lehrer oder Kunden, Dennis hätte keine Hemmungen zuzuschlagen.

»He! Guck mich an, wenn ich mit dir rede, du Sack!«

Tom atmete tief durch. Es war egal, was er jetzt machte, die Situation würde so oder so eskalieren, weil Dennis es nun mal darauf anlegte. Das hatte man davon, wenn man sich einen roten Mantel überzog und mit Rauschebart die perfekte Zielscheibe spielte.

»Was ist? Bist du taub, Mann?«

»Nee, Arschloch!«, antwortete Tom und stieß Dennis zurück.

Der schaute ihn mit einem breiten Grinsen an. Das war die Reaktion, die er haben wollte. »Jetzt bist du tot!«

»Niemand ist hier tot, verzieht euch!«

Die Jungs drehten sich überrascht um. Tom sah erleichtert einen großen Kerl, der sich drohend aufbaute.

Dennis schwenkte sofort auf sein neues Ziel um. »Was willst

denn du?« Aber ganz so selbstsicher wirkte er nicht. Der Fremde sah in seinen feinen Klamotten zwar nicht so aus, als würde er sich gern prügeln, doch die athletische Figur war trotz Mantel recht gut zu erkennen.

»Mund zu und ab die Post«, sagte Toms Retter und drängte Dennis nun seinerseits mit dem Körper nach hinten weg. Obwohl er die Arme nicht einsetzte, ließ die Geste keinen Zweifel, dass er es ernst meinte. Dieser Typ hatte jedenfalls keine Angst vor einer Konfrontation.

»He! Was willst du, Alter?«

»Keine Diskussion, los, Marsch! Kannst froh sein, dass die hier nicht die Bullen rufen und du dich von Mama von der Wache abholen lassen musst.«

Martin und die anderen beiden lachten. Dennis sah dagegen so gar nicht amüsiert aus. »Ich sag dir, wenn wir uns irgendwo mal treffen ...«

»Ja, ich bin mir sicher, dass du mich dann ganz böse verprügeln wirst – aber nicht heute und nicht hier. Schönen Tag und tschüss.«

»Wichser!« Dennis zuckte provozierend, als wollte er doch noch zuschlagen. Sein Gegenüber zeigte sich allerdings nicht beeindruckt. Also zog er sich mit hasserfülltem Gesicht zurück.

Tom atmete erleichtert durch, als seine ehemaligen Mitschüler sich in Richtung Elektroabteilung davonmachten. Genau deshalb stand er hier und nicht da hinten. Die Arschgeigen wollten bestimmt irgendeinen Ballerscheiß für die Spielkonsole abziehen. Wenn er wirklich dort auf Posten ging, würde er jeden Tag solchen Dumpfbacken begegnen.

»Alles okay?« Der Fremde sah besorgt aus.

»Ja, danke.« Toms Stimme klang zittrig. Noch immer raste sein Herz. Nicht auszudenken, was passiert wäre, wenn sein gutaussehender Retter nicht aufgekreuzt wäre. Und zum ersten Mal in dieser Woche dachte Tom darüber nach, dass er auf diesen Job angewiesen war.

»Ja, alles okay«, wiederholte er etwas sicherer.

»Kennst du die Idioten?«

»Von der Schule, leider.«

»Oh, aber du gehst doch nicht mehr zur Schule oder wie alt bist du?«

Tom lachte. »Nein, ich bin zweiundzwanzig und studiere. Ich steh also auch nicht immer als Weihnachtsmann herum.«

»Das stelle ich mir besonders im Sommer anstrengend vor ...«

Tom ging ein Witz durch den Kopf, dass er unter seinem Mantel ganz sicher hochsommerliche Temperaturen hatte. Aber er wollte nicht, dass es eventuell zweideutig rüberkam. Außerdem war ihm nach dem Zusammentreffen mit Dennis nicht so witzig zumute.

»Und was studierst du, wenn ich fragen darf?«

»Kunst und Kunstgeschichte.«

Der Fremde lächelte breit. »Ein Künstler ...«

Tom wusste nicht recht, wie er die Reaktion auffassen sollte. Normalerweise waren die Menschen weniger begeistert. Brotlose Künste kamen nie gut an. Fast schon erwartete er den üblichen Spruch: *Also arbeitest du dich in die Sozialhilfe hoch, was?* Der hübsche Typ zeigte sich jedoch nicht so berechenbar.

»Gibt es von dir auch was zu sehen?«

»Bitte?« Tom war völlig perplex. Er brauchte einen Moment, bis er die Frage korrekt einsortiert hatte und begriff, dass sein Gegenüber keine sexuelle Anspielung gemacht hatte. Offenbar war er wider Erwarten an seinen Bildern interessiert. Tom hoffte, dass der Kerl die Verwirrung nicht richtig deutete – und durch das Kunsthaar nicht mitbekam, wie ihm das Blut ins Gesicht schoss.

»Ähm – ja, also, nein ... Ich bin noch am Anfang, aber – also, ich hab drei Bilder …« Tom brach ab. »Egal, ist eh vorbei. War nur für den Tag der offenen Tür.«

»In der Akademie?«

»Ja.«

»Dann hab ich deine Bilder sicher gesehen.«

»Oh, ähm – ja, kann sein.« Langsam irritierte es Tom, dass der Typ solch ein Interesse zeigte.

»Wie sahen die denn aus? Vielleicht kann ich mich erinnern.«

Bevor Tom seine Bilder beschreiben konnte, kam eine junge Frau heran, die sich an die Seite des Fremden schmiegte. »Schatz, dein Vater wird unerträglich. Du weißt doch, dass er nicht gern hier – einkauft.«

Die Frau sah unglaublich gut aus. Zusammen gaben die beiden ein Wahnsinnsbild ab. Und auch wenn sich das Kaufhaus gerade zu Weihnachten ordentlich bemühte, einen luxuriösen Eindruck zu machen und herausgeputzte Leute anzulocken, stachen die beiden deutlich heraus.

»Entschuldigung. Das ist meine Verlobte Marie. Ich bin übrigens Gianluca.« Sein gegenüber warf einen kontrollierenden Blick über die Schulter, dann hielt er Tom die Hand hin.

Tom wischte schnell seine eigene schwitzige Hand am Weihnachtsmantel ab, bevor er zugriff. »Tomas – also, Tom.« Hinter Gianluca sah er einen äußerst unsympathisch dreinblickenden älteren Mann mit einer zierlichen Frau neben sich. Das Paar sah aus, als wäre allein schon ihre Anwesenheit in diesem Kaufhaus eine Zumutung. Und das, obwohl es bedeutend schlechtere gab. Aber solche Leute kauften wohl generell nur vom Designer.

»Okay, Tom, du hast ja gehört, ich muss … Meine Eltern werden ungeduldig.«

Tom zuckte zusammen. »Ähm, ja, kein Problem.«

»Geschenke für die Angestellten«, fügte Marie hinzu und verdrehte die Augen.

»Ah ja«, machte Tom.

»Schatz, sag das bitte nicht so überheblich.«

»Und du sei nicht so empfindlich.«

Plötzlich hielt Gianluca noch mal inne. »Schatz, was hältst du davon, wenn du mit meinen Eltern vorgehst?«

Tom kam das *Schatz* ein bisschen künstlich vor. Er hoffte, dass die Gesellschaft sich möglichst schnell aufmachte. Auch wenn der schöne Mann ihn gerettet hatte, mit dieser Art von aufgesetzter Noblesse kam er nicht gut klar.

»Und die Geschenke?«

»Die Frauen hast du ja, die Männer bekommen Krawatten, das schaffe ich wohl, oder?«

»Wie du meinst ...« Marie sah skeptisch aus.

»Außerdem habe ich Hilfe vom Weihnachtsmann persönlich.« Gianluca warf Tom ein Lächeln zu. »Nicht wahr?«

»Öhm, eigentlich ...«

»Hörst du, Schatz? Der Weihnachtsmann hilft mir.«

»Dafür wird er nicht bezahlt«, sagte Marie und zeigte zum Abschied einen Gesichtsausdruck zwischen Missbilligung und Nachsicht.

Völlig sprachlos stand Tom am Wühltisch mit Socken. Was ging heute bloß ab? Erst die Arschgeigen aus der Schule, jetzt das. Tom war unsicher, weil er sich eh schon vor seiner eigentlichen Abteilung drückte. Wenn er auch noch ohne Auftrag den persönlichen Einkaufsberater spielte ... Andererseits, genau das war doch Dienst am Kunden!

»Entschuldige das Theater bitte. Wir sind nicht immer so.« Gianluca verzog das Gesicht. »Ich hoffe, ich hab dich nicht überrumpelt, aber ich könnte tatsächlich deine Hilfe brauchen.«

»Ähm, ja – also, nein – klar.« Irgendwas in den Augen des Kerls brachte ihn dazu, sämtliche Bedenken zu ignorieren. »Ich weiß nur nicht, ob ich der Richtige für den Job bin. Ich bin eigentlich nur der Weihnachtsmann und …«

»Wenn ich das halbwegs passend einschätze, bist du genau der Richtige.« Gianlucas Blicke wanderten einmal über den roten Mantel. »Das ist doch nur Watte hier, oder?« Er drückte gegen den Weihnachtsmannbauch.

Tom lachte. »Ja, das Meiste gehört nicht zu mir.«

»Okay, dann komm mal mit.«

Mit einem mulmigen Gefühl im Bauch folgte Tom seinem Retter. Welcher Kerl mischte sich eigentlich in so eine Auseinandersetzung wie die gerade ein? Heutzutage kümmerte sich doch jeder nur noch um sich selbst. Und danach das Gespräch und das unerwartete Interesse an Kunst. Tom hätte schwören können, dass der Typ schwul war. Doch die Verlobte passte da nicht ins Bild. Die Familie hatte Angestellte! Gianluca wollte hier günstig Geschenke kaufen, was den Eltern und der Verlobten offenbar gar nicht gefiel. Die hatten auch ganz den Eindruck gemacht, als wäre so ein Besuch in einem Kaufhaus unter ihrer Würde. Wie seltsam … Und jetzt die Blicke und die Frage nach seiner Figur! Tom fühlte sich ein bisschen bekifft. Dabei lag der letzte Joint gut zwei Monate zurück.

»Hier.« Gianluca zeigte auf die Wand mit stylischer Herrenunterwäsche und zwinkerte ihm zu.

»Ähm, du – also Sie – ähm, Sie wollen *Unterwäsche* verschenken für – Angestellte?«

»Du! Wir bleiben beim Du, okay?«

»Entschuldigung – ja, okay.«

»Du musst dich nicht entschuldigen.«

»Entschuldigung!«

»Tom, hör auf bitte.« Gianluca schüttelte belustigt den Kopf. »Und ja, ich will meinen Vater ein wenig ärgern.«

»Ach so, die Unterhose ist für ihn?«

Gianluca lachte laut. »Nein, das würde ihn nicht ärgern, das würde ihn umbringen. Also, er veranstaltet am Sonntag eine Art geschäftliches Weihnachtsessen. Wir haben etwa dreißig Angestellte in Küche und Service. Dazu noch Musiker und und und … Das ganze Programm halt. Und am Ende der langweiligen Veranstaltung bekommen die Knechte ihre langweiligen Krawatten und Taschentücher. Total aufregend, was?«

»Öhm, total.«

»Genau. Wenn die Jungs ihre Päckchen aufmachen und sexy Schlüpfer vorfinden, dürfte das doch ein wenig mehr Pfiff haben, oder?«

»Sexy Schlüpfer«, wiederholte Tom. Schnell räusperte er sich und nickte. »Und wie soll ich jetzt helfen?«

»Welche willst du haben?«

»Wie *haben*? Ich?«

»Ja, alle Angestellten bekommen ein Höschen. Zumindest die Männer.«

Tom war irritiert. »Ich bin doch gar nicht …«

»Du bist Student. Du stehst hier in einem muffigen Kostüm und schwitzt dich zu Tode. Du brauchst also Kohle. Ich hab einen Job für dich!«

Wie geschlagen taumelte Tom zwei Schritte zurück und stieß gegen einen Ständer mit Doppelrippwäsche.

»Sag mir, wenn ich falsch liege.«

»Äh, nein, nein – aber was soll ich …«

»Wenn du Lust hast, kannst du dein Kostüm mitbringen.« Gianluca zwinkerte wieder. »Oder du bringst dein künstlerisches Talent mit und malst ein Bild. Ich steh auf Kunst, und wenn du nicht gerade einen nackten Schwanz malst, kommt das sicher auch bei den Gästen gut an.«

»Ei-einen nackten Schwanz?«

»Nur ein Beispiel. Soll heißen, du sollst dich ein wenig den konservativen Arschgeigen anpassen. Blumen, Landschaften, röhrende Hirsche, du weißt schon, was ich meine. Wenn du magst, kannst du modern und abstrakt malen. Aber halt – gesellschaftstauglich. Du wirst natürlich bezahlt – und falls mir dein Bild gefällt, kauf ich es vielleicht auch.«

»Ich – ich male eigentlich – nicht so fröhliche Sachen …«

»Na, das passt doch perfekt. Mein Vater und seine Freunde wissen gar nicht, was fröhlich ist. Also haben wir einen Deal?«

»Ähm, ja, klar! Jetzt am Sonntag?«

»Ja.« Gianluca reichte ihm eine Visitenkarte. »Hier hast du meine Nummer, dann klären wir alles in Ruhe. Und jetzt sag mir bitte, welchen Slip du willst.«

»Ich trag Boxer …«

Gianluca schnaubte. »Jetzt mach's mir nicht so schwer, okay? Nur weil du keine sexy Wäsche trägst, kann ich den Jungs nicht Altherrenschlüpfer schenken!«

Etwas hilflos stand Tom vor der Wand und sah sich zum ersten Mal ganz bewusst das Sortiment an. Die Teile überstiegen sein Budget bei weitem. Aber er wusste, dass diese Retropants und Speedos gerade bei Schwulen sehr angesagt waren. Natürlich bei Schwulen, die es sich leisten konnten. Wieder dachte er darüber nach, ob Gianluca nicht vielleicht doch auf Männer abonniert sein könnte. Wer bitte war so versessen darauf, *den Jungs* ein paar *heiße Höschen* zu spendieren? Das passte eigentlich eher zu einem alten, notgeilen …

»Okay, jetzt verstehe ich den Gag«, sagte Tom. »Du willst, dass alle denken, dein Vater hätte …«

»Blitzmerker! Aber in Sachen Kunst muss ja nur die Beleuchtung hell sein, was?«

»Hey! Sei mal nicht so arschig!«

»Sagt der Weihnachtsmann, ho-ho-ho!«

»Ja, es gibt sonst keine Geschenke!«

»Hab eh schon alles. Und jetzt? Packst du die Rute aus?«

Tom spürte wieder sein Gesicht heiß werden. Wenn da nicht die Verlobte wäre, er könnte schwören ...

Gianluca kicherte. »Deine Wangen sind gleich genauso rot wie der Mantel.«

»Das ist Absicht! Steht so in meinem Vertrag!«

»Dann muss ich mir auch ein paar nette Gimmicks einfallen lassen, die ich in deinen Vertrag reinschreibe.«

Tom verfolgte Gianlucas Blick, der wieder über seinen Körper glitt. War das nicht eine eindeutige Anspielung? Erst die *Rute* jetzt *Gimmicks* im Vertrag und dazu dieses unverschämte Grinsen. Der Typ flirtete definitiv mit ihm! Oder besser: mit dem Weihnachtsmann! Von Tom war ja in diesem Kostüm nicht viel zu sehen, außer vielleicht, dass er für so einen Wattebauch ansonsten doch zu dünn war.

»Was ist jetzt mit dem Slip?«

Tom griff ein rotes Exemplar mit zwei weißen Streifen an der Seite von der Wand und reichte es Gianluca.

»Ah, weihnachtlich ...«

In diesem Moment startete erneut *Last Christmas*.

»Halt!« Tom riss seinem Gegenüber den Slip wieder aus der Hand und tauschte ihn durch einen grünen aus. »Hast recht, rotweiß geht im Winter gar nicht.«

»Weihnachtshasser?«

»Du kannst ja gern mal den Scheiß hier anziehen, dann reden wir weiter.«

Gianluca hob die Hände. »Danke-danke, aber mir ist jetzt schon ziemlich heiß.«

»Heiß – so-so!«

»Wenn ich dich so sehe, auf jeden Fall.« Er ließ die Aussage einen Moment im Raum stehen. »Dein Mantel strahlt sicher fünfzig Grad ab.«

»Glaub mir, es sind mindestens hundert hier drunter ...«

Gianluca schwenkte den grünen Speedo. »Apropos anziehen … Ist das deine Größe?«

»Keine Ahnung. Wie gesagt, ich trag sonst Shorts.«

»Weit und luftig, wie erotisch!«

»Als Weihnachtsmann ist mir der Erotikfaktor meiner Unterhose ziemlich egal!«

»Das ist aber ein Fehler! Stell dir mal vor, hier kommt – na ja, die Frau deiner Träume vorbei …«

Tom lachte. Okay, jetzt war der Augenblick gekommen, da er sich wohl outen musste. »Ich hab keine Traumfrau – außer Lady Gaga vielleicht.«

»Ein schwuler Weihnachtsmann?«

»Soll's geben …«

»Na gut, dann kommt also dein Traumkerl hier vorbei und will mit dir in die Kabine – und du hast keine sexy Unterwäsche an!«

Tom zögerte. Noch waren sie bei frechen Sprüchen und – ja, eindeutigen Flirtereien. Das ging aber nun definitiv in eine explizitere Richtung, oder? »Du siehst ja, für den allergrößten Notfall hab ich hier eine kleine Auswahl.«

Gianluca schüttelte den Kopf. »Und was ist, wenn dein Traumtyp es gar nicht erwarten kann, über dich herzufallen? Wie willst du da ungesehen dein Höschen wechseln?«

»Da mein Traumtyp mich ohnehin nicht erkennen würde, weil ich …«

»Dann halt ein perverser Kerl, der auf Weihnachtsmänner abfährt!«

»Ja, das wär natürlich eine blöde Sache, zumal das ja nicht selten vorkommen soll …«

»Siehst du! Also lass dir von mir helfen!«

»Helfen?«

»Ja, du darfst dein Mitarbeiterpräsent vorher auf Passgenauigkeit testen.« Gianluca hielt Tom den Slip hin. »Hier, anprobieren!«

Tom nahm den Speedo irritiert an und ließ sich Richtung Umkleide schieben. Völlig überrumpelt dachte er immer wieder, dass das jetzt gerade nicht wirklich passieren konnte.

»Ähm, Moment mal!« Er drehte sich weg und sah seinen Gegenüber an. »Ich muss eigentlich …«

»Auch der Weihnachtsmann muss mal aufs Klo oder eine rauchen oder was auch immer«, widersprach Gianluca sofort.

»Aber …«

»Außerdem kannst du dich ein wenig abkühlen. Ist ja nicht allzu viel Stoff, den du da anziehen musst.«

Tom ließ sich in den Umkleidebereich drängen. Nur zwei von den acht Kabinen waren frei. Vor einer diskutierte ein Sohn mit seiner Mutter. Verdammt, wie peinlich! Jetzt stand er hier, völlig überfordert mit der Situation, als Weihnachtsmann mit einem Pornohöschen in den Händen vor den Kunden.

»Los, mach schon!« Gianluca schubste ihn regelrecht zur offenen Kabine am Ende.

Am liebsten wollte Tom sich wehren, doch die Leute guckten schon seltsam. Also blieb ihm nur noch die Flucht nach vorn. Er hoffte inständig, dass sein Chef jetzt nicht gerade vor den Monitoren der Überwachungsanlage saß. Eilig verschwand er in der Kabine und zog den Vorhang zu.

Gianlucas Stimme drang mahnend zu ihm hinein: »Sag mir, wenn du sie anhast, ich will das sehen!«

»Die Angestellten bekommen das Teil aber als Geschenk, richtig? Oder ist das doch eher Arbeitskleidung?«

Gianluca lachte. »Ich bin nur neugierig, wie du unter dem Weihnachtsmannkostüm aussiehst.«

Unschlüssig stand Tom vor dem Spiegel. Das Bild, das sich ihm zeigte, war auch mit gutem Willen lediglich als verheerend zu bezeichnen. Der eingehängte Bart war verrutscht, sein Gesicht puterrot, zwei dunkle Strähnen hingen ihm schwitzig in die Stirn, darüber die silbernen Locken der Perücke. Der dicke Wattebauch unter dem Mantel sah einfach nur albern aus. Immerhin, man konnte tatsächlich erahnen, dass er eine ganz passable Figur hatte.

»Und?«, fragte Gianluca.

»Du bist ja schlimmer, als meine Mutter!«

»Darf ich gucken?«

»Gib mir ein paar Minuten, okay? Ich bin ein alter, müder Weihnachtsmann ...«

Die Worte strafte Tom augenblicklich Lügen, indem er sich wie wild die Verkleidung herunterriss. Auf keinen Fall wollte er, dass dieser möglicherweise schwule Verlobte den Vorhang beiseite riss und ihn in den ausgewaschenen Boxershorts und dem fleckigen T-Shirt sah. Die grauen Tennissocken nicht zu vergessen, die zum Vorschein kamen, als er sich die Stiefel von den Füßen trat. Es war eine Wohltat, das ganze Zeug auszuziehen zu dürfen. Und es gruselte ihn, wenn er daran dachte, dass er es gleich natürlich wieder anziehen musste.

Nebenan fingen Mutter und Sohn an zu streiten. Es gab wohl unterschiedliche Ansichten, was zum Fest klamottentechnisch gut aussah.

Tom zögerte, bevor er sich tatsächlich die Shorts runterschob. Fahrig befreite er den Slip von den Klemmen und stieg hinein. Verdammt war das Teil knapp! Tom musste fast lachen, als er seine riesigen Augen im Spiegel sah. Sein Package, wie in schwulen Kreisen die verheißungsvolle Beule vorn genannt wurde, stach richtig hervor. Dafür saß das Bündchen so tief, dass der Ansatz des Schamhaars schon zu sehen war – und zwar nicht nur ein bisschen. Was bitte hatte ihn geritten, dass er sich ausgerechnet dieses Ding aussuchen musste? Dann fiel Tom ein, dass der grüne Speedo ja gar nicht die erste Wahl gewesen war. Der rot-weiße Slip war deutlich großzügiger geschnitten. Erst auf Gianlucas Kommentar hin hatte Tom nur noch auf grün geachtet – grün, wie der Grinch, der Weihnachten nicht mochte. Und genau mit diesem Unfug hatte er sich nun in die Scheiße galoppiert. Auf keinen Fall konnte er diesem fremden Mann sein betontes Package vorstellen!

»Uuund?«, fragte Gianluca wieder.

Tom antwortete nicht. Er spürte Panik aufkommen. Auch, wenn er sicher keine schlechte Figur hatte, für so ein Höschen war er definitiv zu blass. Allein die Tatsache, dass das Bündchen gerade mal so eben noch über den Oberschenkeln verlief, anstatt wie gewohnt zehn Zentimeter höher in der Taille zu sitzen … Absolut unangenehm. Und ein Blick auf seine Kehrseite machte es nicht besser. Da schaute doch wirklich der Ansatz seiner Arschritze raus! Nein! Das ging ja mal gar …

»Tom?«

Der Vorhang bewegte sich plötzlich. Panisch versuchte Tom, den Stoff noch zu erwischen, aber Gianluca hatte schon den Kopf hereingestreckt – und glotzte … Ja, er glotzte richtig! Dann grinste er breit und breiter!

»Was?«, ranzte Tom ihn an. »Das Scheißding ist – zu klein!«

»Quatsch! Das trägt man so!«

Mit einem Mal stand Gianluca ebenfalls in der Kabine.

»Hey, ich …«

»Stell dich nicht so an! Wenn ich dir schon so ein Teil schenke, dann muss ich auch wissen, ob es passt!«

»Aber …« Tom brach in dem Moment ab, als Gianluca ihm die Hände um die Hüften legte.

»Sei mal ein bisschen locker!«

Toms Nackenhaare stellten sich auf. Der flapsige Tonfall war verschwunden. Gianluca hatte seine Aufforderung mehr geflüstert. Und er stand so dicht hinter ihm, dass er den Atem spüren konnte. Sanft aber bestimmt brachte dieser Fremde ihn dazu, sich langsam hin und her zu wiegen.

»Ja, so ist schon besser. Entspann dich mal.«

»Aber …«

»Entspann dich, verdammt!«

Tom lachte. »So klappt das bestimmt.«

»Du siehst gut aus.«

»Ich stinke.« Daran hatte er gar nicht gedacht. Das Kostüm stank ja schon wie Sau – und er selbst war total verschwitzt. Ausgerechnet jetzt stand dieser gutaussehende Kerl hinter ihm und zwang seine Hüften von einer Seite zur anderen. Hallo? Was ging eigentlich heute ab? Er wollte sich gerade von Gianluca freimachen, als er dessen Lippen im Nacken spürte. Wie elektrisiert hielt er inne. Na gut, im Grunde durfte ihn das nun nicht mehr überraschen, immerhin hatten sie ja genau auf sowas hingearbeitet mit ihren flotten Sprüchen und den Blicken. Tom war sich sicher, dass er nicht minder geflirtet hatte. Aber dass das hier ausgerechnet ihm passierte …

»Ja«, hauchte Gianluca ihm ins Ohr. »Du bist ganz schön verschwitzt. Aber genau das mag ich.«

Tom bekam am ganzen Körper Gänsehaut. Mit einem Mal war ihm so warm, als hätte er das Kostüm gar nicht ausgezogen. Und die Beule im Höschen wurde größer. Aber verdammt, das konnte er echt nicht bringen! Er konnte doch nicht mitten in der Schicht als Weihnachtsmann mit einem Kunden in der Umkleidekabine vögeln! Abgesehen davon, dass solche Aktionen ja ohnehin nicht seine Sache waren. Schwul hin, passables Aussehen her, er war einfach nicht der Typ, dem sowas passierte. Er wusste nicht mal, ob er überhaupt der Typ sein wollte.

»Alles okay?« Gianluca drückte sich jetzt an ihn. Tom sah, wie die fremden Arme sich um ihn legten, die Hände über seine klebrige Haut strichen. Dann dachte er an die Frau – Marie –, die ganz sicher das Gegenstück zu diesem Ring an ihrem Finger trug.

»Ähm, Gian…«

»Du kannst mich Luca nennen.«

»Okay, Luca, ich …« Weiter kam Tom nicht, weil Gianluca ihm jetzt seine eigene Beule gegen den Hintern drückte. Gleichzeitig streifte eine Hand zu Toms Brust hoch und rieb über die linke Brustwarze, während die andere nach unten rutschte.

Tom schnappte erschrocken nach Luft, als die Finger unter das Bündchen glitten, das eh schon viel zu tief …

»Oh …«, keuchte er. Plötzlich waren alle Bedenken vergessen.

»Ich denke, da hat jemand dringend etwas Entspannung nötig.«

Tom schloss die Augen und lehnte sich zurück. Es war ein unglaubliches Gefühl, mit diesem gutaussehenden Fremden in der Kabine zu stehen, den pulsierenden Schwanz in dessen Hand. Aber wo sollte das enden? Klar, diese Überraschung war definitiv besser, als jetzt im Kostüm den Leuten zuzuwinken. Doch Gianluca konnte nicht ernsthaft …

»Was hältst du davon, wenn wir etwas weitergehen?« Die Stimme hauchte ihm übers Ohr.

»Ich – ich, ähm …« Tom löste sich von dem Fremden. »Ich muss arbeiten …«

»Wenn du Ärger bekommst, ich kann den Part des Arbeitgebers gern übernehmen.«

Tom lachte. »Ich bin doch kein Stricher!« Eigentlich hätte er viel entrüsteter sein müssen. Aber der Gedanke, sich für Sex bezahlen zu lassen, lag ihm so fern, dass es einfach nur lustig war.

»Nein, so meine ich …«

Tom schnaubte. Auf billige Erklärungsversuche hatte er keine Lust. »Ehrlich gesagt dachte ich auch, dass du kein reicher Snob sein willst.« Toms Arm zuckte zum Vorhang. Fast hätte er ihn beiseitegezogen und wäre hinausgestürmt. »Mist!«

»Was?« Gianluca runzelte die Stirn.

»Ich wär fast rausgerannt.« Tom schüttelte belustigt den Kopf. In dem Höschen hätte das bestimmt sehr seltsam ausgesehen.

»Ich bin mir sicher, dem einen oder anderen hätte es besser gefallen als dein Kostüm.«

»Ja-ja! Los, raus hier!«

Gianluca bewegte sich nicht.

»Hallo?«

»Ich meinte es wirklich nicht so, okay?«

»Ja, ich bin ja auch nicht sauer. Dass ich rausrennen wollte, ist nur dem schwulen Diven-Knigge geschuldet. Kapitel *melodramatischer Abgang*, Abschnitt *Umkleide*.«

»Du bist wahnsinnig süß, weißt du das?«

»Ja, hab ich schon zwei bis drei Mal gehört. Bevor du gehst: Noch irgendwelche Wünsche für ein Gegenkompliment?«

Gianluca lächelte nur und schüttelte leicht den Kopf. Lustigerweise nahm Tom ihm das Kompliment tatsächlich ab. Und plötzlich freute er sich darüber. Wenn man mal all das Gestriegelte wegließ und nur auf diesen Blick achtete: Der Kerl sah wahnsinnig lieb aus. Trotz der eisblauen Augen kam eine angenehme Wärme rüber. Tom kam zu dem Schluss, dass sein Gegenüber nicht nur unglaublich gut aussah, sondern auch eine Sympathie ausstrahlte, die zu deutlich mehr als harmloser Flirterei führen konnte. Und das bedeutete nicht nur Sex …

»Ich mag dich wirklich.« Gianluca überbrückte die Distanz.

»Du kennst mich doch gar nicht. Bis gerade wusstest du nicht mal, wie ich aussehe.«

Nur ein lächeln als Antwort. Tom erschauerte, als er die Hände auf seinem Rücken spürte. Natürlich pulsierte es verlangend in seinem viel zu engen Slip.

»Und wenn ich dich in der Kunstakademie gesehen habe?«

»Dann wüsstest du noch immer nicht, dass ich hier den Hampelmann mache.«

»Dir macht man nichts vor, was?«

»Warum? Läuft das normalerweise so bei dir?«

Plötzlich beugte sich Gianluca vor und ihre Lippen berührten sich. Nicht gierig oder auffordernd. Es war bloß ein schlichter Kuss.

Tom wusste nicht so recht, wie er reagieren sollte. Dass sein Gegenüber sich für Sex mit Männern interessierte, das war ihm mittlerweile eindeutig klar. Trotzdem blieb der Fremde ziemlich geheimnisvoll. Und der zarte Kuss irritierte Tom zusätzlich. Doch dann spürte er wieder die Beule, die sich nun gegen seinen Schritt drückte. Unwillkürlich seufzte er.

»Ich sag doch, dass du Entspannung nötig hast.« Gianluca zwinkerte.

»Aber nicht hier.«

»Wo dann?«

»Ich hab erst um zwanzig Uhr Schluss …«

»So lange kann ich nicht warten!«

»Tja …«

Jetzt rutschten die Hände auf Toms Hintern und griffen fest zu. Tom unterdrückte gerade noch ein Stöhnen, als ihre Schwänze lediglich von dünnem Stoff getrennt gegeneinander rieben.

»Gib doch zu, dass du auch nicht so lange warten kannst!«

»Du bist ganz schön …«

»Aufdringlich?« Gianluca grinste breit. »Nur, wenn ich etwas wirklich haben will.«

»Und dieses Etwas ist?«

»Du legst jedes Wort auf die Goldwaage, was?«

»Nur, wenn ich prüfen will, ob jemand oder auch etwas wirklich so gut ist, wie es den Anschein macht.«

»Finde es doch heraus!«

Tom zögerte. Ja, er hatte absolut Lust, hier und jetzt mit diesem Mann zu vögeln. Aber das konnte er nicht machen. Die Kunden würden es auf jeden Fall mitbekommen. Und jederzeit konnte jemand den Vorhang beiseite ziehen ...

Trotzdem wäre er dumm, wenn er dieses Geschenk nicht annehmen würde. Er war nicht der Typ, der auf schnellen Sex stand. Aber bislang war auch noch nie ein Traummann um die Ecke gekommen und hatte ihn dazu aufgefordert. Ja, Gianluca war ganz sicher ein Traumtyp!

»Was ist jetzt? Du musst schon sagen, was du willst. Ich hab nämlich Angst, wenn ich dich loslasse, dass du dann doch noch nackt rausrennst.«

Tom kicherte. »Wie wäre es mit einem Kompromiss?«

»Und wie soll der aussehen?«

»Kein Sex!«

»Das ist ein fauler Kompromiss!«

»Ach ja?« Tom zwängte eine Hand zwischen sie und begann, Gianlucas Beule zu streicheln.

»Ja«, keuchte der. »Erst recht, wenn du sowas machst.«

»Ich finde, beim ersten Date sollte man nicht zu weit gehen.«

»So-so, jetzt haben wir also ein Date?«

»Das gehört zum Kompromiss.« Tom öffnete den Reißverschluss der Stoffhose und ließ seine Hand hineingleiten. Eine aufregende Hitze empfing ihn.

»Und wenn ich heute nach zwanzig Uhr Entspannung brauche, wäre das dann unser zweites Date?«

»Da muss ich erst ins Regelwerk gucken, ob das zulässig ist.« Dabei war sich Tom in diesem Augenblick absolut sicher, dass er in einer entspannteren Umgebung ganz bestimmt nicht widerstehen könnte. Als die fremden Hände seinen Rücken hinunterstriffen und in den Slip abtauchten, war er sich nicht mal mehr sicher, ob er wirklich bis zu einem zweiten Treffen warten konnte.

»Mit Regelwerk meinst du den schwulen Diven-Knigge, an den du dich reflexartig halten musst?«

»Ja, genau.« Tom fuhr mit seiner Hand immer wieder über den dünnen Stoff, der Gianlucas Gemächt im Zaum hielt. Er konnte es kaum erwarten, endlich Haut zu spüren.

Gianluca drängte sich noch ein Stück näher. »Ich freu mich schon auf unser zweites Date.«

»Auch, wenn der Diven-Knigge einen Datumswechsel vorschreibt?«

»Auch dann. Es sind ja nur vier Stunden länger bis nach vierundzwanzig Uhr.«

»Oh, ich weiß nicht, ob es da nicht vielleicht eher um einen gefühlten Datumswechsel geht. Gerade bei solchen Fragen beginnt der neue Tag erst nach dem Aufstehen.«

Gianluca schüttelte belustigt den Kopf. »Ich könnte mir auch vorstellen, mit dir auf andere Weise zu schlafen. Dann können wir gemeinsam aufstehen.«

Tom schluckte. Irgendwie ging das doch ein bisschen weit. Die Hände auf seinem Hintern fühlten sich absolut großartig an. Sein Schwanz zuckte jedes Mal wild, wenn Gianluca seine Arschbacken griff, sie herausfordernd knetete und immer wieder auseinanderzog. Und dabei lächelte er so neckisch. Aber das war aufregend und sexy. Das überraschende Angebot versprach eher eine andere Intimität. Wenn der Sex schiefging, dann war das kein Beinbruch. Emotionale Erwartungen bargen da schon deutlich mehr Gefahren.

»Was hast du?« Gianluca sah plötzlich besorgt aus.

»Ähm, nichts …« Das war die Standardantwort, die Tom immer auf solche Fragen gab.

»Kein Rumalbern bitte.«

Tom sah in die hellblauen Augen. Da lag tatsächlich echtes Interesse drin.

»Sag schon.«

»Ich weiß nicht, ob das nicht ein bisschen zu schnell ein bisschen zu viel ist.«

Gianluca lächelte. »Du machst dir zu viele Gedanken. Ich werde mich nicht in dein Leben drängen, wenn du das nicht magst.«

»Hm-hm«, machte Tom. Im Grunde hatte er gerade genau die gegenteilige Befürchtung. Wenn ein solcher Traumkerl einem Versprechungen machte, dann kam man eventuell auf die dumme Vorstellung, dass daraus tatsächlich etwas werden könnte.

»Alles okay?«

»Ja!« Tom lächelte. Jawohl, er dachte zu viel nach. Er würde diese Gelegenheit jetzt beim Schopf packen – oder woanders – und über alles Weitere später grübeln. Toms Hand glitt endlich in den Slip hinein.

»Hey!«, keuchte Gianluca.

»Was? Bin ich zu schnell?«

»Nein! Mach weiter!«

Heiß und samtig lag die fremde Erektion in Toms Hand. Vorsichtig zog er sie durch den Reißverschluss und drängte sein Becken vor. Sein eigener Schwanz reagierte sofort auf das Feuer, das nun viel näher aufloderte.

»Wow«, entfuhr es ihm.

Gianluca grinste. »Du hast sowas doch nicht zum ersten Mal in der Hand?«

Tom schüttelte belustigt den Kopf. »Nee. Fühlt sich trotzdem gut an.« Dass er tatsächlich nicht allzu viel Erfahrung hatte, verschwieg er lieber. Neugierig sah er zwischen ihnen hinunter. Gianluca war ziemlich groß gebaut. Pochend lag der stark geäderte Schaft in seiner Hand. Tom zog langsam die Vorhaut zurück, um die Eichel freizulegen. Er musste sich wirklich beherrschen, um beim Anblick der rosafarbenen Schwanzspitze nicht gleich auf die Knie zu sinken. Stattdessen rieb er sie an seiner Beule. Sein eigener Schwanz kämpfte wild gegen den engen Slip an.

»Da will jemand spielen.« Gianluca schob den Speedo ein Stück hinunter.

Toms Latte sprang hervor. Es war ein sensationelles Gefühl, da unten endlich frei zu sein. Dann beugte er sich keuchend vor, als er die fremde Hand an seinem besten Stück spürte. Wie selbstverständlich landete sein Mund auf Gianlucas Lippen. Weich gaben sie nach und seine Zunge tauchte ein. Überwältigt von diesem Rausch, packte er den Fremden im Nacken. Wild drängte er sich an ihn, stieß sich in dessen Faust, drückte und rieb den anderen Schwanz fest und stöhnte hemmungslos in den Kuss hinein. Offenbar überrascht von diesem plötzlichen Ausbruch der Leidenschaft, kam Gianluca aus dem Gleichgewicht. Haltlos taumelten sie zurück und Tom krachte mit dem Rücken gegen die Spiegelwand. Sofort hielten sie inne.

»Ups«, keuchte Gianluca.

Tom verzog das Gesicht und flüsterte: »Das haben jetzt alle mitbekommen.«

»Alles in Ordnung da drin?«, fragte auch gleich eine Frauenstimme.

»Alles bestens«, erwiderte Tom. »Hab das Hosenbein nicht erwischt.« Dann senkte er die Stimme wieder. »Siehst du. Ich sag doch, dass das hier nicht …«

»Ich find's hier absolut richtig«, unterbrach Gianluca.

Wieder zog Tom ihn zu sich. Ihre Steifen rieben aufreizend aneinander und es dauerte nicht lang, bis sie sich erneut ungestüm ineinander verschlangen. Ihre Zungen boten sich ein aufregendes Gefecht, während Tom seinen Slip weiter hinunterschob. Da das Teil so knapp geschnitten war, musste er den Kuss lösen, um den Stoff ganz loszuwerden. Dann stand er vollkommen nackt vor Gianluca. Irgendwie kam es ihm komisch vor, dass sein Gegenüber im Grunde noch vollständig bekleidet war. Nur der Mantel lag auf dem Boden und die enorme Erektion ragte aus der Hose hervor. Wenn jetzt jemand …

Gianluca unterbrach den Gedanken. »Du bist dir sicher, dass du bis zum zweiten Date warten willst?«

Tom war sich kein bisschen mehr sicher. Diese ganze Situation überforderte ihn mächtig. Erneut fühlte er das schlechte Gewissen, weil er nicht wie vertraglich vereinbart auf dem Posten stand. Stattdessen stand er hier in einer Kabine, lediglich durch einen Vorhang von der Öffentlichkeit getrennt, und haderte tatsächlich mit sich, ob er nicht mit einem Kunden Sex haben sollte.

»Nein«, sagte Tom. »Ich meine: ja! Ich bin mir sicher.« Er lachte und kam sich dabei ziemlich blöd vor. Bevor Gianluca etwas erwidern konnte, ergriff er aber dessen Schwanz und fing an, ihn kräftig zu reiben.

»Oh Mann!« Gianluca hauchte die Worte in sein Ohr. »Du magst mir nicht mal einen blasen?«

»Das wäre doch Sex, oder?«

»Nicht richtig, glaub ich.«

»Halbe Sachen gibt's nicht.«

»Glaub mir, ich hab schon viel gesehen.«

Tom spürte, wie Gianluca ihm bei diesen Worten den Schwanz drückte. Sofort fühlte er sich unwohl. Was sollte das denn jetzt heißen? Klar, das, was Tom hier in der Hand hielt, war eindeutig eine Nummer größer, aber …

»Hey, das war nicht auf dich bezogen.« Gianluca lachte.

»Mmh«, machte Tom. »Irgendwo hab ich mal gelesen, dass es einen Grund hat, weshalb man sich bei Sexabenteuern in der Regel nicht unterhält.«

»Vielleicht überlässt du das mit dem Lesen lieber den Germanistikstudenten.«

»Ein Kompliment schubst das nächste vom Treppchen.«

»Hab ich dir schon gesagt, dass du unheimlich sexy aussiehst und ich gern mit dir vögeln würde?«

»Ja, das ist einigermaßen rübergekommen.«

Gianluca zwinkerte. »Schade nur, dass du so anständig bist.«

»Ich weiß, was du vorhast. Ich lass mich aber nicht provozieren.«

»Verdammt auch ...«

Tom ließ den Schwanz los und zog Gianluca an sich. Keine Frage, er würde nur zu gern seinem Verlangen nachgeben. Doch das war hier nicht der richtige Ort. Nur weil da ein echt toller Kerl daherkam und nach Sex verlangte, konnte er schließlich nicht all seine Prinzipien über Bord werfen. Natürlich bestand die Gefahr, dass Gianluca gar kein näheres Interesse mehr an ihm haben würde, wenn er nicht bekam, was er wollte. Gleichzeitig erhöhte sich aber auch die Chance, dass sie sich wirklich noch mal sehen würden. Und der Spaß mit dem Knigge hin, enorme Geilheit her, beim ersten Aufeinandertreffen gab man einfach nicht alles von sich. Das musste jedoch nicht heißen, dass weniger nicht Spaß machen konnte ...

Sie küssten sich wie wild und rieben sich gegenseitig. Immer, wenn Gianluca zu fordernd wurde, drängte Tom ihn ein Stück zurück und erzwang eine Pause. Derweil bearbeitete dann jeder seinen eigenen Schwanz. Und es war absolut heiß, Gianluca dabei zuzusehen. Überhaupt lag da eine unglaubliche Spannung in der Luft, wenn er ihm in die Augen sah. Gianluca fing zwischendurch mit einem sensationellen Lächeln seinen Blick auf. Und obwohl sie sich in den Momenten, die Tom ihn auf Abstand brachte, nicht berührten, fühlte sich dieses gemeinsame Wichsen fast noch intimer an, als würden sie sich gegenseitig berühren.

Tom bemerkte ein leichtes Zucken im Gesicht seines Gegenübers. »Kannst du schon?«

»Gleich. Und du?«

»Wenn ich mich beeile ...« Tom beschleunigte seine Bewegungen. Er spürte Gianlucas Blicke auf sich wie ein sanftes Streicheln. Es war seltsam, sich völlig nackt beim Handbetrieb zuschauen zu lassen. Aber seinerseits fand Tom es auch aufregend, Gianlucas Reaktionen zu beobachten. Obwohl der Mann einen beeindruckenden Schwanz hatte und inzwischen auch seine prallen, runden Eier durch den Reißverschluss nach draußen gefunden hatten, sah Tom ihm viel lieber in die Augen. Und da war es wieder, das unglaubliche Lächeln. Fast zeitgleich spürte er ein sanftes Kribbeln durch seine Lenden ziehen.

»Ich glaub, ich ...«

»Komm her!«, unterbrach ihn Gianluca.

Ihre Münder verschmolzen erneut zu einem berauschenden Kuss. Und diesmal brachte Tom seinen Partner nicht auf Abstand. Er presste seine Lippen so hart gegen Gianlucas, dass es beinahe weh tat. Unten stießen ihre Fäuste immer wieder gegeneinander. Ab und zu berührten sich die Schwanzspitzen und die Hitze des anderen sprang über. Tom schaffte es nicht, sein Tempo beizubehalten. Wenn er nicht sofort abspritzen wollte, musste er zwischendurch aussetzen. Dabei hätte er seinen Höhepunkt am liebsten an Gianlucas Schwanz gepresst erlebt. Aber er konnte ihm ja nicht die Anzughose einsauen.

Plötzlich keuchte Gianluca und zuckte unkontrolliert. Tom fing das Stöhnen mit dem Mund auf, hielt seinen Gegenüber fest, damit er nicht wegkonnte. Kurz darauf spürte er das Sperma in heißen Schüben gegen seinen Bauch spritzen. Gianluca zitterte und drängte sein Becken vor. Tom umfasste die nasse Eichel und rieb sie an seinem Steifen. Seine Eier zogen sich zusammen. Auch er stand kurz vor der Explosion. Und die Tatsache, dass er sich gerade mit Gianlucas Saft einrieb, befeuerte die Lust nur noch mehr. Doch Gianluca machte keine Anstalten, sich zurückzuziehen. Offenbar war er wieder zu sich gekommen, denn er nahm nochmals das leidenschaftliche Zungenspiel auf. Als er dann noch die Hand zwischen Toms Beine schob und ihm den Sack knetete, war es vorbei.

»Ich komme«, keuchte Tom und stieß Gianluca weg. Der brachte sich und seine Klamotten jedoch gar nicht in Sicherheit, wie Tom vermutet hatte, sondern ließ sich blitzschnell auf die Knie nieder. Ehe Tom sich versah, tanzte die fremde Zunge nicht mehr in seinem Mund. Heiß und feucht flatterte sie um seine pulsierende Eichel.

»Oh Mann!« Erschrocken biss er sich auf die Unterlippe. Den Seufzer hatte man ganz sicher noch drei Kabinen weiter gehört. Doch dann verschwand die Welt um ihn herum und es gab nur noch dieses fast unerträgliche Kribbeln. Unaufhaltsam beschleunigte sich der süße Schock auf dem Weg durch seinen Körper. Es schien, als würde er in die Luft katapultiert und wäre mit einem Mal schwerelos. Während Gianlucas Hände ihn massierten, pumpte er ihm haltlos seine Lust entgegen. Mit geschlossenen Augen sah er das Gesicht seines Traummanns vor sich. Eisblaue Augen, warmer Blick, schelmisches Grinsen – ein verdammt schöner Mann. Und ausgerechnet der kniete jetzt gerade vor ihm ...

»Wow!«, machte Tom.

»Na ja, so viel hab ich nicht gemacht, aber danke.« Gianluca kam auf die Beine und lächelte verschmitzt.

Tom war zu erschöpft, um darauf eine schlagfertige Antwort zu geben. Stattdessen wollte er seinen Gegenüber wieder an sich ziehen und küssen, als ihm einfiel, dass er das fremde Sperma auf dem Bauch hatte. Er durfte die Klamotten seines Liebhabers nicht ... Tom Riss die Augen auf und deutete auf das Sakko, auf dem mehrere lustvolle Spritzer zu sehen waren.

Gianluca schaute an sich hinunter und zuckte mit den Achseln. »Ich gehe gleich zum Essen. Du weißt doch, vorher nix Süßes!«

»Ähm, ja klar.« Tom schüttelte irritiert den Kopf. »Kauf dir was zum Mitnehmen und lass den Mantel an …«

Gleichgültig zog Gianluca ein Taschentuch aus seiner Hosentasche und wischte über das Sakko. »Wenn ich meinen Eltern sage, dass mir ein schöner Jüngling ein Andenken verpasst hat, fällt das Essen vielleicht kürzer aus, als ich zu hoffen wage.« Dann zwinkerte er. »Marie hat Ersatzklamotten dabei. Nobelrestaurant, da darf's gern noch schicker sein.«

Da war sie also wieder, die Verlobte. Tom schluckte. Jetzt meldete sich auch der Verstand zurück. Wie konnte er ernsthaft ein zweites Date in Betracht ziehen, wenn er doch wusste, dass Gianluca mit ihm seine zukünftige Frau betrog? Erst einen Moment später wurde ihm klar, dass der Betrug ja soeben schon geschehen war. Und er hatte dabei mitgemacht. Er hatte sich sogar ein wenig dem Gedanken hingegeben, dass vielleicht mehr aus ihnen werden könnte. Wie albern!

»Was ist?«

»Nichts«, sagte Tom. »Ich muss jetzt …« Er sah an sich hinunter, wischte mit den Händen über seinen Bauch und verrieb das Sperma. Na, das würde eine schöne Sauerei geben. »Ich muss zurück an die Arbeit.« Tom hob den grünen Speedo auf und putzte sich mit dem bisschen Stoff ab.

»Hey! Damit muss ich an die Kasse!« Gianluca nahm den Slip an sich. Seinen Schwanz hatte er inzwischen wieder weggepackt. Nur ein feuchter Fleck war noch neben dem Reißverschluss zu sehen. Tom deutete darauf.

»Na, hoffentlich hat sie auch eine zweite Hose dabei …« Gianluca lächelte wieder, aber jetzt fand Tom es gar nicht mehr so anziehend. Der Mann ging ganz schön locker damit um, dass er gleich nach dem Fremdgehen mit Spermaflecken auf den Klamotten der frisch betrogenen Verlobten begegnen würde.

»Mmh«, machte Gianluca.

»Was?«

»Bleibt es beim zweiten Date?«

»Ich hab ja deine Nummer.« Tom spürte sofort das schlechte Gewissen. Vor nicht mal zehn Minuten hatte er sich noch genau das gewünscht – ein zweites Treffen, richtiger Sex, vielleicht sogar mehr. Und jetzt wollte er Gianluca abwimmeln. »Ich ruf dich an, okay?«

Gianluca stutzte. »Warum habe ich gerade das Gefühl, dass das hier das Ende eines Bewerbungsgesprächs für einen Job ist, den ich nicht bekommen werde?«

Tom schoss die Hitze ins Gesicht. Schnell bückte er sich nach dem Kostüm und begann sich anzuziehen. »Für mich geht's doch um einen Job«, sagte er. »Oder war das nicht ernst gemeint?«

»Doch, war es.« Gianluca zögerte. »Ich würde mich freuen, wenn das mit dem zweiten Date auch ernst gemeint war.«

Tom atmete tief durch. »Du wirst bald heiraten, oder?«

»Ach, darum geht es?«

»Ja, darum geht es. So, lass mich jetzt bitte wieder an die Arbeit.«

Einen Moment blieb Gianluca noch stehen. Er sah überrascht aus und sehr ernst, vielleicht sogar traurig. Dann ging er.

Tom zog sich an. Kaum hatte er den Mantel geschlossen, spürte er, wie das verriebene Sperma auf seinem Bauch durch die Hitze einen schleimigen Film bildete. Wie konnte so etwas Schönes wie Sex manchmal nur wenige Augenblicke nach dem Höhepunkt zu einer ziemlich ekligen Sache werden? Tom beschloss, dass er Gianluca nicht anrufen würde. Wahrscheinlich war das Jobangebot ohnehin nur der Aufhänger für diesen Quickie gewesen.

Mit einem seltsamen Gefühl verließ Tom die Umkleide. Ein älterer Mann schaute recht irritiert. Was der sich wohl dachte, weshalb da ein Weihnachtsmann aus der Umkleide kam? Eigentlich wäre der Gedanke zum Lachen, doch Tom kam es furchtbar schrecklich vor, jetzt wieder in diesem Kostüm ganz normal seine Arbeit tun zu müssen. Das alles war so unwirklich gewesen, fast wie ein Traum. Und nun hatte ihn die Realität …

Etwas traf ihn hart im Bauch. Tom beugte sich automatisch vor und drehte gerade noch das Gesicht weg, als etwas von unten auf ihn zuraste und seitlich am Kopf traf. Erst, als er unsanft nach hinten geschubst wurde und auf dem Boden landete, sah er das hämische Grinsen von Dennis. »Schwuchtel!«

Tom begriff, dass der Blödmann ihm in den Bauch geboxt hatte. Das tat dank dem Kostüm gar nicht so weh. Dafür schmerzte das Ohr ziemlich, wo ihn Dennis' Knie getroffen hatte.

Lachend zog das Arschloch ab. Tom blieb einfach zwischen den Wühltischen sitzen und schloss die Augen. Was für ein verrückter Arbeitstag! Aber wahrscheinlich hatte er diese Abreibung mehr als verdient, immerhin hatte er gerade an einen vergebenen Mann Hand angelegt.

Und da waren sie wieder: Wham! *Last Christmas* …

silent night

KAPITEL 2

... in welchem Tom ganz unerwartet geküsst wird ...
... und trotzdem einschläft.

Das Beste an dem Job war, dass es offensichtlich nicht mal auffiel, wenn er ihn gar nicht machte. Bis zum Dienstschluss hatte Tom sich gefragt, wann denn sein Vorgesetzter ihn nun endlich auf den Ausflug in die Kundenkabine ansprechen würde. Gleich danach hatte ihn die Sorge gequält, dass Dennis vielleicht noch mal auftauchen könnte – oder jemand anderes, den er kannte. Aber nichts davon war geschehen. Er musste lediglich dumm in der Gegend rumstehen und ab und zu freundlich nicken und winken. Die meisten Kunden beachteten ihn weiterhin so sehr, wie die Queen einen ihrer Royal Guards. In der Spielwarenabteilung hatte man ganz sicher mehr zu tun.

Schließlich war der Feierabend endlich da. Tom verschwand durchs Treppenhaus in den Mitarbeiterbereich. Man hatte ihnen eine kleine Rumpelkammer zugewiesen. Zwei der anderen Studenten zogen sich bereits um und redeten über ihre Erlebnisse als Weihnachtsmann. Tom hatte keine Lust, sich an derartigen Gesprächen zu beteiligen. Das, was er erlebt hatte, war ohnehin nicht für Smalltalk geeignet. Sex mit einem Kunden und von ehemaligen Mitschülern niedergeschlagen worden. Vielleicht, wenn er hetero gewesen wäre und eine heiße Blondine geknallt hätte, ja, dann wäre das was anderes, dann hätte ihm der Ehrenkodex der Hetenmänner sicherlich befohlen, das Erlebnis laut hinauszubrüllen. Die Begegnung mit Dennis wäre in dem Fall wohl gar nicht erst passiert. Es sei denn, es hätte sich bei der Blondine um Dennis' Freundin gehandelt. Da hätte man die Herrenabteilung kurzerhand zu einem öffentlichen Boxring umfunktioniert, mit ordentlich jubelndem Publikum drum herum ...

»Hey, wie war's bei dir?«, fragte einer der Jungs.

»Hmm«, machte Tom.

»Das klingt ja begeistert.«

»Ich hasse Weihnachten!«

»Dann ist der Job für dich ja die pure Freude.«

Tom antwortete nicht mehr und zog das verschwitzte Kostüm aus. Er roch das Sperma, das er auf seinem Bauch verrieben hatte. Sofort wurde ihm heiß. Vielleicht hätte er mit dem Feierabend lieber etwas warten sollen ... Jetzt war es zu spät. Blieb nur zu hoffen, dass es niemand merkte.

»Ist doch ein Witz, dass die für jeden nur ein einziges Kostüm haben!«, sagte einer der beiden.

»Zumindest sollten sie uns den Scheiß waschen lassen.«

»Kannste ja, aber nur übers Wochenende.«

»Echt? Ich hab extra gefragt und die Inge meinte, dass das Firmeneigentum ist und erst nach Weihnachten in die Reinigung kommt.«

»Ach, hör auf! Gestunken hat das Zeug doch von Anfang an. Als ob die das reinigen lassen!«

»Und es wird nicht gerade besser ...«

»Nimm's einfach morgen mit.« Der Typ lachte. »Und wenn du am Montag dann mit eingelaufenen Klamotten hier auftauchst, machste halt auf Gartenzwerg.«

Tom versuchte, das Gespräch zu ignorieren. Eilig riss er sich seine Alltagskleidung über den Körper und hängte das Kostüm an seinen Platz. »Bis morgen dann.«

Die Jungs grüßten zurück, aber Tom sah ihre verwunderten Blicke. Offenbar kam es seltsam rüber, dass er nicht so gesprächig war und schnell nach Hause wollte.

Im Treppenhaus traf er noch auf den verschwitzten vierten Weihnachtsmann, der ihm dringend etwas Lustiges erzählen wollte. Tom deutete nur auf sein Handgelenk, an dem er keine Uhr trug, und eilte weiter. In der Personalabteilung meldete er sich ab und war frei – für heute.

Als er das Kaufhaus durch den Mitarbeitereingang verließ, war es längst dunkel. Dennoch hetzten genügend Menschen herum, um noch schnell etwas zu kaufen oder ihren Bus zu bekommen. Tom fühlte sich unwohl, so verschwitzt und mit Sexgeruch. Aber wahrscheinlich nahmen das die anderen eh nicht wahr. Trotzdem, die Vorstellung, jetzt zwanzig Minuten in einem vollen Bus zu stehen, erschien ihm heute um einiges schlimmer als sonst. Da er jedoch nach Hause wollte, blieb ihm nichts anderes …

Plötzlich fuhr eine große Limousine vor und hupte. Tom zuckte zusammen. »Was …«

Er brach seinen Fluch ab, als vor ihm die Scheibe hinabglitt. Es lag bestimmt am Schreck oder an den seltsamen Erlebnissen des Tages überhaupt, dass Tom viel zu lange ungläubig starrte.

Gianluca lächelte ihn an. »Haben Sie ein privates Taxi bestellt?«

Tom bemerkte, dass er wohl ziemlich blöd guckte. Aber er konnte da gerade nichts gegen tun. Sein Herz machte einen kleinen Freudenhüpfer. Und das, obwohl er sich vor ein paar Stunden entschieden hatte, kein Interesse für diesen Mann zu haben. Tja, so war das mit dem Herz, unbelehrbar und störrisch und allzeit bereit, einen in Schwierigkeiten zu bringen.

»Es sei denn, du willst lieber mit den Öffentlichen fahren oder hast ein besseres Date ...«

»Ähm ...« Tom schüttelte den Kopf – einerseits als Antwort, andererseits, um wieder halbwegs klar zu werden.

»Los, steig schon ein.«

Endlich kam er in die Gänge und lief um den Wagen herum. Er kannte sich mit Autos nicht aus, aber so einen Schlitten konnten sich ganz bestimmt nur die Wenigsten leisten. Erneut zögerte er. Sollte er wirklich einsteigen? Und dann? Noch hatte er die Möglichkeit, einfach abzuhauen ...

Gianluca stieß die Beifahrertür auf. »Keine Angst, ich beiße dich nur, wenn du es willst.«

»Aber du hast schon dran gedacht.«

»Glaub mir, jeder, der bei deinem Anblick nicht daran denkt, ist nicht ganz bei Trost.«

Tom stieg endlich ein.

»Ah, du stehst auf Komplimente?«

»Ich steh auf Heizung.«

»Ja, das war auch mein Ausgangspunkt. Heizung reicht eigentlich. Mein Vater hat allerdings darauf bestanden, dass ich mir ein anständiges Auto drum herum bauen lasse.«

Tom verkniff sich einen Spruch über reiche Eltern. Gianluca war wirklich nett. Er wollte es nicht übertreiben. Trotzdem spürte er den Wunsch nach Distanz. Da war noch immer die Verlobte. Und die Tatsache, dass Tom verschwitzt und klebrig war, trug nicht unbedingt dazu bei, sich wohlzufühlen.

»Wohin?«, fragte Gianluca.

»Ich muss auf jeden Fall erst nach Hause.« Tom dachte an die kleine Bude, die er sich mit einem Chemiestudenten teilte. Nicht gerade die besten Voraussetzungen, um bei einem solchen Date zu punkten. Abgesehen davon, dass er sich natürlich eh längst von einem Date verabschiedet hatte und noch nicht mal sicher war, ob er tatsächlich schnellen Sex haben wollte. Und dennoch beschrieb er brav den Weg und sie fuhren eine Weile schweigend durch die Stadt.

»Bist du nervös?«, fragte Gianluca irgendwann.

»Nein, warum?«

»Du hibbelst so herum.«

Tom hielt sofort die Beine still. Dann bemerkte er, dass seine Finger automatisch an der Jeans herumnestelten. Auch das ließ er schnell sein und sah aus dem Fenster. Natürlich war er nervös! Ein reicher Kerl fuhr ihn nach Hause und er hatte keinen Plan, wie der Abend enden würde. Wahrscheinlich hatte er nicht mal halbwegs angemessene Kleidung im Schrank, um mit diesem Mann noch wegzugehen. Durch Schmuddelkneipen wollte der mit seinen schicken Klamotten ganz sicher nicht ziehen.

»Du hast gesagt, du willst erst nach Hause«, nahm Gianluca das Gespräch wieder auf. »Was hast du danach vor?«

»Ähm, ich dachte … Hast du denn nichts vor?«

»Du wolltest doch mit mir schlafen!«

Tom lachte, aber es klang selbst in seinen Ohren verzweifelt.

»Ich will mich aber auch nicht aufdrängen«, sagte Gianluca.

»Ich wohne nicht allein und – na ja, es ist eine Chaos-WG. Ich weiß nicht …«

»Kein Problem. Du bist Student und Künstler. Wenn ich da in eine aufgeräumte Wohnung käme, wäre ich enttäuscht.«

Tom spürte, dass ihm leicht schlecht wurde. »Ich muss mich echt nur kurz duschen, dann können wir …«

»Ich hatte gehofft, dass du mir vielleicht ein paar von deinen Bildern zeigst.«

»Die meisten sind in der Akademie. Ich hab ja nur ein kleines Zimmer.«

»Schade. Okay, was sollen wir dann machen?«

Tom schwieg. Ja, was sollte er diesem Mann vorschlagen? Zu

ihm konnten sie ja wahrscheinlich ebenfalls nicht, da dort garantiert die Verlobte wartete. Und Tom würde sich zudem in einem Luxushaus nicht sonderlich wohlfühlen. Die Übelkeit nahm zu. Das war doch alles völliger Mist! Er und ein reicher Typ, das passte nicht mal nur für Sex. Aber den Job am Sonntag konnte er durchaus brauchen … Irgendwie erinnerte ihn das unangenehm an Prostitution. Ein Grund mehr, die Sache abzubrechen und …

»Hier rein?«, fragte Gianluca plötzlich.

»Ja, genau, die Straße runter, da hinten an der Kreuzung rechts.«

Knapp drei Minuten später stellte Gianluca den Motor ab und sah ihn fragend an. Toms Herz klopfte wie wild.

»Wie lange brauchst du?«

Tom ging im Geiste seine Klamotten durch. Das würde definitiv etwas Zeit in Anspruch nehmen, da etwas nicht gar so Unpassendes zusammenzustellen. »Ist eine halbe Stunde okay?«

Gianluca zögerte.

»Zwanzig Minuten!«, verbesserte Tom.

»Wenn ich das gewusst hätte …«

Tom hielt erschrocken den Atem an. Wie peinlich! Jetzt kam der Moment, in dem sich Gianluca umentscheiden und abhauen würde. Allerdings wäre das wohl die Lösung für so manche Probleme, die sich ganz sicher ergeben würden, wenn …

»Das ist mir jetzt echt unangenehm.« Gianluca sah ihn mitleidig an.

Tom spürte seinen Magen wie einen Lift durch den Körper fahren. Diese Augen, dieser Mund … Eigentlich sollte er sich über einen Korb freuen, schließlich war er so wahnsinnig unsicher. Aber ein Teil von ihm hatte sich längst in seinen Gegenüber verguckt.

»Könnte ich vielleicht kurz bei dir auf die Toilette?«

Tom atmete aus. »Ja – also … ja, klar …« Dann verschwand

die Erleichterung und machte der Gewissheit platz, dass dieser Abend in einer Katastrophe enden musste. Reicher Kerl in übelster Studentenbude. Wenn das kein Garant für erhöhten Erotikfaktor war.

Gianluca sah ihn mit zusammengeschobenen Augenbrauen an. »Tut mir wirklich leid. Ich hab schon eine Weile vor dem Kaufhaus auf dich gewartet.«

»Ach ...« Tom winkte ab und stieg aus. »Kein Problem.« Seine Beine fühlten sich an, als wollten sie jeden Moment unter ihm zusammenklappen. Eins stand bereits jetzt fest: Er würde Robert die Hölle heißmachen dafür, dass er ständig den Putzplan ignorierte. Verdammt, hatten sie überhaupt einen Putzplan?

Vor der Tür drehte sich Tom noch mal um. »Und sag nicht, dass ich dich nicht gewarnt hätte!«

»Glaub mir, ich bin ausschließlich an dir interessiert. Ich will nicht bei dir einziehen.« Gianluca lächelte und nahm ihn in den Arm. »Wenn ich nur zu einem zweiten Date mit dir käme, indem ich auf einer Müllhalde übernachten müsste, ich würd's tun.«

Tom löste sich. »Du liegst schon ziemlich richtig. Ich denke, den Wunsch kann ich dir erfüllen.«

»Gut, ich sag mal nichts mehr.«

Als Tom die Wohnungstür aufschob, kam ihm gleich der Geruch nach kalter Asche und ranzigen Pizzakartons entgegen. Sofort fing er an, den zugestellten Esstisch abzuräumen, hielt dann aber inne, weil das Spülbecken bis oben hin mit gebrauchtem Geschirr vollstand.

»Hey, du musst jetzt nicht aufräumen!« Gianluca schmiegte sich von hinten an ihn.

»Ist mir aber echt peinlich.«

»Ja, ich merk's. Richtig süß. Wo ist das Bad?«

Tom knallte die Gläser wieder auf den Tisch und eilte durch den Flur. »Kleinen Moment, ich schau nur mal, ob wir überhaupt noch ein Bad haben …«

Gianluca lachte.

Tom schloss die Tür hinter sich und sah sich in dem Chaos um. Überall lagen Handtücher herum, die Klobrille war hochgeklappt, auf dem Waschbecken stand ein randvoller Aschenbecher. Irgendwann würde er Robert mal so ein Teil an den Kopf werfen. Panisch schaute Tom in den Spiegel, der vor lauter Wassertropfen und Zahnpastaspritzern ganz trüb war. Er sah beschissen aus! Hektisch rubbelte er sich die störrischen Haare zurecht.

»Tom?«, rief Gianluca.

Er betätigte kurz die Klospülung, warf die Brille hinunter und schob eilig mit den Füßen ein paar Handtücher beiseite. »Ja, ich bin gleich fertig.«

»Das rechte Zimmer ist deins?« Die Stimme klang plötzlich so weit weg.

Tom stieg eine solch ordentliche Hitze ins Gesicht, dass es ihm schon fast Schweißperlen auf die Stirn trieb. Sofort riss er die Tür auf und stürmte los. Aber es war zu spät. Der geordnete Typ stand bereits mitten im gepflegten Unglück. Die Deckenlampe sparte keine der zahlreichen Blamagen aus.

»Ja, das muss deins sein.« Gianluca besah sich nickend die Wände. »Hast ja doch ein paar Bilder zu Hause.«

»Ja, ein paar«, presste Tom hervor. »Du-du kannst ins Bad.«

Gianluca grinste. »Ist ja ganz interessant, diese Seite von dir kennenzulernen, aber mir hat der halbwegs selbstbewusste Typ im Weihnachtsmannkostüm besser gefallen.«

»Vergiss es! Den Scheiß zieh ich heute nicht mehr an.«

»Ah, da ist er ja wieder.«

»Ja, tut mir leid, aber …« Tom brach ab, als sein Gegenüber auf ihn zukam und er kurz darauf dessen Hände an seinen Hüften spürte. Er dachte an die Worte in der Umkleidekabine: *Sei mal ein bisschen locker …*

Gianluca sah ihn ernst an. »Was würdest du eigentlich machen, wenn ich nicht da wäre?«

»Hmm … Froh sein, dass mein Mitbewohner nicht da ist und ich meine Ruhe hab?«

»Gut, dann kannst du jetzt entscheiden: Entweder ich gehe und lasse dich in Ruhe, oder du lässt dich von mir nicht stören und wir verbringen einfach einen ganz langweiligen Abend auf deine Art.«

Tom wusste nicht, was er sagen sollte.

»Los, geh endlich duschen. Ich schau so lange fern und bestell uns eine Pizza und Billigfusel.«

»Wolltest du nicht aufs Klo?«

»Das war nur ein Trick, damit du mich reinlässt. Darf ich's mir jetzt hier gemütlich machen?«

Tom war völlig perplex. Noch immer stand er einfach nur da. Er fühlte sich gerade ziemlich überfordert. Auf dem Boden lagen überall Klamotten. Sein Bett sah aus, als wäre es nicht einmal im Leben gemacht worden. Herrje, auf dem verknautschten Kopfkissen lag eine schmutzige Socke!

»Ich werte das mal als Zustimmung«, sagte Gianluca und legte sein Jackett ab. »Magst du irgendwas nicht?«

»Bitte?«

»Pizza. Magst du irgendwas nicht?«

»Nein-nein, ist egal.«

»Okay.«

Tom sah noch einen Moment zu, wie sich Gianluca in dem Chaos einrichtete. Unbekümmert schob er die Schmutzwäsche zur Seite und entkleidete sich. Erst jetzt bekam Tom zu sehen, was für ein heißer Körper unter den feinen Anziehsachen steckte. Seine Körpermitte reagierte sofort.

»Ist doch okay, wenn ich was von dir anziehe?« Gianluca hielt eine völlig zerknitterte und ausgewaschene Jogginghose hoch.

»Ähm, ich – ich hab im Schrank sicher noch was Frisches …«

Mit einem Grinsen drückte sich Gianluca die Hose ans Gesicht. »Ach, die geht. Du riechst gut, wenn du nicht ganz frisch bist.«

Toms Wangen wurden heiß. »Ah ja, okay. Ich geh dann mal – trotzdem … Ich fühl mich nämlich wohler, so frisch geduscht …«

Für den Fall, dass Robert nach Hause kommen würde, zog er die Tür hinter sich zu. Sie wohnten erst ein paar Monate zusammen und bisher hatten sie so geschickt aneinander vorbeigelebt, dass Tom nicht wusste, ob Robert ein Problem mit Herrenbesuch hatte. Aber auch wenn, es war ihm eigentlich egal. Nur wollte er das Maß an seltsamen Situationen für diesen Tag nicht ausschöpfen.

Er duschte so eilig, dass er noch mal innehielt und an den strategisch wichtigen Stellen sicherheitshalber einen zweiten Waschgang einlegte. Dann bemerkte er, dass er gar kein sauberes Handtuch mitgenommen hatte. Sein Badetuch von heute Morgen lag nun zwischen all den anderen benutzten Tüchern auf dem Boden.

»Scheiße!« Tom stieg aus der Dusche und überlegte kurz. Er wollte gar nicht wissen, wie viele von Roberts borstigen Schamhaaren inzwischen an dem Badetuch hingen. Ihm blieb wohl nichts anderes übrig, als nackt zu seinem Gast ins Zimmer zu gehen. Das machte vielleicht keinen sonderlich eleganten Eindruck, aber für Gianluca war es nach der Umkleidekabine vorhin ja kein neuer Anblick.

Bevor Tom sein Zimmer betrat klopfte er. Im selben Augenblick fand er sich schon albern. Wieso benahm er sich plötzlich, als ginge es um eine Aufnahmeprüfung? Machte ihn Gianlucas Portemonnaie so nervös? Letztlich war das doch nur Geld. Und wenn der Mann Millionen auf dem Konto hatte und Häuser auf der ganzen Welt verteilt, das machte ihn noch kein Stück besser. Dem Klischee nach traf wohl eher das Gegenteil zu …

»Du klopfst?« Gianluca lächelte irritiert.

»Ich bin nackt.«

»Ich seh's. Schön, dass du das mit einem Klopfen ankündigst und mich drauf hinweist. Aber ich hätte ganz bestimmt auch so hingeschaut.«

Tom spürte, dass er verlegen wurde. Seit sie hier bei ihm waren, fühlte er sich wie ein kleiner, unbeholfener Junge. Aber Gianluca hatte es sich tatsächlich inmitten des Chaos gemütlich gemacht. Mit der schmuddeligen Jogginghose und einem von Toms alten T-Shirts saß er auf dem Bett. Ohne die ordentliche Kleidung sah er fast normal aus.

»Ich hab eine große Margherita bestellt«, sagte Gianluca. »Ich glaub, von allem anderen bekommt man schlechten Atem oder Schlimmeres.«

Tom lachte. »Dann hast du hoffentlich auch gesagt, dass sie keinen Knoblauch draufpacken sollen.«

»Nein, hab ich nicht. Das muss man doch immer dazubestellen, oder?«

»Nicht, wenn du hier unten bei *Pablo's* bestellt hast.« Tom zog ein Handtuch aus seinem Schrank und wollte wieder ins Bad.

»Hey, wo willst du hin?«

»Mich abtrocknen.«

»Das kannst du nicht hier? Du darfst mich echt nicht noch länger allein lassen!«

»Wieso? Was passiert sonst?«

»Dann würde mir eine Wichsvorlage fehlen, falls ich mir spontan einen runterholen wollte.«

Tom spürte die Hitze in seinem Gesicht – und gleich darauf auch zwischen seinen Beinen. »Du Spanner!«

»Na, wer kommt denn nackt ins Zimmer? Da hab ich doch gar

keine Wahl!«

»Hallo? Ich bin hier durch die Tür reingekommen.« Tom deutete auf die Tür. »Da rüber, hab kurz im Schrank gewühlt und wollte wieder raus.«

»Aha, und was soll mir das jetzt sagen?«

»Ich will dir nur klarmachen, dass da sehr wohl noch genug Platz war, um woanders hinzugucken. Wenn du wirklich keine Wahl gehabt hättest, hätte das …« Er brach ab, als ihm klar wurde, dass der Gag nach hinten losgehen würde.

»Ja?« Gianluca zog die Augenbrauen hoch. »Wie bitte hätte das ausgesehen?«

Tom hielt seinen Schwanz hinter dem Handtuch versteckt. War dieser Typ nicht genau deshalb hier in seinem Zimmer? So ein Kerl wollte doch nicht ernsthaft mal in eine versiffte Studentenbude schauen, muffige Pizza essen und dann wieder nach Hause. Und Toms Körpermitte wollte das ebenfalls nicht …

»… hätte das so ausgesehen!« Tom näherte sich dem Bett, ließ das Handtuch fallen und stieg auf die Matratze. Seine Erektion ragte unmittelbar vor Gianlucas Gesicht auf. Der drehte jedoch den Kopf weg.

»Also ich hab tatsächlich eine Wahl, du hast recht. Hier, ich kann locker woanders hingucken. Schlechte Demonstration! Um dein Argument zu bekräftigen, musst du wohl näherkommen.«

In Toms Bauch breitete sich ein leichtes Kitzeln aus. Entschlossen stützte er sich an der Wand ab und stellte seine Füße links und rechts neben Gianlucas Oberschenkel. »So besser?«

»Mmh, ich kann immer noch die Augen zumachen …«

»Ich weiß, was du vorhast.« Tom wollte gerade wieder vom Bett runterspringen, als Gianluca seine Beine schnappte. Mit einem Aufschrei fiel er auf die Matratze.

»Ach ja? Damit hast du aber nicht gerechnet, was?«

Blitzschnell hatte sich Gianluca auf ihn geworfen. Tom versuchte sich an einem Abwehrversuch, drängte jedoch lediglich seinen Hintern an seinen Gegner. Er bemerkte sofort, dass dieser ebenfalls erregt war. Die Stoffbeule presste sich fordernd zwischen seine nackten Hinterbacken.

»Geh – runter!«, keuchte Tom und schaffte es, sich halbwegs herumzudrehen.

»Warum? Mir gefällt's hier!« Neckisch rieb Gianluca sich noch mal an ihm.

Mit aller Anstrengung gelang es Tom, seinen Widersacher zurückzustoßen. Dabei presste er seinen Hintern so fest gegen ihn, dass die heiße Stoffspitze sich hart an sein Hintertor drängte. Dann warf er sich herum und rang Gianluca auf die Matratze.

»Hey-hey-hey!«, lachte der. »Ganz schön wild, der Kleine.«

Entschlossen fing Tom die Hände ein, die ihn betatschen wollten. »Klein? Wer ist hier klein?«

»Okay, du hast gewonnen. Du bist einfach zu süß, wenn du dich aufregst – Kleiner!«

Tom schnaubte. Fest drückte er die Handgelenke seines Gegenübers in die Bettwäsche.

»Ja, schon gut, ich ergebe mich. Und jetzt?«

Ja, was jetzt? Tom fiel nicht wirklich eine witzige Auflösung ein. Und sein Schwanz kannte nur eine Richtung, in die sich diese Situation weiterbringen ließ.

Bevor er etwas sagen konnte, drängte Gianluca sein Becken hoch. »Huch! Hatten wir das nicht gerade schon?«

»Das gibt's erst beim dritten Date.« Tom räusperte sich, weil seine Stimme vor Verlangen belegt war. »Und wenn du weiterhin so unverschämt bist, dann erst beim fünften oder sechsten …«

»Was ist denn beim zweiten Date alles erlaubt?«

Tom dachte daran, wie Gianluca in der Umkleide auf die Knie gegangen war. Wenn er die Karten gerade anders ausgespielt hätte …

»Oder besser: Was ist denn jetzt schon erlaubt?«

Tom schnaubte wieder.

»Küssen?« Gianluca grinste. Es war unmöglich, den Blick von diesen Lippen abzuwenden.

»Küssen ist okay«, hauchte Tom und beugte sich langsam vor.

Mit einem Ruck warf Gianluca ihn ab und drückte ihn erneut in die Matratze. Tom blieb keine Zeit zu reagieren, schon spürte er das Gewicht auf seinem Rücken und wurde in die Decken gepresst.

»Hey!«, rief er und wollte sich befreien. Doch Gianluca schien sein gesamtes Gewicht einzusetzen. Nur, diesmal saß er wohl verkehrt herum ...

Kaum hatte Tom das erkannt und halbwegs verarbeitet, bemerkte er Gianlucas Hände an seinem Hintern. »Luc-aaah!« Die entrüstete Beschwerde missglückte. Tom spannte sich an, versuchte sich gegen den Übergriff zu wehren. Das, was er da fühlte, war ... Tom schnappte entsetzt nach Luft. Gianluca vergrub tatsächlich gierig sein Gesicht zwischen ... Tom zuckte zusammen, als er die Zunge in seiner Ritze spürte. »Gi-aaah!«, wollte er seinen Partner erneut zur Räson rufen. Diesmal mit dem kompletten Vornamen, um den Ernst des Anliegens zu unterstreichen. Aber alles Aufbegehren war aussichtslos. Wie ein Felsbrocken saß der Kerl auf seinen Schulterblättern. Und Tom bekam allmählich immer weniger Sauerstoff, weil sein Kopf immer mehr ins Bettzeug gepresst wurde, je stärker er aufbegehrte. Er musste sich entspannen! Er durfte sich nicht wehren, dann wäre auch genug ... »Aaah!«, stöhnte er unvermittelt auf, als die feuchte Hitze sein Loch fand. Ja, er hatte das schon in Pornoclips gesehen, aber ... »Ooh!«

Gianluca lachte. »Hast du etwas gesagt?«

»Ich – ich bekomm – keine Luft – mehr ...«

»Oh, sag doch was!«

Tom spürte, wie sein Widersacher das Gewicht von ihm nahm. Gerade so viel, dass er sich rühren konnte. Schnell schob er die Arme unter sich und wollte sich befreien, doch Gianluca hatte wohl schon damit gerechnet.

»Uff«, machte Tom, als er wieder in die Matratze gedrückt wurde.

»Sei brav und entspann dich!«

»Offfeee!«

»Bitte? Ich kann dich nicht verstehen.«

»If emfpamme mif, offfeee?«

»Mmh, ich glaub, das hört sich nach Kooperation an ...« Gianluca hob sich erneut ein Stück.

»Ich – bekomm wirklich – keine Luft, wenn ...«

»Dann entspann dich endlich! Du hast doch gesagt, dass küssen okay ist.«

»Küssen! Ich hab *küssen* gesagt! Nicht ...« Tom spürte, wie seine Arschbacken wieder auseinandergezogen wurden. »Hey!«

»Also ich weiß nicht, was du hast. Ich finde, das sieht schon verdammt nach einem Kussmund aus.«

»Gianluca! Geh sof-aaah!«

Gianluca prustete zwischen die Backen. »Was war das? Sofa? Was willst du mir sagen?«

Tom musste ebenfalls lachen. »Ich will, dass du das sein lässt!«

»Wenn du das so kichernd sagst, weiß ich nicht, ob du es ernst meinst.«

»Ich mein's ernst!« Tom bemühte sich um einen ernsthaften Tonfall. »Bitte, das ist – irgendwie unangenehm.«

»Unangenehm?« Gianluca pustete leicht über das feuchte Loch.

»Ja. Ich – ich weiß nicht ...«

»... ob du das willst?«

»Ja, also – nein. Ich – bitte, geh einfach runter.«

»Und wenn du stattdessen mal aufhörst nachzudenken und mich machen lässt? Ich meine, du hast mir doch einen Kuss versprochen. Soweit ich mich erinnern kann, gab's da keine Einschränkungen, was die teilnehmenden Körperregionen angeht, oder?«

Wieder fühlte Tom sanften Atem durch seine feuchte Ritze ziehen. Er erschauerte am ganzen Körper. Ja, das war in der Tat unglaublich. Aber er war sowas von angespannt ...

»Wenn du mich fragst«, sagte Gianluca mit hörbarem Grinsen, »ich glaub, dir gefällt das ziemlich gut. Du musst nur ein bisschen lockerer werden.«

Tom schwieg. Er hätte im Traum nicht daran gedacht, Gianluca auf diese Weise zwischen seine Beine zu lassen. Und die Unsicherheit war noch genauso stark vorhanden. Jedoch nahm er auch immer mehr die erotische Aufregung in sich wahr.

»Heißt das Schweigen, dass ich weitermachen darf?«

Tom zögerte. Wenn das so einfach ginge, all die Gedanken auszuschalten ... Dieser Mann, den er eigentlich überhaupt nicht kannte, der aus einer ganz anderen Welt kam, für den so eine Bude hier wie eine Müllhalde wirken musste, genau dieser Typ leckte ihm ausgerechnet da herum! Das war unglaublich beängstigend und anregend zugleich.

»Hat dir schon mal jemand gesagt, dass du ein sehr schönes Arschloch hast?«

Tom lachte auf. »Bislang nicht ...«

»Na, dann wird's aber Zeit. Tom, du siehst hier unten ziemlich einladend aus. So, darf ich jetzt weitermachen?«

»Okay«, nuschelte Tom und drückte sein hitziges Gesicht freiwillig ins Bettzeug. Er war überfroh, dass er sich zuvor gleich zwei Mal dort gewaschen hatte. Und dennoch ... Nein! Nicht nachdenken! Erwartungsvoll hielt er die Luft an. Wieder spürte er Gianlucas Atem. Doch diesmal zuckte er nicht.

»Entspann dich«, sagte Gianluca noch mal.

Tom schloss die Augen. Er zitterte, als er aufs Neue diese warme, weiche Berührung an seiner intimsten Stelle fühlte. Und plötzlich funktionierte es tatsächlich. Er entspannte sich. Sämtliche Bedenken verbannte er aus seinem Kopf und konzentrierte sich ganz auf dieses wahnsinnige Gefühl. Sein Schwanz pulsierte aufgeregt gegen die Matratze und nach einer Weile begann Tom, vorsichtig ins Bett zu stoßen.

»Jaah«, flüsterte Gianluca.

Erst jetzt wurde Tom bewusst, dass er mit seinen Bewegungen nicht nur sich an der Matratze rieb, sondern Gianluca gleichermaßen rhythmisch entgegenkam. Und der nahm das als Aufforderung, noch leidenschaftlicher zu werden. Immer wieder kreiste die Zunge um Toms Loch, glitt darüber hinweg, verteilte mehr Speichel und dann …

Tom schnappte nach Luft. Sofort hielt er still. Mit einem Mal kamen all seine Bedenken zurück. Gianlucas Zungenspitze war tatsächlich ein Stück in ihn eingedrungen.

»Bleib locker«, keuchte der.

Tom spürte die harte Erregung des Mannes zwischen seinen Schulterblättern. Es stand außer Frage, dass ihm das Spiel gefiel. Und doch … Tom fiel es erneut unglaublich schwer, sich zu entspannen.

Als wüsste Gianluca genau, was in ihm vorging, begnügte er sich eine Weile damit, seinen Atem über die feuchte Haut zu pusten. Es dauerte einige Minuten, bis er sich zurück zur tiefsten Stelle vorgearbeitet hatte. Und als die Zungenspitze abermals das Loch umspielte, war Tom wieder locker. Er blieb es sogar, als sein Partner neckisch um Einlass bat.

»Mmmh«, machte Gianluca und versenkte sich in die Ritze. Tom konnte sich ein Seufzen nicht verkneifen. Augenblicklich stieß die Zunge drängender vor und Tom fühlte sie in sich. Seine

Hände hielten sich krampfhaft am Bettzeug fest. Er wollte es! Er wollte, dass Gianluca weitermachte, wollte herausfinden, wie weit der Mann gehen würde. Er wollte sich vollständig gefangen nehmen und fallen lassen. Doch er spürte, wie er langsam verkrampfte und die Unsicherheit zurückkehrte. Fast war er erleichtert, dass es in diesem Moment an der Tür schellte.

»Das wird wohl unser Essen sein«, sagte Gianluca und stieg ab.

Tom erhob sich. Sein Gesicht fühlte sich so heiß und rot an, dass er sich kaum traute, seinen Gegenüber anzusehen. Es klingelte zum zweiten Mal.

»Ähm …« Tom stellte fest, dass er nackt war und teilweise noch nass. Etwas desorientiert schnappte er sich ein schmutziges T-Shirt vom Boden und schaffte es, sich mit den feuchten Armen und Schultern darin zu verheddern. »Scheiße!«

»Vielleicht sollte ich lieber an die Tür gehen?« Gianluca sprang aus dem Bett. »Ich find es eh schöner, wenn du nackt bist. Also hör auf und zieh dich wieder aus!«

Tom ließ sich das T-Shirt aus den Händen reißen und schaute seinem Gast hinterher. In den Gammelklamotten sah der Typ fast so aus, als würde er hierhergehören. Unerwartet regte sich erneut der Wunsch nach mehr … Aber das war abwegig. Sicher, Gianluca gab sich absolut unkompliziert. Allerdings hatte der Kerl auch ein Ziel – und worum es da ging, war doch recht eindeutig. Tom befühlte seine nasse Ritze. Tatsächlich hatte er Lust, diesem Mann zu geben, was er wollte. Danach würde sich ziemlich schnell zeigen, wie locker Gianluca wirklich war. Toms Finger drang in den Schließmuskel ein und massierte ihn ein wenig. Sein Schwanz bäumte sich vor Verlangen auf. Dann fiel ihm wieder die Verlobte ein und die Art, wie Gianlucas Familie offenbar zu Menschen ohne Geld stand. Die Aussichten, dass aus dieser Affäre mehr werden könnte, lagen sehr genau bei null. Und plötzlich spürte er diese nagende Frage in sich: War er für Gianluca möglicherweise nur ein billiges Spielzeug, das man sich gierig nehmen und anschließend wegwerfen konnte? In der Tat war dieses Date, wenn man es denn so nennen durfte, die denkbar einfachste Variante. Vielleicht war das der Grund, weshalb Gianluca die Umstände so locker hinnahm. Nachdem er sich hier schmutzig gemacht hatte, konnte er problemlos in sein anderes Leben zurückkehren und musste keine Angst haben, dass es Probleme gab. Die Visitenkarte jedoch sprach dagegen – und das Jobangebot …

Tom hörte die Wohnungstür ins Schloss fallen. Er schüttelte seine Gedanken ab. Hatte ihm Gianluca nicht genau das gesagt? Locker sein, entspannen, genießen … Im Grunde konnte es ihm doch egal sein, ob der Kerl nach diesem Abend für immer in sein anderes Leben verschwand, solange er selbst auf dem Teppich blieb. Wieso sollte er sich in einen Typen verlieben, den er gerade erst getroffen hatte? Anziehung hin, Sex her, es war, was es war, nicht mehr und nicht weniger. Tom huschte ins Bett und zog die Bettdecke über seinen Schneidersitz.

»Der war aber freundlich …« Gianluca schüttelte mit angewidertem Gesicht den Kopf. Er hielt zwei Flaschen Billigwein in der einen und einen großen Pizzakarton in der anderen Hand.

»Ja, die Jungs sind mit voller Leidenschaft dabei.«

»Apropos Leidenschaft …« Gianluca stellte Wein und Pizza auf dem überfüllten Schreibtisch ab. »Hast du Hunger oder sollen wir – weitermachen?«

Tom zögerte. Er fühlte sich etwas überfahren, weil Gianluca so selbstverständlich mit seiner Lust umging. »Ein Stück Pizza und vor allem Wein wär schon nicht schlecht …«

»Vorhin bist du mir gar nicht so schüchtern vorgekommen.«

»Na ja, vorhin – ähm, ja, da hatten wir noch in etwa die gleichen Vorstellungen von Zungenküssen …«

Gianluca lachte laut auf. »Hab ich dich geschockt?«

»Etwas.« Tom nahm die Pizza entgegen.

»Hast du einen Korkenzieher?«

»Wofür?«

»Für den …« Gianluca stockte. »Das ist nicht wahr, oder? Schraubverschlüsse!«

Jetzt war es Tom, der auflachte. »Nur das Beste heute.«

»Na, dann sparen wir uns wohl auch gleich die Gläser.«

»Aber das Licht können wir noch ausmachen.« Tom deutete auf den Lichtschalter. Dann knipste er die kleine Leselampe neben dem Bett an.

»Das kommt ein bisschen spät, ich hab die Unordnung schon gesehen …«

»Arsch! Mach die Funzel aus und komm ins Bett!«

»Das ist mal eine Aufforderung nach meinem Geschmack.« Gianluca löschte das Deckenlicht. Doch bevor er zu Tom stieg, zog er sich ebenfalls aus.

»Hey, was wird das?«

»Na, du bist nackt, ich bin nackt, wir essen und trinken und danach sind wir einfach noch ein bisschen nackt und …« Gianluca brach ab und grinste breit.

»… und wir gucken Mist im Fernsehen«, schloss Tom.

»Darf ich ehrlich sein?«

Tom hielt die Luft an. Zögerlich nickte er.

»Das hört sich nach einem wunderschönen Abend an.« Gianluca öffnete die Pizzaschachtel und nahm sich ein Stück heraus. Tom beobachtete ihn, wie er den zerlaufenden Käse mit dem Mund auffing und die Spitze abbiss. Verdammt, dieser Mann war unglaublich schön. Und diese Lippen hatten ihn vor kaum fünf Minuten an einer Stelle geküsst …

Tom schluckte. Schnell nahm er sich ebenfalls ein Stück Pizza und stellte sich weit weniger geschickt an. Ein langer Faden Käse rutschte herunter und blieb an seiner Brust hängen.

Selbstverständlich bemerkte das sein Gegenüber sofort. »Du bist wahnsinnig süß, weißt du das?«

»Wenn du es noch ein paar Mal wiederholst, glaube ich es irgendwann.« Tom wollte den Käse von seiner Haut entfernen, als Gianluca ihn abhielt und sich vorbeugte.

»Lass mich das machen.«

Tom schloss die Augen, als die Zunge über seine Brust fuhr. Natürlich ließ sich der Kerl weit mehr Zeit, als nötig wäre. Tom legte sein Pizzastück in die Schachtel zurück und genoss die Liebkosung.

»Au!«, rief er schließlich, als er Zähne an seiner Brustwarze zu spüren bekam.

»Entschuldige.«

»Wenn du Hunger hast ...« Tom schob seinen Gast von sich. »Wir haben noch genug da.«

»Die Pizza ist aber nicht halb so lecker wie du.«

»Die beschwert sich aber auch nur halb so doll, wenn du reinbeißt.«

»Wein?«

»Klar.«

Sie aßen und tranken eine Weile schweigsam. Die Blicke, die sie sich zuwarfen, sagten jedoch mehr, als es jede Unterhaltung gekonnt hätte.

»Warum malst du eigentlich so – zurückhaltend?«, fragte Gianluca schließlich. Wie beiläufig schnitt er das Thema an, während er die Schachtel aus dem Bett beförderte.

»Mit *zurückhaltend* meinst du wohl *farblos*, *trist* und *leer*. So hat das zumindest mein Kunstlehrer an der Schule genannt.«

»Mmh, ich würde sagen, da hatte jemand keine Ahnung. Farblos vielleicht, trist auch ein bisschen, aber auf keinen Fall leer.«

»Ich hoffe, das sehen meine Dozenten ebenfalls so. Ich habe bald meine zweite Eignungsprüfung.«

»Angst?«

»Ein bisschen schon. Ich bin halt unsicher.«

»Ist man das nicht immer, wenn man etwas von sich selbst preisgibt? Und genau das ist es, was Kunst ausmacht. Ich bin mir sicher, dass du bestehen wirst.«

»Danke. Und falls nicht, habe ich ja noch die Kunstgeschichte.«

»Ich dachte mir schon, dass das nur Plan B ist.«

Tom runzelte die Stirn. »Woher ...« Er brach ab.

»Ich wollte auch mal Kunst studieren. Mein Vater war davon nicht so begeistert.«

»Das glaub ich dir.«, platzte Tom heraus. Erschrocken hielt er sich die Hand vor den Mund.

Gianluca lachte. »Ist okay. Du hast auf jeden Fall den richtigen Eindruck von meinem Vater.«

Tom schwieg eine Weile. Gern hätte er ein wenig nachgebohrt. Aber er wollte auch nicht unangenehme Erinnerungen aufwühlen. Er selbst wusste, wie es war, wenn man bezüglich der Karrierevorstellungen nicht mit den Wünschen der Eltern übereinstimmte. Im Gegensatz zu Gianluca hatte er sich allerdings durchgesetzt – zumindest zum größten Teil. Den Plan B hatte er nur in Betracht gezogen, um seine Eltern ein bisschen zu beruhigen.

»Hast du schon eine Idee, was du auf der Weihnachtsfeier malen wirst?«

Tom sah auf und runzelte die Stirn. »Mmh ...«

»Ich meine das mit dem Job ernst. Das weißt du, oder?«

»Langsam glaube ich es.«

»Aber ich ändere meine Meinung, was die künstlerischen Einschränkungen angeht. Du kannst malen, was du willst.«

»Ähm, das passt wohl nicht wirklich zu Weihnachten.«

Gianluca grinste. »Ich weiß. Mein Vater wird dich hassen.

Aber wenn du etwas von dir ins Bild reinbringst, stehen die Chancen besser, dass es mir gefällt. Und wenn es mir gefällt, kaufe ich es ...« Gianluca lachte auf. »... vom Geld meines Vaters! Dann wird er dich noch mehr hassen.«

Tom nahm einen Schluck aus der Weinflasche. »Ich weiß nicht, ob ich das will, von deinem Vater gehasst werden. Klingt nicht so erstrebenswert.«

»Tja, da hast du keine große Wahl. Allein, dass ich jetzt mit dir hier im Bett sitze und einen Steifen habe, macht dich für ihn zum Hassobjekt schlechthin.«

»Also ...« Tom zögerte. »Weiß er es?«

»Was? Dass ich schwul bin?« Gianluca nahm die Flasche an sich und trank. »Sagen wir es so: Er würde alles dafür tun, dass es nicht so wäre – oder er es zumindest vergessen könnte.«

»Dann ist die Verlobung also – nur ein Fake?«

Plötzlich sah Gianluca ziemlich traurig aus. Irgendwie machte er den Eindruck, als müsse nun eine sehr emotionale Story folgen. Doch er schüttelte nach einem kurzen Augenblick entschieden den Kopf und sagte ruppig: »Es geht um Geld. Im Grunde ist es etwas Geschäftliches.«

»Aber ...« Tom brach ab, bevor die Fragen herausbrechen konnten. Sein Gegenüber war so faszinierend, so anziehend, so unglaublich schön und geheimnisvoll – und dann auch wieder zweifelhaft. Wie konnte ein Mensch aus geschäftlichen Gründen heiraten? Wie konnte er sich selbst verleugnen und seinem Umfeld etwas vorspielen? Nur weil der Vater die Homosexualität seines Sohns nicht wahrhaben wollte, durfte man doch nicht in eine Ehe einwilligen – nicht mal für Geld! Tom dachte an die Situation im Kaufhaus. Jetzt verstand er, weshalb ihm das alles so künstlich vorgekommen war.

Gianluca räusperte sich. »Ich weiß, das kommt sicher ein wenig seltsam rüber, aber ich muss das Spiel einfach mitspielen. In ein paar Jahren bin ich da raus und dann hat mein Vater keine Chance mehr, an die Kohle ranzukommen.«

Die Worte trafen Tom so hart, dass er über sich selbst verwundert war. Natürlich hatte er schon einige Geschichten gehört, was die gehobenen Kreise anging. Zweckehen waren wohl keine Seltenheit, gerade, wenn es um viel Geld ging, das irgendwie in Sicherheit gebracht werden musste. Ganze Vermögen wurden übertragen, um sie vor dem Zugriff von Insolvenzverwaltern zu schützen. Selbst Tom hatte eine Freundin, deren Vater nach der Scheidung sämtlichen Besitz an seine neue Frau überschrieben hatte, um den Unterhaltszahlungen zu entgehen. Und je mehr Kohle im Spiel war, desto härter wurde gekämpft. Vielleicht war es besser, wenn er sich darüber gar nicht so viele Gedanken machte. Es betrübte ihn, dass da allmählich Risse in der schönen Fassade seines Traumkerls auftauchten. Das wollte einfach nicht recht zusammenpassen, dieses Lächeln und die Gier nach Geld, diese tiefgründigen Augen und die Bereitschaft zum Betrug. Ja, er konnte nicht anders und musste wieder an die Verlobte denken – Marie. Toms Mitleid hielt sich einigermaßen in Grenzen, weil die Frau nun wirklich nicht gerade sympathisch rübergekommen war. Doch trotzdem: Die Vorstellung, dass dieser nette Kerl vor ihm vielleicht gar nicht so nett war und jemanden für seine Zwecke ausnutzte, setzte ihm zu. Und selbst, wenn das geklärt war, blieb noch der Streit ums Geld. Reiche Menschen und ihre Probleme …

»Was hast du?«, fragte Gianluca.

»Nichts, ich …« Tom griff nach der Flasche und nahm drei kräftige Züge. Sofort stieg ihm die Hitze in den Kopf.

»Ja, vielleicht klingt das alles ein bisschen …«

»Lass uns nicht mehr reden«, unterbrach Tom. Er stellte den Wein neben das Bett. »Wir wollten fernmucken.«

Jetzt war es Gianluca, der zögerte. Offenbar hatte er gemerkt, dass seine Story nicht ganz so gut angekommen war. Aber Tom hatte wirklich keine Lust auf Erklärungen. Dieser Mann lebte in einer Welt, die ihm absolut fremd war. Es stand außer Frage, dass er nur hier und jetzt mit ihm zusammensein konnte. Und Tom verspürte immerhin noch so viel Sehnsucht, dass er das nicht kaputtmachen wollte, indem er mehr in den Problemen der Oberschicht herumstocherte.

»Alles in Ordnung?«, fragte Gianluca unsicher.

Tom legte sich hin. »Klar. Ich will genießen, dass du jetzt hier bist. Willst du hinten oder vorn liegen?«

Gianluca grinste. »Hinten.«

»Denkst du immer nur an das Eine?«

»Ein absoluter Traumboy liegt nackt mit mir im Bett. Ich wäre bescheuert, wenn ich da an was anderes denken würde.«

Tom schnappte sich die Fernbedienung und knipste die kleine Kiste neben dem Schreibtisch an. Es lief eine Comedy-Show. Genau das Richtige jetzt.

Gianluca kuschelte sich an ihn. Tom schloss die Augen, als er die Latte an seinem Hintern spürte. Diese Hitze, das Verlangen – wie gut es sich anfühlte, bei diesem Kerl zu liegen. Und doch wollte er auf keinen Fall mehr, als gerade diese Berührungen.

Gianluca lachte.

»Was?«

»Hast du das Gesicht nicht gesehen?«

Tom öffnete die Augen. Ein Comedian, den er nicht kannte, schilderte mit Händen und Füßen seine erste Tennisstunde. Tatsächlich sah der Kerl ziemlich lustig aus. Und mit jedem Lachen von Gianluca fühlte sich Tom wohler. Er genoss den Arm um sich und das Zucken des Steifen in seiner Ritze. Es war schön, nicht allein zu sein. Nach ein paar Minuten bemerkte er, dass er dem Comedyprogramm nicht mehr richtig folgte. Er achtete vielmehr auf die Reaktionen seines Besuchs, nahm das Glucksen in sich auf und das Kichern. Hin und wieder spürte er den Atem in seinem Nacken und manchmal einen Kuss. Je nachdem, wie sich Tom bewegte, raunte Gianluca ihm ein elektrisierendes »Mmmh« ins Ohr. Das erinnerte ihn ein bisschen an das zufriedene Schnurren eines Katers. Und je länger sie so lagen und der gar nicht mal so witzigen Sendung folgten, desto wohler fühlte sich Tom. Er wünschte sich jemanden, der mit ihm jeden Abend auf diese Weise im Bett liegen konnte. Dann schloss er wieder die Augen und versuchte, so viel Wärme und Glück in sich aufzunehmen, wie sein Gast ausstrahlte. Nein, er wollte nicht irgendjemanden, er wollte diesen Kerl!

Irgendwann bekam er mit, dass Gianluca ihn zärtlich auf die Schläfe küsste. »Mmh?«

»Nichts. Schlaf weiter«, flüsterte der und hielt ihn fest.

jingle bell rock

KAPITEL 3

... in welchem Tom die Glocken läutet ...
... und ein zweites zweites Date ausmacht.

Es war hell, als Tom aufwachte. Mit zusammengekniffenen Augen versuchte er, die Zahlen auf dem Wecker zu entziffern. Dann fiel ihm ein, dass er gar keine Weckzeit eingegeben hatte. Sofort war er hellwach und schon halb aus dem Bett, als er sah, dass die Anzeige auf zehn Uhr und zwei Minuten stand. Erleichtert ließ er sich zurückfallen. Er hatte noch zwei Stunden, bevor er sich als Weihnachtsmann in der Herrenabteilung herumdrücken musste. Gemütlich kuschelte er sich wieder in die Decke – und schreckte erneut auf. Gianluca! Tom lag allein im Bett. Er konnte sich daran erinnern, dass er in Gianlucas Armen eingeschlafen war. Sogar, dass sein Gast geflüstert hatte, er solle weiterschlafen, wusste er noch. Aber er hatte nicht mehr mitbekommen, dass er gegangen war. Tom richtete sich auf. Die Anziehsachen waren weg. Irgendwie fühlte er sich plötzlich – verlassen. Eigentlich seltsam. Obwohl er in Gianlucas Gegenwart auch immer den Zweifel spürte, ließ irgendwas in ihm einfach nicht locker. Der Typ war auf magnetische Weise widersprüchlich. Wahrscheinlich war es exakt das, was Tom so gebannt hielt. Er wollte das Rätsel knacken. Nur, dass es ganz bestimmt gar kein Rätsel gab. Allerdings hatten sie keinen Sex gehabt – zumindest nicht, dass Tom sich erinnern könnte. So viel hatte er ja nicht getrunken, dass er das nicht mitbekommen hätte. Und genau diese Tatsche stand schon wieder im Widerspruch zu allem, was Tom sich über Gianluca zusammenreimte. Eigentlich ging es doch um Sex, oder nicht? Und der Abend hatte ganz in diesem Zeichen angefangen. Im Grunde hätte alles darauf hinauslaufen müssen. Trotzdem war Tom wie ein alter Mann vor dem Fernseher eingeschlafen. Das war ja zum Schreien langweilig! Ein normales Sexdate hätte das sicher niemals so hingenommen. Da wären früher oder später schon noch drängendere Stöße gekommen ...

Tom dachte an Gianlucas Steifen an seinem Hintern. Er hatte eine ziemlich pralle Morgenlatte und bereute es jetzt, die Möglichkeiten gestern nicht ausgeschöpft zu haben. Da Robert offenbar unter der Dusche stand, musste die übliche autoerotische Erleichterung im Badezimmer noch etwas warten. Dennoch kümmerte er sich ein wenig um seine Körpermitte. Dabei achtete er darauf, sich nicht zu sehr zu reizen. Gerade morgens war das übel, wenn Robert das Bad blockierte und er nach dem Abschuss plötzlich dringend pinkeln musste. Also ging er dazu über, seinen Steifen lediglich ein bisschen gegen die Bettdecke zu reiben. Zufrieden hörte er, dass das Wasser im Bad abgestellt wurde. Ein paar Minuten später ertönte der Haartrockner. Okay, lange konnte es nicht mehr dauern. Tom schob die Decke beiseite; die wollte er nicht einsauen. Bei sich selbst hatte er da keine Skrupel. Das war der Vorteil, wenn man morgens abspritzte: Man konnte sofort danach duschen.

Mit kurzen, abgehackten Bewegungen hielt er sich auf Spannung. Sein Schwanz stand kurz vorm Überlaufen. Wenn Gianluca nur hier wäre ... Tom dachte daran, wie der Mann in der Umkleide vor ihm in die Knie gegangen war. Seine Latte zuckte wild und er musste fest zudrücken, um nicht unmittelbar abzuschießen. Ersatzweise massierte er seine Eier. Im Badezimmer klapperte etwas, dann ging die Tür auf. Endlich! Tom umfasste mit der anderen Hand seine Eier und wichste sich kraftvoll zum Höhepunkt. Er machte nicht mal vier Bewegungen, als schon der erste Schwall über seine Brust spritzte. Mühsam versuchte er, sein Stöhnen zu unterdrücken. Robert brauchte ja nicht unbedingt mitzubekommen, was er hier trieb. Aber der Gedanke an Gianlucas Berührungen, dessen Schwanz an seinem Hintern; Gott, die Zunge in seiner Ritze, in seinem Loch ... Tom schoss sich zwei dicke Spritzer bis ins Gesicht. Und jetzt stöhnte er doch. Er konnte nicht anders. Dann seufzte er: »Luca ...«

»Ja?«

Tom fuhr auf. Fast hätte er geschrien. Es dauerte einen Moment, bis er begriff, dass es tatsächlich Gianluca war, der in der offenen Tür stand – frisch geduscht und in seinen feinen Klamotten.

»Du – du bist ja – noch da?«

Gianluca grinste. »Ja, ich dachte, ich mache mich schon mal fertig. Ich habe gleich einen Termin. Na ja, du bist auch gerade fertig, wie ich sehe.«

»Ähm, ja ...« Tom zog nun doch die Bettdecke über sich. Sofort pappte der Stoff eklig an seiner Brust fest.

»Schade, da bin ich wohl etwas zu spät.«

»Ich – ich dachte, du bist schon weg ...«

»Du hast meinen Namen gestöhnt.« Gianluca zwinkerte. »So weit weg kann ich ja nicht gewesen sein.«

Tom spürte, dass er rot wurde.

»Okay, ich muss leider jetzt los. Meldest du dich heute bei mir?«

»Ich muss bis sechzehn Uhr arbeiten.«

»Das passt. Dann komme ich einfach zum Kaufhaus.«

»Ich darf mich nur nicht an die Abholerei gewöhnen ...«

Gianluca lachte. »Wenn du magst, hole ich dich auch ab.«

Tom runzelte die Stirn. »Ach so, hattest du das nicht vor?«

»Ich besorge dir deine Arbeitskleidung – und wenn ich es schaffe, bekommst du schon deinen Vertrag.«

»Arbeitskleidung? Du meinst, den grünen Stofffetzen?«

»Das ist dein Mitarbeiterpräsent. Du brauchst einen Anzug für die Party.«

»Ich soll im Anzug malen?«

»Es gibt auch einen Kittel zum Drüberziehen. Aber du kannst natürlich nicht in Jeans und T-Shirt rumlaufen.«

»Das hört sich nach erschwerten Bedingungen an.«

»Wird in der Gage berücksichtigt.« Gianluca grinste. »Was hast du denn eigentlich gedacht, weshalb ich dich abholen soll?«

»Ach, schon gut ...«

»Raus mit der Sprache!«

Tom druckste herum. »Das zweite Date war ja jetzt nicht so ...«

»... befriedigend? Okay, dann hole ich dich nachher zu unserem dritten Date ab. Oder kann das nach deinem Schwuppen-Knigge erst wieder nach Mitternacht angesetzt werden?«

»Wir sind ja mit dem Zweiten noch nicht ganz durch. Ich denke, damit können wir uns über Wasser halten – falls du überhaupt Lust hast.«

»Du kannst dir nicht vorstellen, wie viel Lust ich habe, nachdem ich dir gerade bei deiner kleinen Morgengymnastik zugucken durfte.« Gianluca deutete auf seinen Schritt. »Ich würde am liebsten bleiben, aber ich muss wirklich los.«

»Okay.« Tom räusperte sich verlegen. Er wusste nicht so recht, wie er sich verhalten sollte. Als Gianluca jedoch aufs Bett zukam, setzte er sich auf. »Abschiedskuss?«

»Ist das okay?«

»Kommt drauf an, wohin.«

»Ich glaub, du bist mir zu schlau, du lernst ja dazu.«

»Ich will nur auf gewisse Überraschungen vorbereitet sein.«

»Nicht auf die rechte Wange«, sagte Gianluca und grinste wieder. Und diesmal wusste Tom, was los war. Erschrocken hob er die Hand und wischte sich sein Sperma aus dem Gesicht.

»Schade, das sah ganz schön versaut aus. Wenn ich nicht geschäftlich unterwegs wäre, hättest du auch auf die Schweinebacke nen Schmatzer bekommen.«

»Ähm, ja …« Tom lachte verlegen. »Was für ein nettes Kompliment. Ich steh auf Metzgerfachsprache, wenn's um Liebe geht.«

»Oh, Liebe?«

Jetzt wurde Tom erst so richtig heiß im Gesicht. »Um Liebemachen!«

»Meine Güte, du bist sowas von herrlich. Erst diese frechen Spritzer auf der Wange, jetzt die süße Röte der Unschuld … Ich kann heute bestimmt an nichts anderes, als an dich denken.«

Tom zeigte auf seine rechte Gesichtshälfte. »Hier könnte Ihre Werbung stehen.«

»Und dazu noch dieses gewitzte Köpfchen. Ich glaub, du weißt ganz genau, was du da machst, oder? Du bist ein echtes Selfmarketing-Genie!«

»Willst du mir etwa unterstellen, ich wär durchtrieben?«

»Wir können uns auf *freches Früchtchen* einigen.«

Tom tat so, als müsse er überlegen. »Okay, vorerst klingt das ganz annehmbar.«

Dann küssten sie sich zum Abschied und Tom schmeckte seine Zahnpasta. »Sag mal, welche Zahnbürste hast du eigentlich benutzt?«

»Die Grüne, die sah so abgenutzt aus, das konnte nur deine sein.«

»Das *ist* meine! Und die ist nicht abgenutzt!«

»Immerhin scheinen dir diese Begrifflichkeiten wichtiger zu sein, als die Tatsache der Fremdnutzung. Ich bin erleichtert.«

»Du kaufst mir eine Neue!«

»Mach mich nicht arm!«

Da war es wieder, das gefährliche Thema. Tom schwieg.

»Außerdem habe ich wohl ein Recht darauf, deine Zahnbürste mitzunutzen, nachdem ich dir schon den Arsch lecken durfte, oder?«

Tom grinste. »Ach deshalb hast du das gemacht, damit du …«

»Schluss jetzt, ich muss los! Und du musst duschen, du Ferkel!« Gianluca deutete auf Toms Brust. »Ich will dich einsatzbereit zum zweiten zweiten Date sehen. Sagt man das so?«

»Ja, das geht konform. Wenn wir uns vorher einigen, wie viele Unterbrechungen wir beim dritten Date haben, dann können wir gleich von Anfang an zählen. Muss ich nur aufpassen, dass ich beim ersten dritten Date nicht zu weit gehe, damit noch was übrig ist fürs zweite und dritte dritte Date.«

»Keine Angst, ich lass schon was von dir übrig. Und für Nachschlag bin ich immer zu haben.« Gianluca sah auf die Uhr. »Verdammt!« Er beugte sich noch mal schnell vor und küsste Tom etwas ruppig auf den Mund. »Bis nachher.« Dann verschwand er aus dem Zimmer und kurz darauf knallte die Wohnungstür ins Schloss.

Der Gedanke an die Dates und den Nachschlag hielt sich hartnäckig und Tom bemerkte, dass sein Schwanz wieder zuckte.

candy cane

KAPITEL 4

... in welchem Tom in die Zuckerstange beißt ...
... und Zugeständnisse macht.

Kurz vor Feierabend entspannte sich Tom allmählich. Der Zwischenfall mit Dennis steckte ihm noch in den Gliedern. Seit er das Kostüm übergezogen hatte, war er die Befürchtung nicht mehr losgeworden, dass Dennis und seine Freunde auftauchen und Ärger machen könnten. Entsprechend blieb Tom wachsam und weitestgehend im Hintergrund. Im Grunde hätte er sich auch gleich hinter einen der Wühltische legen können, um die Arbeitszeit zu verschlafen. Aber seine Sorgen waren unbegründet gewesen. Seine Vorsicht hätte im Fall der Fälle ohnehin wenig genützt. Im roten Mantel, mit dickem Wattebauch und weißem Rauschebart war man ungefähr so unauffällig wie ein Hundehaufen auf der Käsetorte – und nach Toms Einschätzung mindestens genauso schön.

»Na du Drückeberger?«

Tom zuckte zusammen. »Was ...«

»Oh, da ist aber einer schreckhaft. Schlechtes Gewissen?« Gianluca lächelte breit.

»Hey, du bist schon da?«

»Ja, ich muss doch die Geschenke abholen.«

»Aber nicht bei mir, mein Sack ist leer.«

»Was? Vorhin schon alles verschossen?«

Tom sah sich unsicher um, aber es war kein Kunde in der Nähe. »Für dich hab ich noch was übrig.«

»Das ist schön. Ich hab für dich ebenfalls was übrig.« Gianluca zwinkerte. »In allen Bedeutungen.«

Sofort spürte Tom ein Kribbeln im Bauch. Wenn Gianluca das ernst meinte ...

»Schatzilein?«

Irritiert drehte sich Tom um. Der Anblick von Marie traf ihn wie ein Faustschlag in die Magengrube.

»Was denn?«, fragte Gianluca mit ebenso übertriebener Zuckerstimme.

»Bist du fertig?«

»Die Präsente werden gerade in den Wagen gebracht.«

Marie verzog den Mund. »Ich hätte sie ja liefern lassen.«

»Manche Sachen macht man halt lieber selbst. Am Ende kommt noch wer auf die Idee, einen Kontrollblick reinzuwerfen.«

»Du und deine Geheimnisse! Kein Wunder, dass du langsam paranoid wirst ...« Marie zeigte perfekte Zähne und blinzelte zwei Mal. Dann richtete sie sich an Tom. »Hält Gianni Sie wieder von der Arbeit ab?«

»Ähm, nein ...« Tom war dankbar für den Haufen Kunsthaar in seinem Gesicht. Der verbarg hoffentlich die Abneigung, die er plötzlich gegen diese Frau verspürte. *Gianni!*

»Sollen Sie eigentlich hier stehen?«, fragte Marie unerwartet. In ihren Augen lag mit einem Mal etwas kalt Prüfendes.

Tom war irritiert. »Warum nicht?«

»Wer hat Ihnen den Platz zugewiesen? Das macht hier doch überhaupt keinen Sinn.«

»Marie, bleib locker!«, schaltete sich Gianluca ein.

»Was denn?«

»Meinst du nicht, dass die Angestellten das sehr gut selbst hinbekommen?«

»Aber ...«

»Und wenn schon. Dann steht halt einer der Nikoläuse bei der Männerbekleidung. Ich bin bestimmt nicht der einzige Kerl, dem das gefällt.«

Marie zog ein Gesicht, das gar nicht zu einer Frau ihres Kalibers passen wollte. Fast hätte Tom gelacht. Doch die Situation hielt ihn davon ab. Irgendwas war wieder ziemlich seltsam.

»Ich hab gestern übrigens beschlossen, dass Tom als Künstler auf der Weihnachtsfeier dabei ist«, sagte Gianluca.

Marie riss die Augen auf. »Du willst, dass er am Sonntag malt?«

Wie gestern fühlte Tom sich absolut überfahren. Einerseits erzählte Gianluca gerade erst von seinem Plan, andererseits wusste Marie schon, dass er malte ... Das passte hinten und vorne nicht.

»Deshalb hole ich die Mitarbeitergeschenke auch selbst ab, weil ich ihn gleich noch einkleiden muss.«

»Jetzt tu nicht so. Du hast irgendwas ausgeheckt mit den Präsenten.« Dann wandte sich Marie wieder an Tom. »Ich hoffe, Sie können wenigstens morgen den Anweisungen Ihres Arbeitgebers folgen.«

»Marie!« Gianluca lachte beschwichtigend.

»Das darf man ja wohl mal sagen! Studenten nehmen das allgemein ja immer sehr locker – und gerade Künstler ...«

Tom kniff die Augen zusammen. »Glücklicherweise arbeite ich ja nicht für Sie. Eine Sorge weniger, nicht wahr?«

Marie lachte künstlich. »Gianni, dein Künstler hat vielleicht Humor! Sollte ich ihm jetzt gleich sagen, dass das Kaufhaus meiner Familie gehört und ich damit indirekt seine Chefin bin?«

Tom klappte der Mund auf. Gianluca stieß ihn an und warf ihm einen Blick zu, der sowohl Warnung enthielt, als auch die

Bitte, es nicht schlimmer zu machen. »Ich bin sicher, Tom wird gute Arbeit leisten.«

Marie schnaubte recht undamenhaft. »Hören Sie, Tom Kunststudent. Ich hoffe, Sie wissen, was sie für eine Verantwortung haben.«

Tom fing wieder Gianlucas Blick auf. Innerlich seufzte er. Es war nicht gut, sich mit der zukünftigen Ehefrau seines Schwarms anzulegen, ganz gleich, wie biestig sie teilweise rüberkam. »Ich stell mich sofort rüber, kein Problem.«

Marie lachte unerwartet auf. »Morgen! Ich rede von der Verantwortung morgen.«

»Außerdem hast du jetzt Feierabend«, fügte Gianluca hinzu. »Marie, du bringst ihn total durcheinander.«

In dem heißen Kostüm und in dieser noch heißeren Situation fühlte Tom sich kurz vor einem Hitzschlag. »Ähm, ja ... Dann geh ich mal ...«

»Zwei Minuten hast du noch«, sagte Marie.

»Schatz!« Gianluca schüttelte belustigt den Kopf.

»Was denn? Wir bezahlen ihn!«

»Willst du nicht deinen Vater abholen?«

Tom blieb wie angewurzelt stehen. Jetzt blickte er gar nicht mehr durch. Marie schien zwischen Gianluca und ihm hin- und herzupendeln. Ihm galten dabei die prüfenden Blicke und scharfen Worte, Gianluca das Lachen. Bei all dem Theater war Tom nicht so richtig klar, was von alldem hier Spaß und was Ernst war. Möglicherweise war es nur ein Scherz gewesen, dass Maries Familie das Kaufhaus besaß? Falls aber nicht, war es wohl klüger, sich in Zukunft nicht direkt in die Schusslinie zu begeben.

Der Anfang von *Last Christmas* ertönte.

»Na gut«, sagte Marie gerade, »dann bis morgen.« Sie richtete sich an Tom. »Rühren!«

Tom zwang sich ein Lächeln ab und hoffte wieder, dass die

Regung im Rauschebart verloren ging. Dieser Frau wollte er ganz sicher kein Lächeln schenken, auch wenn sie durchaus Humor besaß.

»Entspann dich!« Gianluca klopfte ihm auf die Schulter.

In Toms Kopf purzelten die Sexabenteuer von gestern mit der Situation gerade durcheinander. *Locker sein, entspannen!* Wie konnte der Kerl ausgerechnet damit kommen, wenn seine Verlobte noch in der Nähe war? Bislang waren dieser Aufforderung jedes Mal sexuelle Handlungen gefolgt. Doch daran wollte Tom jetzt gar nicht denken. Er fühlte sich unwohl. Und verwirrt. Gianluca war so nett – und doch verstand er sich ganz offensichtlich blendend mit diesem reichen Biest. Wenn er sie tatsächlich betrog, dann hatte sie das vielleicht sogar verdient ...

»Los, ab in die Umkleide!« Gianluca drängte ihn.

»Spinnst du?«, zischte Tom. Marie war zwar weg, aber er würde auf keinen Fall nochmal eine schnelle Nummer im Kaufhaus hinlegen.

»Ich hab schon einen Anzug ausgesucht. Du sollst den anprobieren, was denkst du denn?«

Augenblicklich schämte Tom sich für seine Fehleinschätzung. Was war hier eigentlich los? Alles lief durcheinander! Anstandslos ließ er sich zu den Umkleiden schieben. Und tatsächlich zog Gianluca den Vorhang von außen zu. »Ich bin gleich zurück.«

Tom freute sich, endlich dieses beschissene Kostüm ablegen zu können. Prüfend roch er an seinen Achseln. Natürlich war er verschwitzt und stank muffig nach der Weihnachtsmannhülle. Aber so schlimm war es glücklicherweise nicht. Trotzdem hoffte er, dass Gianluca diesmal nicht mehr geplant hatte – zumindest nicht hier im Kaufhaus und ohne vorherige Dusche ...

Und da war es wieder, dieses Verlangen. Offenbar störte ihn die Verlobte doch nicht so sehr. Von der bevorstehenden Zweckehe ließ sich sein Herz auch nicht abhalten. Der Verstand war da zwar anderer Meinung, zählte jedoch in den entscheidenden Momenten des Lebens ohnehin nicht sonderlich viel.

»Hier«, sagte Gianluca und hielt ihm einen schwarzen Anzug rein.

»Ach du Scheiße!«

»Was?«

»Meinst du das jetzt ernst?«

Der Vorhang rauschte beiseite und Gianluca sah ihn fragend an. »Hab ich nicht die richtige Farbe getroffen?«

»Ähm, doch … Aber – ich soll damit malen?«

»Das ist ein Anzug und keine Zwangsjacke. Du wirst den Pinsel schon noch schwingen können.«

»Ich meine – ich kann – also – den kannst du danach nicht mehr zurückgeben …«

Gianluca lachte. »Ich habe schon in etwa eine Vorstellung davon, wie das mit dem Pinsel und der Leinwand und der Farbe so funktioniert.«

»Haben die keinen Günstigeren?«

»Tom, bitte …«

Tom sah im Spiegel, dass er rot wurde. »Okay …« Er zog den Vorhang zu und hängte den Anzug an den Haken. Mit zittrigen Fingern schob er das Preisschild weg. Klar, Gianluca tat es nicht sonderlich weh, wenn er für einen Spaß mal eben einen Anzug ruinierte, für den Tom wohl zwei Monate jobben müsste. Wahrscheinlich waren das Peanuts.

Plötzlich flog der Vorhang erneut zurück. »Was hast du da eigentlich wieder für eine hässliche Unterbuchse an?«

»Ach, halt den Mund!« Tom zerrte den Stoff wieder vor.

Gianluca schlüpfte auf der anderen Seite herein. »Sei nicht so frech, sonst zieh ich dir mal kräftig die Shorts nach oben.«

»Aua!« Tom musste lachen. »Du hast ja richtig fiese Ideen.«

»Ja, also nimm dich in Acht.«

»Ich kann mich nicht umziehen, wenn du …«

»Red keinen Stuss!« Gianluca nahm den Anzug. »Du hast so ein Ding doch noch nie angehabt, da kannst du froh über jede Hilfe sein.«

»Na klar hab ich schon einen …«

»Und wieso trödelst du dann so rum?«

»Ich …« Tom dachte an Marie und daran, dass Gianluca sie aus finanziellen Gründen heiraten würde, an die Art, wie sie miteinander umgingen. Das war sehr vertraulich gewesen und Tom war irritiert und total hin- und hergerissen. Er konnte ja nicht sagen, dass er wegen Gianluca verwirrt war oder er Marie nicht leiden konnte, obwohl er durchaus unter ihrer eisigen Maske den Humor erkannt hatte. Das machte alles keinen Sinn! Warum wollte er plötzlich mehr als nur ein bisschen Spaß? Wieso fiel es ihm so schwer, einfach ein wenig lockerzulassen?

»Da fehlen dir die Worte, was?«

»Ich …« Tom vollendete den Satz in Gedanken: … *versteh nicht, wie du das machen kannst! Wie kann Geld wichtiger sein als Liebe?*

Gianluca leckte sich über die Lippen. »Du?« Er lächelte und sah dabei so unglaublich erotisch aus.

Mit einem Wisch war Toms Gefühlschaos weggeschwemmt vom unmittelbaren Verlangen, seinen Gegenüber zu küssen. Er hatte nur noch Augen für diesen Mund. Und als Gianluca ihn öffnete, um wahrscheinlich einen weiteren bissigen Kommentar abzugeben, bestürmte Tom ihn einfach. Er musste diese Lippen kosten! Er wollte den Mann vergessen lassen, dass es irgendetwas anderes auf der Welt gab, als diesen Kuss jetzt und hier. Es war egal, dass sie in die Ecke der Umkleidekabine krachten. Alles um sie herum spielte keine Rolle mehr. Erst recht nicht Geld oder – Marie!

Tom ließ genauso unvermittelt von Gianluca ab, wie er ihn

angefallen hatte.

»Hey, was …«, fing der an.

»Nichts! Gib den Anzug her!« Tom spürte mit einem Mal Wut in sich aufsteigen. Was sollte der Mist? Warum wollte er sich in ein Leben drängen, in dem es ganz gewiss kein Platz für ihn gab? Als ob jemand, der bereit war, für Geld zu heiraten, kurzerhand für die Liebe seine Meinung änderte! Und selbst wenn Gianluca es auch nur ein bisschen ernst meinte mit ihm, wie sollte ihre Zukunft aussehen? Sollten sie zu dritt im Ehebett schlafen?

Tom riss sich regelrecht die Hose über die Beine.

»Was hast du?« Gianluca sah halb belustigt, halb besorgt aus.

»Ich – bin geschafft. Die Arbeit …«

»Hmm …«

Fast hätte Tom die Frage gestellt, ob Gianluca sich etwas unter dem Wort *Arbeit* vorstellen konnte. Aber das wäre gemein gewesen. Nur weil jemand reiche Eltern hatte, hieß das noch nicht, dass er selbst nichts tat. Und er wollte auch nicht undankbar erscheinen, immerhin war die Aussicht auf den Job morgen durchaus beruhigend. In Anbetracht der mageren Ausbeute fürs Posieren als Weihnachtsmann musste er jede Gelegenheit nutzen.

»Tut mir leid. Ich bin einfach müde.« Tom knöpfte das Hemd nur halbwegs zu und schob es in die Hose.

»Dabei hast du geschlafen wie ein Murmeltier. Eigentlich müsste *ich* müde sein …«

Tom kniff die Augen zusammen. »Hast du etwa nicht geschlafen?«

»Nicht viel.«

»Und – was hast du gemacht?«

Gianluca grinste. »Dich beobachtet.«

»Hast du nicht!« Das Kribbeln machte sich wieder in Toms Bauch bemerkbar.

»Doch. Es war schön, dich mal so friedlich und unkontrolliert zu sehen.«

»Unkontrolliert?«

»Keine Angst, du hast keinen fahrenlassen ...«

»Waa...«

»Pscht! Es sind noch Kunden unterwegs.«

»Die sind mir ...«

»Ah, du kannst also doch lockerlassen?«

Tom schnappte nach Luft. »Ich bin locker!«

»Und ich Brad Pitt.«

»Ich ...« Tom stockte und ließ sich ablenken. »Du siehst besser aus, als Brad Pitt!«

»Danke, endlich ist jemand meiner Meinung.«

»Ach, du ...«

»Na? Wirst du wieder frech? Denk daran, was ich mit deiner Unterhose mache, wenn du ...«

Tom schnaubte und stieg in das Jackett.

»Na also, wir haben es geschafft.« Gianluca drehte ihn vor den Spiegel.

»Ich fühl mich unwohl«, sagte Tom, als er seine blasse Haut im Kontrast zum schwarzen Stoff sah.

»Das würden alle anderen auf der Party auch, wenn ich dich in deinen eigenen Klamotten antreten lassen würde. Der Anzug sitzt ganz gut.«

Tom drehte sich hin und her. »Ganz gut?«

»Na ja, kein Vergleich zu einem Maßgeschneiderten, aber für ...«

»Ihr habt viel Kohle, oder?« Tom biss sich auf die Lippe.

»Mein Vater vor allem ...«

»Weißt du, ich kann den Job wirklich gut brauchen. Ich hab meinen eigentlichen Job vergeigt, weil ... Ach, egal ...«

»Nein, erzähl bitte!«

»Ich musste zu einem Kurs und mein Chef wollte, dass ich eine Schicht übernehme. Ist halt blöd gelaufen …«

»Und jetzt machst du den Weihnachtsmann.«

»Ja, notgedrungen. Ich will nur sagen, dass ich dein Jobangebot nicht ausschlagen kann. Aber …«

»Aber?«

»Eigentlich würde ich lieber nicht zu der Party morgen …«

»Hast du Angst?«

»Ein bisschen.« Tom lächelte gezwungen. »Aber im Grunde will ich nicht, dass du – mein Boss bist.«

Gianluca sah ihn ernst an. »Du musst keine Angst haben. Es ist nur ein Job und ich bin immer in der Nähe. Die Leute sind nicht sehr nett, aber sie werden dich größtenteils ignorieren. Und was unser Verhältnis angeht …« Jetzt lag in seinen Augen tatsächlich aufrichtige Zuneigung. »Es gibt viele Paare, die zusammen arbeiten. Du bekommst den Job nicht, weil ich dich heiß finde, sondern weil ich einen Künstler engagieren möchte.« Er senkte die Stimme. »Was wir sonst noch so treiben, das ist unsere Privatsache und davon unabhängig.«

»Ich will nicht, dass du das Gefühl hast, dass ich mich – na ja – kaufen lasse …« Tom senkte den Blick.

»Wenn du käuflich wärst, würde ich mich nicht so sehr für dich interessieren. Und wenn ich ein Freier wäre, hätte ich dir einfach Geld gegeben und längst bekommen, was ich haben will.«

Tom runzelte die Stirn. »Was willst du denn haben?«

»Na, deinen süßen Hintern!«

»Du hattest schon mehr, als ich normalerweise bereit bin zu geben …«

»Da geht noch was, glaub mir.« Gianluca ließ die Augenbrauen wippen.

Tom lachte, aber innerlich wühlten ihn weiterhin zahllose Fragen auf. Was wollte Gianluca eigentlich von ihm? Wieso hatte er sich ausgerechnet ihn ausgesucht? Weshalb gab er ihm ständig das Gefühl, ebenfalls mehr zu wollen als nur Sex? Ob er vielleicht merkte, dass Tom im Grunde Sehnsucht nach Nähe hatte? Oder konnte es wirklich sein, dass dieser Traumkerl etwas ganz Ähnliches empfand? Er sah in den Spiegel und ließ sich wieder von dem Lächeln gefangen nehmen. Das Bild sah schön aus, da es mit dem Anzug zumindest so aussah, als wäre Tom kein armer Student und gehörte tatsächlich zu diesem kernigen Modeltyp. Ja, in einer anderen Welt könnten sie ein wunderbares Paar sein …

»Ich muss den Anzug jetzt zur Kasse bringen«, flüsterte Gianluca und ließ seine Hände über das Jackett wandern. Tom spürte, wie sich etwas Hartes gegen seinen Hosenboden drängte. Er schluckte. Eigentlich sollte er dieses Spiel lieber sofort beenden, bevor …

Gianlucas Hände streiften seinen Bauch hinunter. »Scheint mir, als müsse ich dir auch beim Ausziehen helfen …«

Tom erschauerte, als sich die fremden Finger unter den Hosenbund schoben. Hatte er nicht gerade noch gezweifelt? Und jetzt ließ er sich schon wieder verführen. Aber die Beule, die von hinten gegen ihn drängte, der heiße Atem, der sich in seiner Ohrmuschel verfing …

»Ich muss mich unten abmelden«, sagte Tom und löste sich aus der Umarmung.

»Gut.« Gianluca beobachtete ihn über den Spiegel, die Stirn leicht kraus, jedoch noch immer ein Lächeln um die Mundwinkel.

Tom zog sich schnell aus und reichte ihm die Sachen. »Danke.«

»Treffen wir uns unten?«

Am liebsten wollte er verneinen. Doch irgendwie fehlte ihm dazu die Kraft. »Mmh«, machte er.

»Klingt nach Zustimmung. Also bis gleich.«

Tom atmete tief durch. Er war dankbar, dass Gianluca die Kabine verlassen hatte. Das muffige Kostüm musste er sich nun wirklich nicht in Begleitung überziehen. Kaum bückte er sich aber danach, rauschte der Vorhang erneut beiseite. Bevor Tom richtig begriff, was eigentlich passierte, prallte er mit dem Rücken gegen den Spiegel. Dann hatte er Gianlucas Zunge im Mund und eine Hand in seinen Shorts und …

»Uummpf«, machte er. »Uuooh …«

»Was?«, keuchte Gianluca.

Tom antwortete nicht mehr. Der Teil in ihm, der widersprechen wollte, der unter diese Geschichte einen Schlussstrich ziehen wollte, war verstummt. Und war es letztlich nicht vollkommen egal, ob dieser Traumkerl ihn nur für dieses eine Wochenende begehrte, oder gar nur für diesen Moment jetzt? Das war mehr, als Tom sich je bei dessen Anblick zu träumen gewagt hätte …

»Nicht, ich …« Tom hielt seinen Gegenüber an den Armen fest, als der auf die Knie gehen wollte.

»Entspann dich doch mal!«

Wieder sah Tom diesen leicht amüsierten und dennoch vorwurfsvollen Blick. Dazu das spitze Lächeln, das ihm so gefiel. Ja, er fühlte sich schmuddelig, immerhin hatte er gerade vier Stunden in einem stinkenden Kostüm verbracht. Und der Schweißgeruch war trotz Deo wahrnehmbar. Andererseits schien es Gianluca nichts auszumachen. Er wäre wohl nicht zurückgestürmt, wenn er ihn nicht genau so haben wollte, oder?

»Ach!«, schnaubte Tom. Er wischte seine Sorgen beiseite, vergrub seine Finger in Gianlucas Haar und drückte ihn auf seinen Schwanz. Es war, als tauchte er in ein Stück Himmel ein. Und seinem Liebhaber schien es ebenso zu gefallen. Der seufzte und schmatzte. Geschickt umgriff er mit den Händen Toms Schaft und den Sack und glitt mit seinen Lippen rhythmisch über die Härte. Dabei spielte die Zunge immer wieder um die Eichel herum, sodass Tom weiche Knie bekam.

»Oh Mann!« Tom hielt sich an den Wänden fest. In der Rechten hatte er noch die rote Hose, in die er gerade einsteigen wollte. Er ließ sie fallen und gab sich völlig dem Kribbeln hin, das allmählich seinen Unterleib flutete.

»Hör auf!«, sagte er schließlich, als das Gefühl zu stark wurde.

»Warum?«

Tom zog Gianluca auf die Beine. »Ich bin dran!«

»Ah, das ist ein guter Grund.«

Sie küssten sich eine Weile, bevor Tom langsam in die Knie ging. Er hatte Gianlucas Schwanz zwar schon gesehen und in der Hand gehabt, aber trotzdem verspürte er Aufregung. Sein Herz klopfte immer schneller, als seine Hände über die Stoffhose glitten. Von innen drängte sich der Kolben hart gegen das Gefängnis. Auch Gianluca schien recht ungeduldig zu sein, denn er öffnete die Hose kurzerhand selbst. Tom ließ sich dennoch Zeit. Er fasste seinen Gegenüber am Hintern und drückte sein Gesicht in den geöffneten Hosenschlitz. Gianluca trug einen grauen, samtigen Slip mit breitem Bündchen. Es roch dezent nach Waschmittel. Aber darunter lag noch ein anderer, ein elektrisierender Geruch. Die harte Stange zuckte unter dem Stoff und Hände legten sich auf Toms Hinterkopf. Tom ließ sich dirigieren, fuhr mit den Lippen über die Beule und betastete die Unterhose mit der Zunge. Die Hitze, die ihm entgegenschlug, war unglaublich. Seine eigene Latte pumpte vor Verlangen, als sich Gianluca gegen sein Gesicht drückte. Entfernt nahm er das Schnaufen des Mannes wahr. Dann öffnete er den Mund, um die Stoffwölbung zwischen die Zähne zu nehmen. In diesem Moment ertönte *Last Christmas* …

Gianluca zuckte zurück. »Au!«

Erschrocken wurde Tom bewusst, dass er etwas zu fest geknabbert hatte – ach was, *gebissen* hatte er! »Entschuldige!« Er musste sich an der Kabinenwand abstützen, weil ihm schlecht wurde. »Hab – hab ich dir – weh …« Er sah im Spiegel, dass er ganz bleich geworden war.

Gianluca runzelte die Stirn. »Nein, nicht wirklich. Aber viel fester solltest du nicht zubeißen, wenn es geht.«

»Tut mir leid, ich … Ich weiß auch nicht! Diese Scheißmusik macht mich wahnsinnig!«

Die Stirnfalten auf Gianlucas Gesicht vertieften sich noch mehr. »Vielleicht ist es keine gute Idee, hier rumzumachen.«

Tom kam auf die Beine. »Es tut mir ehrlich leid, ich wollte nicht …«

»Schon gut!«

»Wirklich, ich …«

»Ganz ruhig!« Gianluca nahm den Anzug auf. »Ich gehe zur Kasse, wir treffen uns unten, okay?«

Plötzlich dachte Tom wieder daran, dass er eigentlich auf Abstand gehen wollte.

»Und jetzt guck bloß nicht wieder so zweifelnd!« Gianluca hielt ihm drohend den Finger hin. Auf seinem Gesicht spielten Ernst und Humor fangen. »Du hast mich gebissen! Und zwar an einer Stelle, wo kein Mann gebissen werden will. Wenn du mich gleich versetzt, dann gibt's Ärger. Keine Ausreden!«

»Okay …«, sagte Tom und fühlte sich wie ein kleiner Junge.

»Und im Auto überlegen wir uns, wie du das wiedergutmachen kannst. Sicherheitshalber ganz ohne schwule Weihnachtsmusik.«

Jetzt musste Tom doch grinsen. Und Gianluca grinste mit. Also konnte es nicht so schlimm gewesen sein. Dann fiel der Vorhang hinter Gianluca zu und Tom warf sich in das schreckliche Kostüm. Auch wenn ihm noch der Schreck in den Gliedern saß und seine Körpermitte sich in Erinnerung an den aufregenden Geruch seines Liebhabers widerspenstig zeigte, spürte er dieses wunderbare Kribbeln im Bauch. Schmetterlinge im Winter …

Tom war froh, dass er nun keine Wahl mehr hatte. Rückzieher ausgeschlossen – er war es Gianluca schuldig.

*the man
with all the toys*

KAPITEL 5

*... in welchem Tom ein Museum besichtigt ...
... und kleines Spielzeug backt.*

Etwa fünfzehn Minuten später stieg Tom zu Gianluca ins Auto. Auch wenn die Bedenken noch immer in ihm herumspukten, freute er sich auf den gemeinsamen Abend.

»Wo geht's hin?«, fragte Gianluca.

»Ich muss duschen.«

»Also zum Stadtbad?«

»Ha-ha! Kennst du den Weg noch?«

»So fest hast du auch wieder nicht gebissen, dass ich alles vergessen hab.«

»Ah, der Mann trägt sein Hirn in der Hose.«

»Wie jeder, der in hübsche Kunststudenten vernarrt ist.« Gianluca fädelte den Wagen in den Straßenverkehr ein.

»Du bist in einen Kunststudenten vernarrt?«

»Ja, überrascht dich das?«

»Schon irgendwie. Ich dachte, du stehst eher auf reiche Geschäftsfrauen.« Kaum hatte Tom den Gedanken ausgesprochen, wünschte er sich, er hätte rechtzeitig die Bremse gezogen. Nun war es zu spät.

»Wie kommst du darauf, dass mich Geld mehr interessieren könnte, als Kunst?«

Diesmal hielt Tom erst mal inne. Bevor ihm etwas Unüberlegtes zu Gianlucas bevorstehender Zweckheirat herausrutschte, wollte er lieber nachdenken. Aber was sollte er Unverfängliches antworten?

Die Pause dauerte zu lang. Gianluca hakte nach: »Findest du Geld nicht praktisch?«

»Doch, praktisch auf jeden Fall. Nicht arbeiten zu müssen und alles kaufen zu können, das ist schon riesig.«

»So-so.« Gianluca lächelte etwas gezwungen.

Tom biss sich auf die Unterlippe. »Hmm, das kam wohl komisch rüber ...«

»Nein, eigentlich nicht. Die meisten denken tatsächlich so praktisch: Nicht arbeiten, alles kaufen.«

»Also das ist eher eine Traumvorstellung«, gab Tom zu. »Es wäre toll, wenn ich nicht neben dem Studium arbeiten müsste.«

»Bist du deswegen unglücklich?«

»Ich bin deswegen manchmal genervt, aber nicht unglücklich, nein.«

»Das ist gut.«

»Findest du es schlimm, dass ich dein Jobangebot annehme, weil ich die Kohle brauche, aber eigentlich lieber ablehnen würde, weil ...«

Gianluca wartete einen Moment darauf, dass Tom den Satz beendete. Als nichts kam, sagte er: »Nein, das ist völlig in Ordnung. Willst du denn immer noch lieber ablehnen?«

»Ja.«

»Warum?«

»Weil sich das – einfach nicht gehört.«

»Hmm ...«

»Arbeit passt zu Geld und Sex passt zu Liebe. Das mischt man nicht.«

»Und wo mischt sich das bei uns jetzt genau?« Gianluca grinste frech.

Tom machte eine Pause, bis er wieder das Gefühl hatte, dass eine ernste Antwort passend war. »Ich will halt gern mit dir schlafen, aber ich bin auch auf deine Kohle angewiesen. Ist doch nicht von der Hand zu weisen, dass man sich da wohl schon ein paar Gedanken drüber machen kann, oder?«

»Also siehst du dich selbst als Stricher, obwohl ich dich für einen Job bezahlen werde, der nichts mit unserer Bettgeschichte zu tun hat?«

»Komm, sei ehrlich! Das hat schon was miteinander zu tun.«

»Willst du mir unterstellen, dass ich dich morgen Gedichte vortragen lassen würde, wenn du Germanistikstudent wärst?«

Tom lachte. »Ja, irgendwie befürchte ich das …«

»Und wenn schon! Ich finde dich toll und sexuell anziehend und kann dir zufällig mit einem Jobangebot ein bisschen helfen. Ist es wirklich so schlimm, dass ich dir so ein Angebot mache?«

Tom schwieg erneut eine Weile. Tatsächlich war er sich nicht sicher, ob das etwas über Gianlucas Charakter aussagte. Natürlich war es nur ein Klischee, dass reiche Menschen generell der Meinung waren, sich mit ihrem Geld alles kaufen zu können. Dem konnten sich Leute ohne Kohle nur schwer verschließen. Das machte es aber noch lange nicht moralisch akzeptabel. Und Gianluca hatte ihm zusätzlich zum Job in Aussicht gestellt, das Ergebnis seiner morgigen Arbeit zu erwerben. Da er sich offenbar für Kunst interessierte, dürfte er wohl auch wissen, dass gerade unbekannte Künstler geradezu den ersten Verkauf eines ihrer Werke herbeisehnten. Die Chancen, jemals mit einem Bild auf einer Auktion zu landen, waren hoffnungslos gering. Die meisten Absolventen schafften es nicht mal, überhaupt eine Galerie von sich zu überzeugen, geschweige denn, dass sie von ihrer Kunst leben konnten. Nicht umsonst übten diese Künstler verwandte Jobs aus, die ihnen zumindest den Lebensunterhalt einigermaßen sicherten. Und da kam dieser Mann daher und lockte Tom mit dem möglichen Kauf eines seiner Bilder. Natürlich war das fragwürdig!

»Du bist so still«, merkte Gianluca irgendwann an.

»Ich mach mir halt ein paar Gedanken.«

»Etwas, das ich wissen sollte?«

»Ich weiß nicht. Ich glaub, vorerst nicht.«

»Gut, dann sagst du es mir später, wenn du besser gelaunt bist.«

Tom lachte. »Ich bin ja nicht schlecht gelaunt. Ich … Sag mal, wo fährst du eigentlich hin?«

»Zu mir nach Hause, wohin sonst?«

»Hallo? Wolltest du nicht zu mir fahren?«

»Du hast nicht gesagt, welchen Weg ich noch kennen sollte. Jetzt sind wir da.«

Sie befanden sich irgendwo abseits der City auf einer ziemlich unspektakulären Straße. Da hatte Tom dann doch mehr erwartet. Gianluca bremste ab und lenkte den Wagen in eine Einfahrt. Im Hinterhof leuchteten im Scheinwerferlicht zwei schicke Autos neben Müllcontainern auf. Irgendwie hatte Tom sich ein freistehendes Haus vorgestellt, eine Villa mit großem Anwesen und nobler Wegschleife, damit man königlich vorfahren konnte. Stattdessen hielten sie jetzt vor einem dunkelroten, schmutzigen Backsteinmauerwerk, das teilweise von beige verputzten Mauerabschnitten unterbrochen wurde. Vorn das Gebäude an der Straße sah noch schmuddeliger aus. Aber auch das Hinterhaus war vollgeschmiert und wenig ansehnlich. Nicht mal die Sprayer gaben sich in einem solchen Umfeld Mühe.

»Hier wohnst du?«

»Was hast du erwartet? Doch wohl nicht, dass ich dich zu meinen Eltern fahre, oder?«

»Ähm, nein.« Tom stieg schnell aus. Wie peinlich, dass er als Chaos-WG-Bewohner Ansprüche stellte.

»Ich find's süß, dass du immer verunsichert bist und alles richtig machen willst«, sagte Gianluca übers Autodach hinweg. »Ich freu mich schon, wenn ich mal den echten Tom kennenlernen darf, so ohne Bremse.«

»Hey, ich bin der echte!«

»Aber nicht der richtig lockere!«

»Ja-ja, *entspann dich!* Ich weiß.«

»Genau. Los, komm!«

Gianluca führte ihn in ein großes Treppenhaus. Es roch irgendwie nach Baustelle. »Aufzug oder Treppe?«

»Ich weiß ja nicht, wo wir hinmüssen.«

»Dritte Etage. Der Lift ist gewöhnungsbedürftig. Ist ein alter Lastenaufzug.«

»Also in die dritte Etage lauf ich auch zu Fuß.«

Gianluca grinste. »Wie du meinst.«

Im ersten Stock wusste Tom dann, was das Grinsen zu bedeuten hatte. Es handelte sich nicht um übliche Stockwerke. »Du hättest mir ruhig sagen können, dass deine dritte Etage in einem normalen Haus wohl eher die sechste wäre.«

»Alles Ansichtssache.« Gianluca war bereits ein gutes Stück weiter oben.

»Was soll das bitte heißen?«

»Dass dir das nur so vorkommt, weil du Parterre wohnst.«

»Ich wohne im ersten Stock.«

»Ach, echt?«

»Ja, du warst doch …« Tom brach ab, als er begriff, dass er aufgezogen wurde. »Na warte!« Entschlossen stürmte er die Stufen hinauf. Gianluca flüchtete lachend. Die Treppen waren schier endlos. Aber Tom wollte auf keinen Fall aufgeben. Wie sähe das aus, wenn er als junger Kerl schlappmachte?

»Schlappschwanz!«, kam es da auch schon von oben.

»Arsch!«, rief Tom und musste über seine spontane Reaktion so lachen, dass er tatsächlich schwächelte.

Irgendwo über ihm ertönte ein Kichern. Tom hörte das Klimpern eines Schlüssels. Das war seine Chance. Er riss sich zusammen und zog sich am Geländer weiter. Als er auf dem letzten Treppenabsatz ankam, sah er seinen Kerl an einer Tür herumnesteln. Die letzte Etappe. Schon auf den ersten Stufen fingen seine Oberschenkel an zu brennen. Aber Gianluca schien hektisch zu werden. Das würde er schaffen, jetzt nur nicht aufgeben!

Kurz darauf glitt Tom mehr auf den Rücken seines Liebhabers zu, als dass er lief. Seine Beine fühlten sich taub und kraftlos an.

»Oh Mann ...«, stöhnte er.

»Was ist? Hast du was im Wagen vergessen?«

»Na hoffentlich nicht!« Tom folgte seinem Gastgeber in einen schmalen Korridor. Er versuchte, seinen wackeligen Gang zu vertuschen.

»Na? Wann hast du denn zuletzt Sport gemacht?«

»Hallo? Ich bin Künstler! Ich hasse Sport!«

»Hoffentlich nicht jede Art ...«

»Nee, gegen Boxen hab ich nichts.« Kraftvoll schlug Tom auf den Arm neben sich.

»Hey, was soll das?«

»Für das *Schlappschwanz*.«

Gianluca schnaubte. »Und ich dachte, der kleine Aufstieg würde dich handzahm machen ...«

»Handzahm?«

»Na ja, zumindest nicht mehr ganz so bissig.« Gianluca grinste. »Ein bisschen hatte ich auch gehofft, du müsstest dich ausruhen. Ich hab ein schönes, großes Bett …«

Tom runzelte die Stirn. »Sag mal, was ist noch mal mit dem Aufzug?«

»Der ist ein wenig schmutzig und rappelt.«

»Okay, das nächste Mal nehmen wir den und ich treib's freiwillig mit dir.«

»Oho! Es wird also ein nächstes Mal geben.«

Tom riss die Augen auf. »Das war jetzt die Hauptinformation für dich? Was ist mit dem *ich treib's freiwillig mit dir*?«

»Hey, schau mich nicht so an, nur weil ich dich vielleicht noch öfter sehen will.«

Eigentlich hatte Tom einen frechen Kommentar im Sinn gehabt, aber mit einem Mal spürte er wieder das Kribbeln im Bauch und ihm wurde warm. War es nicht so, dass für die meisten Schwulen Sex gar nichts Besonderes war, eine echte Beziehung dagegen sehr wohl? Augenblicklich verschwand das Schmetterlingsflattern. Eine echte Beziehung würde mit diesem Mann ganz bestimmt nicht funktionieren. Aber Sex und ein bisschen unverbindliches Rumalbern. Obwohl das hart an der Grenze war. Pures Vögeln war weniger ein Problem, Rumalbern allerdings schon … Auf diese Weise lernte man sich besser kennen – und manchmal auch lieben.

Tom zog seine Jacke aus. »Wir sind schon da, oder?«

»Ja, das ist meine – Garderobe, sagen wir es mal so.« Er zeigte auf ein paar Wandhaken.

Eigentlich war das genau die Art Einrichtung, die Tom für sich selbst okay fand. Marke Kellerstyle. Für einen reichen Typ jedoch … Er überlegte, ob er tatsächlich die Schuhe ausziehen sollte. Bislang deutete noch nichts auf Luxus hin. Als er aber sah, dass er feuchte Abdrücke hinterließ, entschied er sich für Manieren.

Gianluca sah ihn belustigt an. »Du bist ja doch nicht so ungezähmt, wie ich dachte.«

»Ich lass die Leute gern im Ungewissen.« Tom sah zu, wie sein Gastgeber bunte Plastikschuhe mit weichem Innenfell aus einem Wandschrank holte.

»Hier, die sollten passen.«

Tom nahm die Hausschuhe an. Sie waren hellblau und hatten gelbes Fell innen. »Süß. Kinderpantoffeln in Männergröße. Sind das deine?«

»Nein, ich hab eigene.« Gianluca holte grüne Schuhe mit pink-farbenem Fell hervor und schlüpfte grinsend hinein. »Witzig, oder?«

Tom versuchte, den Gedanken an Kindergeburtstage und Clowns und Bauklötze zu verdrängen. Vor ihm stand tatsächlich ein Mann im Anzug mit rosa-grünen Plastikschuhen. Das war absolut nicht erotisch – dafür aber umso liebenswerter. Wieder spürte er das Verlangen, unter die Hülle zu schauen und mehr von diesem Mann zu erfahren. Ja, die Sache hier war definitiv gefährlich. Er war drauf und dran, sich in einen reichen Typ in Kinderschuhen zu verknallen. Dabei wusste er, dass das ganz bestimmt kein Happy End nehmen würde. Warum war das Herz nur immer so naiv? Vielleicht sollte er sich des Nachts mal ein Statistikbuch auf die Brust legen …

»Ähm, wo hattest du denn geplant, dass ich erschöpft nieder-sinken soll?« Tom widerstand dem Versuch, eine ulkige Geste mit geknickten Beinen zu machen. Er wollte weniger rumalbern und dafür mehr Erotik. Wenn er den Kerl emotional auf Distanz hielt und nur ja nicht auf die Schuhe achtete, sollte das mit dem gefahrlosen Sex klappen.

Gianluca schaute irritiert, dann grinste er unsicher. »Damit sind die Prioritäten wohl gesteckt, was?«

»Nun ja, wer hat mich in die Umkleide gezerrt? Wer wollte unbedingt in mein Bett? Wer hat gerade noch auf meine weichen Knie gehofft?«

»Okay-okay, bei der Beweislast habe ich vor Gericht sicherlich schlechte Karten. Also gleich ins Schlafzimmer.«

Tom ließ sich in den eigentlichen Eingangsbereich führen und war baff. Jetzt wurde auch klar, weshalb das Treppenhaus so überdimensioniert ausfiel: Der Raum war eine Kathedrale. Das waren mindestens sechs Meter bis zur Decke. Und oben wurde das Ganze durch ein fabriktypisches Glasdach gekrönt, das schon recht verwittert aussah. Ein interessanter Kontrast zu den reinweiß gestrichenen Backsteinwänden. Tom dachte sofort, dass hier Bilder fehlten, große Bilder. Ein Traum für jeden Künstler, der sich austoben wollte.

Es dauerte ein bisschen, bis er Gianlucas belustigten Blick bemerkte. Offenbar hatte der ihn beobachtet.

»Und das ist jetzt also der Flur?«, fragte Tom und lachte.

»Das ist der Flur«, bestätigte Gianluca. »Ich bin gerade dabei, mir was für die Außenwand einfallen zu lassen.«

»Da kannst du eine Menge Bilder aufhängen.«

»Ja, vielleicht.«

»Was heißt *vielleicht*?«

Gianluca schmunzelte. »Hallo? Du bist doch derjenige, der es gern farblos mag.«

»Ich hab ja auch nicht gesagt, dass hier was Buntes hin muss.«

»Ist es zu fassen? Du hast noch nicht mal mein Schlafzimmer gesehen und willst schon die Bude umdekorieren.«

»Entschuldige, aber ein paar Klischees muss man schließlich auch bedienen. Das Schlafzimmer dann bitte.«

»Ich hoffe, du schaffst noch ein paar Stufen.« Gianluca deutete auf die Wendeltreppe hinter sich: ein altes Ding, das den Fabrikcharme vom Dachfenster aufgriff.

»Das schaffe ich gerade so eben noch.« Tom nickte überwältigt. »Crazy Bude, echt jetzt mal.«

Die Treppe knackte altersmüde, machte aber insgesamt einen

stabilen Eindruck. Eigentlich hätte Tom gern geschaut, was sich hinter den weißen Metalltüren links und rechts von der Treppe befand. Die Richtung jedoch war vorgegeben: hoch ins Schlafzimmer. Und tatsächlich verspürte er neben der Neugier auf diese Luxuswohnung vielmehr Lust, dem Bewohner wieder näherzukommen. Er betrachtete den Hintern, der sich vor ihm unter der Stoffhose wölbte. Bei dem Gedanken, die Hände da hineinzugraben, meldete sich automatisch seine Körpermitte. Tom erwischte sich dabei, wie er sich die Lippen leckte. Vielleicht würde er gleich schon in diesen knackigen Arsch hineinbeißen, oder – mehr … Plötzlich überkam ihn eine seltsame Aufregung. Seit gestern wusste er, dass Gianluca andere Grenzen hatte. Er würde bei ihm weiter gehen können, als er es bisher bei seinen Partnern getan hatte. Und genau deshalb wurde er nervös – aber auf eine anregende Weise. Wie weit wollte er heute gehen? Was würde ihm dieser Mann noch alles zeigen?

»Bitte warte kurz«, sagte Gianluca.

»Hey, du musst nicht aufräumen. Schon vergessen, wie es bei mir aussieht?«

»Nein. Sowas vergisst man nicht.«

»Boah!« Tom schlug seinem Gastgeber auf den Hintern.

»Heb dir das für gleich auf.«

»Oh, solche Spielchen magst du?«

Gianluca ignorierte die freche Frage und verschwand einfach hinter der Metalltür.

»Hey«, murmelte Tom. Er blieb einen Moment unschlüssig stehen, bevor er die letzten zwei Stufen zur Tür hinaufstieg. Er lauschte. Dann sah er sich von hier oben noch mal den merkwürdigen Flur an, der sich über zwei normale Etagen erstreckte. An der Struktur des Mauerwerks ließ sich nicht erkennen, dass eine Ebene herausgenommen worden war. Wahrscheinlich hatte das Gebäude früher mal als Werkshalle gedient. Der Boden jedenfalls verstärkte diesen Charme. Überall befanden sich kleine Einkerbungen, Schleifspuren, Farbreste. In etwa so sah der Keller im Haus seiner Eltern aus. Schon verrückt – aber auch wahnsinnig cool. Was man mit einem solchen Raum alles anstellen könnte.

Hinter ihm öffnete sich die Tür wieder. »So, du darfst rein.«

»Danke.« Tom bemerkte, dass es ein wenig distanziert klang.

»Hattest ja dann doch nicht so viel zu tun. Wenn ich erst aufgeräumt hätte, würdest du wohl noch nächste Woche vor meiner Zimmertür …« Er verstummte. Der Raum war in warmes Licht getaucht. Auch hier gab es den Fabrikhallencharme. Der Boden sah nach Keller aus, die Backsteinwände waren schmucklos weiß gestrichen, aber in der Mitte stand ein Bett mit grünem Rahmen und dunkelroter Bettwäsche. Ein paar geschickt ausgerichtete Lampen brachten die Farben zum Leuchten. Dahinter Vorhänge, die Gianluca wohl gerade zugezogen hatte. Natürlich in Weiß. Tom sah sich um. Wieder Einbauschränke, wie im kleinen Vorflur. Es gab nichts, was herumstand oder -lag. Nicht das kleinste Bisschen zeugte von persönlichem Besitz. Keine Bücher, keine CDs, keine Filme, keine Klamotten, keine Möbel – einfach nichts, was man normalerweise in einem Schlafzimmer vorfinden würde.

»Ähm, sind wir hier richtig?«, fragte Tom vorsichtig.

»Es ist ein Angeberschlafzimmer, ich geb's zu.«

»Oh, okay. Also bekommen das hier – viele zu sehen?«

»Nicht so viele, wie du denkst …«

»Tu mal nicht so jungfräulich, ich kann mich noch gut an gestern erinnern.«

»Was willst du hören? Ich hab ab und an schon Sex. Ich bin ein Mann.«

»Was? Ein Mann? Das sagst du mir erst jetzt?«

»Entschuldige. Dachte, du hättest es inzwischen gemerkt.«

Tom atmete gespielt entnervt aus. »Na gut, muss ich nun wohl mit leben. Ein Mann!« Er deutete auf einen Durchgang in der Wand. »Ey du Mann, wo geht's da hin?«

»Badezimmer.«

»Ohne Tür?« Tom runzelte die Stirn.

»Ja, aber keine Sorge. Wenn du dich in Ruhe frischmachen willst, gehe ich gern so lange runter. Ich hab noch ein paar Dinge, die ich für morgen vorbereiten muss.«

Tom ging auf das Bett zu. Erst jetzt sah er, dass unter der Decke Spiegel hingen. »Holla!« Er drehte sich zu seinem Gastgeber um.

»Ja …« Mehr sagte der nicht. Ausnahmsweise schien er sich mal ein wenig zu genieren.

»Ein Angeberschlafzimmer, du bist ein Mann – dazu Spiegel unter der Decke, so groß wie das Bett … Ich sag mal nix.«

»Danke.« Gianluca lächelte und sah so verdammt heiß aus.

»Was hältst du davon, wenn ich meine kleine Bissigkeit von vorhin wiedergutmache und danach etwas länger im Bad verschwinde?« Tom roch unter seinen Armen und rümpfte spaßig die Nase. »Sagen wir mal, für etwa eine Stunde.«

»Du bist so süß.« Gianluca kam auf ihn zu.

»Ach ja?«

»Na ja, zumindest tust du so, als seist du unsicher. Aber bestimmt ist das nur eine Masche.«

»Jup, um ältere Männer flachzulegen.«

»Woah!« Gianluca schubste Tom aufs Bett. »Das hast du jetzt nicht gesagt!«

Tom grinste. »Was? Gefällt dir *flachlegen* nicht?«

»Du weißt genau, was ich meine.«

»Bist du doch kein Mann?«

»Tomas Lövenich!«

Tom schluckte. Einfach jeder nannte ihn Tom. Und er stellte sich auch allen Leuten ausschließlich mit seinem Kurznamen vor.

Wenn er Tomas genannt wurde, dann höchstens von seinen Eltern. Und Gianluca kannte nicht nur seinen Vornamen.

Der lachte laut auf. »Dachte ich mir, dass das funktioniert.«

»Woher ...«

»Kunstakademie. Ich hab doch gesagt, dass ich da war.«

Tom runzelte die Stirn. »An meinen Bildern steht nicht der volle Name ...« Er überlegte, ob die Studienleitung da vielleicht versehentlich seinen richtigen Namen ausgedruckt und an die Bilder gehängt hatte. Normalerweise bestand er auf Tom Lich. So zeichnete er auch seine Werke.

»Na ja, so viele Möglichkeiten gibt's bei Tom aber auch nicht. Oder hätte ich es mit Tomek versuchen sollen? Oder Tomke? Tomislav?«

Tom grinste. »Tomek wär noch okay gewesen. Aber ernsthaft: Nenn mich nie wieder Tomas – und schon gar nicht in Kombination mit dem Nachnamen.«

»Was passiert denn dann?«

»Unsäglicher Schmerz passiert dann.«

»Hey, du wirst doch nicht wieder zubeißen?«

»Nein, schlimmer: Ich schenk dir ne CD von *Last Christmas*!« Tom setzte sich lachend auf und zog an Gianlucas Gürtel. »Keine Angst, ich bin lieb.«

»Ja, bitte. Da sehnt sich schon jemand nach Liebe. Und wenn's geht, ohne Unterbrechung bis zum Ende.«

Tom schüttelte den Kopf. »Ansprüche hat der Herr ...«

»Nur Wiedergutmachung für den Schmerz, der mir angetan wurde.«

»So fest war's auch nicht.« Tom spürte wieder sein schlechtes Gewissen.

»Nein, nicht der Biss, ich meine die Dauererektion nach der Unterbrechung.«

»Ach so ...« Er grinste zu Gianluca hinauf, während er die

Hose mitsamt Slip hinunterschob. »Hauptsache, du kannst danach noch mal. Könnte sein, dass ich beim zweiten Date nicht ganz so streng nach Knigge entscheide.«

»Das sind ja Versprechungen!« Gianluca schob sein Becken vor, sodass seine Schwanzspitze gegen Toms Lippen stieß. »Du kannst dich drauf verlassen, der hier mag dich.«

Anstatt zu antworten, öffnete Tom den Mund und leckte über die Eichel. Fast sofort perlte ein klarer Tropfen aus dem Schlitz. Tom genoss den salzigen Geschmack. Mit den Händen rieb er über den Schaft und schaute dabei zu, wie ein weiterer Tropfen hervortrat. Offenbar war Gianluca tatsächlich die ganze Zeit erregt gewesen. Sein Schwanz war so prall und hart, die Eichel so fest, dass Tom alles noch viel größer vorkam. Und unablässig drängte neuer Saft aus dem Schlitz hervor. Tom fing ihn mit der Zunge auf. Dann ließ er sich von Gianlucas Händen sanft vorschieben. Er umspielte die Schwanzspitze und konnte das Zucken zwischen seinen eigenen Beinen nicht verhindern. Diese Kraft, diese geballte Männlichkeit erregte ihn ungemein. Und er brauchte sich im Moment überhaupt keine Sorgen zu machen, dass Gianluca ihn mit irgendetwas anderem überraschen würde, als …

»Oooh«, seufzte der plötzlich und drängte sich zuckend vor.

Tom spürte das Pumpen in seiner Hand. Der Kerl würde doch wohl noch nicht …

»Ich komme!«

Überrascht ließ Tom den Prügel aus seinem Mund gleiten und massierte das Stück Stahl mit kräftigen Bewegungen weiter. Schon spritzte ihm der erste Schwall entgegen. Er schloss die Augen und fühlte die heißen Schübe auf seinem Gesicht. Sein Partner stöhnte laut und hemmungslos und drängte sich immer wieder vor, sodass das glühende Fleisch den Saft auf Toms Wangen verrieb.

Als Tom die Augen öffnete, grinste ihn Gianluca frech an. »Na, das hatten wir doch heute schon mal, oder?« Er beugte sich hinunter und leckte neckisch Sperma von Toms Nase.

»Soll ja gut für die Haut sein.«

»Wann immer dir nach Hautpflege ist, ich bin für dich da …« Sein Gastgeber richtete sich auf und stieg aus der Hose. Dann ging er zur Schrankwand und zog sich komplett aus. Tom beobachtete, wie er sich nackt ein paar Klamotten heraussuchte. Schließlich stand er in ganz normalen Sachen da. Nur dass Gianluca selbst in Jogginghose und T-Shirt noch unverschämt gut aussah. Ein bisschen wie ein Model – für Kaffee vielleicht. Tom dachte an eine Werbung mit einem sexy Italiener. Die sahen auch immer so perfekt aus und hatten dieses schelmische Grinsen.

»Wolltest du nicht ins Bad?«

»Ja.« Tom erhob sich. »Kann ich einfach so?«

»Klar. Aber Finger weg von den Vorhängen hier.«

»Ähm – ja, alles klar …« Er lächelte verunsichert.

»Ich hab neugierige Nachbarn. Wenn du mir Ärger machst, dann vergess ich meinen Knigge.«

»Du hast auch einen?«

»Die Welt ist klein.« Gianluca warf ein paar Klamotten aufs Bett. »Hier, das kannst du gleich anziehen, oder magst du lieber was Getragenes von mir?«

»Hallo? Ich hätte dir gestern auch was Frisches gegeben, aber …«

»Nur Spaß, Kleiner!«

»Ich bin nicht … Sag mal, wenn du nach dem Blasen immer so frech drauf bist, dann kannste das in Zukunft knicken.«

»Aua! *Knicken* in dem Bereich ist ja fast so schlimm wie *beißen*. Hast du eine Dominaschule besucht?«

»Ich sag jetzt nichts mehr.«

»Gut, ich bin unten in der Küche. Komm einfach runter.«

»Oh, machst du mir was zu essen?«

»Wolltest du nicht schweigen?«

»Zur Dominaschule schon, was das Essen betrifft nicht.«

»Okay, was willst du?«

»Was kannst du?«

»Ich kann einiges – zumindest versuchen.«

»Ich brauch nur ne Kleinigkeit.«

»Was bekomm ich dafür?«

»Ein Danke?«

»Ist das ein Danke mit Körperkontakt?«

»Vielleicht ... Kommt drauf an, was es gibt.«

Gianluca grinste. »Wenn du mal du selbst bist, bist du frech wie Sau.«

»Eber bitte.«

»Geh duschen, du Eber!« Gianluca verließ das Zimmer.

Tom sah, dass es im Flur bereits dunkel war. Dann fiel die Metalltür ins Schloss. Schon unheimlich, so ein schweres Geräusch in einer Wohnung. Überhaupt alles recht schräg hier. Bevor er das Bad betrat, sah er sich noch mal im Schlafzimmer um. Es wirkte eher wie eine Installation. Und bei diesem Gedanken sah sich Tom plötzlich nackt auf dem Bett liegen, einladend den Hintern gen Beleuchtung reckend, um für Gianluca in dieser seltsam sterilen Umgebung den erotischen Traum darzustellen. Tatsächlich sähe das wohl auf einem Foto von LaChapelle ziemlich gut aus. Total weichgezeichnet und glattgebügelt. Wie eine perfekte Praline in einer bunten Schachtel, ringsum kahles Museumsflair. Die weißen Vorhänge, die sich über die gesamte Front erstreckten, hatten aber auch etwas von Theater. Tom stellte sich vor, wie er sich von Gianluca nehmen ließ, während der Vorhang aufging und ein Publikum ihrem Akt folgte.

Er schüttelte den Kopf. Was für ein seltsames Ambiente, dass ihm solche Ideen kamen. Und das Bad schloss sich da nahtlos an.

Tom stand im Durchgang und hatte instinktiv den Lichtschalter an der Wand betätigt. An der Decke flackerten Neonröhren auf und leuchteten einen Raum aus, den man so eher in einem Krankenhaus vermutet hätte. Alles war nüchtern weiß gefliest und schlauchartig angerichtet. Das einzige, was hier auf einen Bewohner hindeutete, war ein kleines Schränkchen neben dem Spiegel und zwei weiße Handtücher, die neben einem metallenen Waschbecken hingen. Das Klo am Ende des gestreckten Raums war ebenfalls aus Metall gefertigt. Immerhin stand noch ein Metallregal neben einem weiteren Durchgang. Auch ein Bademantel hing dort an einem Haken.

Tom drückte auf den zweiten Lichtschalter und im Durchlass neben der Toilette zeigte sich eine geräumige Duschzelle. Insgesamt vier Duschen, leicht abschüssiger Boden, in der Mitte ein Metallsiphon. Er musste unwillkürlich an den Spiegel über dem Bett denken und Gianlucas Aussage, dass er auch nur ein Mann war. So eine Nasszelle erwies sich da vielleicht als ganz praktisch, wenn gleich eine Horde Männer durchs Schlafzimmer geschleust wurde.

Die Gedanken ließen sich kaum zügeln. Doch Tom widerstand dem Impuls, den Abend frühzeitig abzubrechen. Was hatte er sich erhofft? Dass Gianluca eine Jungfrau war? Nun, gewiss hatte er eine andere Art von Luxuswohnung erwartet, das stand mal fest. Aber das Gebäude war definitiv nicht als Wohnhaus konzipiert worden. Außerdem sagte das gar nichts über die sexuellen Aktivitäten des Bewohners aus. Er wollte gar nicht erst wissen, was andere Leute mit normalen Badezimmern im Dunklen trieben. Gianluca war nett – und absolut anziehend. Er würde jetzt ganz bestimmt nicht aufgrund einer merkwürdig eingerichteten Wohnung das Weite suchen. Da hätte Gianluca gestern im umgekehrten Fall deutlich mehr Grund gehabt. Obwohl das hier definitiv seltsame Gefühle in Tom wachrief. Es war irgendwie unheimlich. Und er konnte auch nicht sagen, dass er seinen Gastgeber kannte. Die Leute ließen sich nur vor den Kopf gucken. Aber Tom wollte lieber erst mal fragen. Ja, er war neugierig, was das für ein Haus war und weshalb Gianluca hier wohnte. Billig war so eine Bude jedenfalls bestimmt nicht. Und dann könnte er noch immer überlegen, ob es ihm hier zu merkwürdig war.

Tom ließ sich heißes Wasser über den Körper prasseln. Das hatte er in Schwimmbädern schon immer geliebt, sich ewig berieseln zu lassen, ohne dass sein Vater wegen der Wasserkosten meckerte. Mit so einem Gedanken änderte sich auch schlagartig die Einstellung zum Ambiente. Träumend reckte er den Kopf zur Brause und genoss das Gefühl. Verdammt, wieso war er so negativ? Eine solche Nasszelle war der perfekte Duschtraum zum perfekten Traummann. Und Gianluca würde gewiss nicht über die Wasserrechnung meckern …

Tom zuckte bei dem Gedanken zusammen. Sofort stellte er das Wasser ab und seifte sich ein. Eigentlich hatte er sich in eine Wanne legen wollen. Er liebte es, zu baden. In der Studentenbude gab es natürlich keine Wanne – und jetzt hatte nicht mal Gianluca eine, welch Ironie. Aber das war kein Grund, stundenlang das Wasser in den Abfluss laufen zu lassen. Was würde sein Gastgeber wohl von ihm denken?

Knapp zehn Minuten später fühlte sich Tom sauber genug, um es mit seinem Liebhaber aufzunehmen – unter dem Spiegel. Noch so eine Vorstellung, die gleichermaßen seltsam wie erregend war. Plötzlich zuckte ein Bild durch seinen Kopf, wie er in Missionarsstellung dalag und Gianlucas heißen Hintern beobachten konnte, während er sich stoßen ließ. Es war alles nur eine Frage des Blickwinkels.

Tom bediente sich an den Handtüchern und schlüpfte schließlich nach kurzem Zögern in den Bademantel. Der Stoff war schön weich, auch wenn die Umgebung hier eher etwas anderes vermuten ließ. Vor dem Spiegel rubbelte er sich noch die Haare halbwegs trocken, bevor er ins Schlafzimmer ging. Auf dem Bett lagen die Klamotten, die Gianluca ihm hingeworfen hatte. Tom überlegte, ob er die nicht lieber anziehen wollte. Aber wozu der Umstand? Er würde ohnehin gleich wieder nackt sein. Zumindest war er sich da zu etwa fünfundsiebzig Prozent sicher. Der Rest war Aufregung und Unsicherheit. Also atmete er ein paar Mal tief durch und legte sich schließlich sogar aufs Bett, um den Spiegel mal auszutesten. Langsam schob er den Bademantel auf und betrachtete sich. Das war ein Bild, das er durchgehen lassen konnte. Mit Gianluca wäre es perfekt.

Entschlossen sprang er auf und stürmte aus dem Zimmer. Die Plattform der Wendeltreppe knarzte. Der hohe Flur wurde spärlich von Spots beleuchtet, die orange an den kahlen Wänden hinabstrahlten. Das verlieh diesem viel zu hohen und nackten Raum einen Hauch Gemütlichkeit. Außerdem zeigte es ihm, dass sein Gastgeber daran gedacht hatte, ihn nicht im Dunklen die Treppe hinuntersteigen zu lassen. Tom zog den Bademantel fest zu und machte sich an den knarzenden Abstieg. Unten vor den Metalltüren wünschte er sich dann aber doch, er hätte die Klamotten angezogen. Er kam sich seltsam vor, lediglich mit einem Frotteemantel und Plüschschuhen bekleidet in dieser Fabrikhalle zu stehen. Und er hatte keine Ahnung, was ihn in der Küche erwarten würde. Bevor er sich jedoch umentscheiden konnte, ging auch schon die rechte Tür auf.

»Traust du dich nicht rein?« Gianluca grinste.

»Ähm, wieso?«

»Die Treppe hört man in der halben Stadt. Los, komm!«

Tom folgte in einen überraschend gemütlichen Raum, der in etwa so groß war, wie Badezimmer und Schlafzimmer zusammen. Obwohl es fantastisch nach Essen roch, wurde seine Aufmerksamkeit zuerst zur linken Seite gezogen. Hier war eine Art

Wohnzimmer aufgebaut mit Bücherregalen und zwei Sofas auf einem Flauschteppich. Eine Lampe in der Ecke sorgte für heimelige Beleuchtung. Die Fensterfront war ebenfalls von weißen Vorhängen verdeckt. Gianluca schien wirklich Angst zu haben, dass seine Nachbarn hereinschauen konnten. Dabei mussten die Fenster doch nach hinten rausgehen, überlegte Tom. Zumindest hatte er von außen keine großen Glasfronten gesehen.

Rechts im Raum befand sich dann die eigentliche Küche. Der Herr des Hauses stand am Herd und hantierte routiniert herum. Tom atmete die Düfte ein. Knoblauch, herbe Gewürze, Paprika … Automatisch ging er ein Stück in den Arbeitsbereich. Die Küchenzeile erinnerte mit ihrer Metalloptik an Waschbecken und Klo von oben. Trotzdem wirkte es durch das gedämpfte Licht nicht kalt. Erst recht nicht, als Tom endlich den Esstisch bemerkte, den Gianluca vorbereitet hatte.

»Sag mal, was machst du da?«, fragte er entgeistert. Der Tisch war für zwei Personen gedeckt, ganz dinnermäßig mit Platztellern, verschiedenem Besteck, Wasser- und Weingläsern und Kerzenbeleuchtung.

»Du wolltest eine Kleinigkeit essen …«

»Hallo? Das sieht aber nicht nach einer Kleinigkeit aus. Erwartest du noch ein Date?«

»Ich dachte, du bist mein Date. Und mein Date hat mir zu verstehen gegeben, dass diese Kleinigkeit hier unmittelbar an eine andere Kleinigkeit oben gekoppelt sein könnte.« Gianluca warf ein umwerfendes Grinsen über die Schulter, während er die Pfanne schwenkte.

»Ah …« Tom wusste nicht, was er sagen sollte. Wiedermal war er vollkommen überrascht. Diesen Mann in der Küche zu sehen, das hatte was.

»Jetzt sag nicht, du hast es nicht ernst gemeint und ich hab mir die ganze Arbeit umsonst gemacht.«

Tom schluckte. »Was – was machst du denn da noch?« Er zeigte auf die Arbeitsplatte rechts, wo ein Eierkarton, Mehl- und Zuckertüten und allerhand andere Backzutaten standen.

»Kekse.«

»Ich kann mich bei dir gerade nicht entscheiden, bist du jetzt der Wolf oder die Großmutter?«

Gianluca lachte auf. »Kommt halt drauf an, ob du was zum Essen haben willst oder gebissen werden musst.«

»Also besteht bei dir ebenfalls die Gefahr, dass du beißt?«

»Eher selten, aber ausgeschlossen ist es nicht.«

»Das macht es spannend ...«

»Stehst du auf Risiko?«

»Komm, ohne diesen kleinen Nervenkitzel wärst du eben bestimmt nicht so schnell ...« Tom brach ab. Er hatte hier einen Gianluca vor sich, den er niemals erwartet hätte. Irgendwie passte Sexgerede gerade nicht so recht.

»Rotkäppchen kann sich ja schon mal an den Tisch setzen«, sagte sein Gastgeber schließlich. »Das Essen ist gleich fertig.«

Tom folgte der Anweisung. Wieder fühlte er sich etwas nackt in dem Bademantel. Er klemmte den Stoff zwischen die Beine, damit es nicht ganz so luftig war.

Gianluca hatte es offenbar bemerkt, denn er grinste breit, als er Tom einen Teller reichte. »Von mir aus kannst du den auch ausziehen, aber ich fürchte, dann fällt das Essen aus.«

»Das – nein – boah, du hast ein richtiges Essen gemacht!«

»Pasta mit Gemüse halt. Nix Aufwändiges, aber das sag ich dir vielleicht lieber erst, nachdem ich dein *Danke* bekommen hab, was?«

Tom schaute fassungslos auf den Teller. »Das hast du mal eben gekocht, während ich geduscht hab?«

»Na, du hast über eine halbe Stunde gebraucht.«

»Und dann gibt's noch Kekse?« Wieder sah Tom zur Arbeitsfläche.

»Ja. Hab doch gesagt, dass ich heute noch was erledigen muss.«

»Was denn für welche?«

»Spritzgebäck.« Gianluca grinste. »Und jetzt verkneif dir bitte deine schweinischen Kommentare. Das ist tatsächlich ein Rezept von meiner Oma und quasi der Lebensretter bei sterbenslangweiligen Weihnachtsfeiern.«

Tom biss sich auf die Unterlippe. »Dann sage ich mal nichts zu den Spaßspendern aus Spritzgebäck.« Bei den letzten Worten ließ er vielsagend die Augenbrauen wippen.

»Du bist echt eine Pflaume!«

»Pflaume? Willst du wirklich mit einer Pflaume ins Bett gehen?« Erneut biss sich Tom auf die Lippe. Diesmal allerdings weniger aus schelmischer Freude. Eigentlich hatte er nicht wieder das Thema mit der Verlobten auf den Tisch bringen wollen. Der Abend sollte ihm gehören. »Also, ich meine: Wenn schon Obst, dann passt da wohl ne Banane besser.«

Gianluca schüttelte belustigt den Kopf. »Stimmt, Banane bist du auch.«

»Hey-hey! So meinte ich das jetzt nicht …«

»Zu spät, du Banane. Willst du Rotwein?«

»Klar, ohne Alkohol kann ich mein Gelaber selbst nicht ertragen.«

Gianluca machte sich daran, eine Flasche zu öffnen. »Dich interessiert das wirklich, oder?«

»Was?«

»Das mit den Pflaumen.«

»Mmh …«

»Marie ist sehr lieb. Sie weiß, dass ich nicht auf Frauen stehe. Wir sind richtig gute Freunde.«

»Mmh …«, machte Tom erneut. Immerhin war diese Frage

schon mal geklärt. Auch wenn Gianluca eine Verlobte hatte, war ihr Date kein Betrug. Und damit – Tom schluckte – damit bestand tatsächlich eine Chance, dass hieraus mehr werden könnte. Nur ...

Er verdrängte weitere Gedanken und hielt seinem Traummann das Glas hin. Dann schwiegen sie erst mal eine ganze Weile und konzentrierten sich vollkommen auf das Essen. Tom konnte sich nicht erinnern, wann er zuletzt außerhalb seines Elternhauses etwas so Gutes auf dem Tisch gehabt hatte. Und der Wein ... Plötzlich war es Tom unangenehm, sich hier bei Gianluca durchzufuttern. Der Wein schmeckte tatsächlich super, obwohl er Rotwein eigentlich nicht mochte. Er wollte gar nicht wissen, was so eine Flasche kostete. Und dann waren doch wieder die Gedanken da. Wie würde wohl ein Leben mit diesem Mann aussehen? Der Kerl konnte kochen, war unglaublich nett und aufregend sexy, hatte Humor und offenbar keine Macken. Außer eben, dass er offiziell mit einer Frau verheiratet sein würde, aus finanziellen Gründen ...

»Und?«, fragte Gianluca schließlich.

»Superlecker.« Tom merkte selbst, dass seine Stimme deutlich leiser geworden war. »Ehrlich, ich weiß nicht ...«

»Ach komm, die Pizza gestern war auch nicht schlecht. Obwohl ich ein bisschen Angst hab, dass der üble Atem wohl noch Tage halten wird.«

Tom lachte. »Keine Sorge, ich merk nix.«

»Na, ich meine auch nicht mich.«

Erschrocken hielt Tom inne. »Oh ...«

»Herrlich, wie leicht du zu verunsichern bist.« Gianluca stand auf und nahm die Teller vom Tisch.

»Du bist echt ein Arsch.«

»Schönes Bild: Arsch und Banane.«

»Ein versauter Arsch«, korrigierte Tom.

»Das kann ich dir gern später beweisen, aber vorher hab ich noch ein Date mit dem Backofen.«

»So-so, zwei Dates gleichzeitig, was?«

»Ich muss dich ja ein bisschen anspornen. Wer ist wohl heißer?«

»Boah! Du willst mich eifersüchtig machen!«

»Nein, keine Sorge. Mir liegt eher daran, dass ihr euch gut versteht.«

»War das eine versteckte Andeutung, dass ich dir helfen soll?«

»Magst du?«

»Klar.« Tom stand auf, zog den Bademantel wieder enger und stellte sich neben Gianluca an die Arbeitsplatte. »Aber ich warne dich, ich hab keine Ahnung von – wie heißt das hier noch? Küche?«

»Du kannst die Eier aufschlagen.« Gianluca wies auf einen Behälter. »So, wie du mit meiner Banane heute umgesprungen bist, wirst du bei den Eiern wohl keine Skrupel haben.«

»Kannst du mir das je verzeihen?«

»Heute nicht, es sei denn …«

»Hey, hatte ich nicht schon Wiedergutmachung geleistet?«

»… die Kekse werden lecker.« Gianluca zwinkerte. »Woran du wieder denkst!«

»Mmh, das kommt mir halt so in den Sinn, wenn ich dich sehe.« Tom spürte, dass er heiße Ohren bekam.

»Schön, geht mir genauso.«

Dann küssten sie sich ziemlich lange. Tom wusste nicht, ob die Hitze vom Herd kam, vom Wein oder von seinem Gegenüber. Er musste sich zurückhalten, um nicht den Bademantel abzustreifen. So gern wollte er die Hände, die seinen Hintern gerade gepackt hielten, direkt auf der Haut spüren. Er seufzte.

»Schluss jetzt!«, sagte Gianluca und schob ihn überraschend zurück. »Wir haben zu tun.«

Tom schnaubte. »Ja-ja, erst die Arbeit …«

»Na ja, ganz auf Vergnügen müssen wir nicht verzichten, solange wir hier auch mal zu einem Ergebnis kommen. Was machen deine Eier?«

»Fertig zum Abschuss.«

»Grins nicht so frech! An diese Eier geht's erst, wenn der Teig fertig ist.«

»Aber die dann nett behandeln.«

»Kommt ganz drauf an, wie du dich hier anstellst.«

Tom schlug das erste Ei auf und musste auch gleich ein großes Stück Schale aus dem Glibber fischen.

»Geht ja schon gut los«, raunte Gianluca.

»Ich mag das, wenn du so streng bist.«

»Glaub mir, Weihnachtsmanndouble hin, Rotkäppchens Unschuldsmiene her, bei Bedarf werde ich die Rute einsetzen.«

»Uuh, die Rute, bitte nicht …« Tom lachte. Doch dann drängte Gianluca ihn plötzlich an die Küchenzeile. Das zweite Ei rutschte ihm aus der Hand und zerbrach auf der Arbeitsplatte. »Scheiße.«

»Du glaubst mir wohl nicht«, flüsterte Gianluca und drückte seine Beule gegen Toms Hintern.

»Hey, das war jetzt deine Schuld!«

»Und die Frechheit davor?«

Tom reckte seinen Hintern. Er spürte, wie der Stoff des Bademantels zwischen seine Backen gezwängt wurde. »Na ja, vielleicht hab ich ja Lust auf deine Rute.«

»Das hoffe ich …«

»Bist du dir sicher, dass das mit den Keksen was wird?«

»Ach Mensch!« Gianluca ließ von ihm ab. »Du kannst einem aber auch alles miesmachen.«

»Hallo? Du selbst hast doch Disziplin gefordert!«

»Da hast du dich auch noch nicht so verführerisch an meine Rute gedrückt.«

»Ich bin mir ja sicher, dass sich deine Rute eher an mich gedrückt hat.«

»Du und deine Spitzfindigkeiten.«

»Okay, das geb ich zu, ich find dich tatsächlich spitz.« Tom nahm das zerbrochene Ei mit einem Küchentuch auf. »Müll?«

»Hier.« Gianluca zog eine Schranktür auf.

Kaum kam Tom ihm nah, spürte er schon wieder eine Hand an seinem Hintern. Er grinste. »Vielleicht sollten wir uns beeilen.«

»Guter Vorschlag. Eier fertig? Zucker und Mehl abwiegen! Rezept liegt da.«

Tom machte sich an die Arbeit. Inzwischen stand sein eigener Schwanz wie eine Eins und er gab sich Mühe, dass da nichts aus dem Bademantel herausragte. Ein bisschen Konzentration auf andere Dinge konnte nicht schaden. Und auch Gianluca war plötzlich ganz bei der Sache. Er nahm die Schale Zucker, die Tom abgewogen hatte, wortlos entgegen. Dann kratzte er zwei Vanilleschoten aus. Tom sah ihm gebannt zu. Dabei interessierte ihn gar nicht so sehr, was Gianluca da machte, sondern viel mehr, wie er es tat. Er konnte nicht anders, als ihn immer wieder zu beobachten. Der Mann, den er vor sich hatte, passte so gar nicht zu dieser komischen Fabrikhalle von Wohnung. Und das, was er tat, entsprach genauso wenig jemandem, der in Kohle schwamm. Im Grunde war das hier die Ausgabe Familienvater. Plötzlich spürte Tom, wie sich seine Innereien zusammenzogen.

»Für wen sind die Kekse eigentlich?«

»Familie, Freunde, Partygäste – egal. Ich mag den Geruch und mag es, den Teig zu kneten. Und für die Feier morgen ist das Rezept meiner Oma genau das Richtige.«

Tom nickte erleichtert. »Mehl.«

»Einfach drauf.«

»Auf dich?«

»Untersteh dich! Auf den Buttermansch hier.«

Gianluca gab noch gemahlene Walnüsse dazu und Zitronen-schale. Schließlich nahm er eine kleine Flasche Öl oder was auch immer die goldene Flüssigkeit war, und kippte sie dazu. Dann knetete er alles ordentlich durch, bis eine riesige Teigkugel ent-standen war.

»Ganz schön viel«, merkte Tom an.

»Die sollen ja auch reichen. Du kannst mal das Backblech fer-tigmachen.«

»Ist das nicht schon fertig?«

»Backpapier drauf. Eine Schmiede wirst du in meiner Woh-nung vergeblich suchen.«

»Immerhin, ich hab schon das Kochstudio und die Bäckerei gefunden.«

»Kochst du gern?«

Tom zögerte. »Ich weiß nicht. Nudelwasser ist jetzt nicht so spaßig und der Dosenöffner scheint bei dir nicht zum Kochgerät zu gehören.«

»Dass du aber auch ständig mit diesem Thema um die Ecke kommst. Ehrlich, ich steh tatsächlich nicht auf Dosen.«

»Immer diese Zweideutigkeiten.«

»Sprach der Meister ...«

»Aber zu deiner Frage: Mit dir würde ich gern kochen.«

»Obwohl das echt eine Herausforderung ist.« Gianluca deute-te auf die Beule in seiner Hose.

»Wir sind ja gleich fertig, oder?« Tom trat an seinen Bäcker heran und legte von hinten die Arme um ihn.

»Hast du eigentlich kein – ähm, Problem?«

Tom schob sein Becken vor, sodass sein Schwanz gegen Gian-lucas Kehrseite rieb. »Zufrieden?«

»Mmh ... Mach das Backblech fertig, verdammt!«

»*Kommt* sofort!«

»Du kannst es nicht lassen, was?«

Tom versuchte sich an einer Unschuldsmiene. »Was?«

»Guck nicht so. Ich weiß genau, dass hinter dieser Fassade der Unschuld die schweinischsten Anspielungen erdacht werden.«

»Ist aber auch zu schön.«

Gianluca stopfte einen ordentlichen Teigbatzen in den Fleischwolf und kurbelte probeweise ein paar Teigwürste heraus. »Die sehen doof aus, oder?«

»Keine Ahnung, wie die aussehen müssen.«

»Ich mach mal flache …« Mit einem anderen Aufsatz kurbelte er sich ein Teigband auf die Hand. »Und jetzt …« Er legte sich das Band um den Finger und formte ein Röllchen. »Ja, genau so will ich das haben.« Dann stellte er die Teigrolle auf das Backblech und machte sich an die Massenproduktion.

Tom sah ihm eine Weile zu, bis das Blech voll war.

»Einmal Ofen bitte. Wo ist denn das neue Blech?«

»Ich denk, du hast keine Schmiede …«

»Bananenköpfchen, schau doch mal da unten, da ist ein fix und fertig produziertes, das nach Backpapier schreit.«

Tom lachte. »Jetzt seh ich's auch, Apfelärschlein.«

»Oh, das ist aber ein schöner Kosename. Und das bei meinem Alter …«

»Ach, endlich sprichst du es an. Wie viele Jahre hast du denn auf dem Buckel, Opi?«

»Es war so klar, dass das kommen muss.«

»Na, wenn du schon so nach der Frage bettelst …«

»Ich bin dreiunddreißig.«

»Echt?«

»Nee, unecht!«

»Ich mein ja nur …«

»Ich werte das mal als Kompliment, Bananenköpfchen.«

Tom schnaubte nur und erledigte seine Arbeit. Dann schaute

er Gianluca weiter beim Formen der Röllchen zu und versuchte das erneute Bauchkribbeln zu ignorieren. *Bananenköpfchen.* Das war weniger schmeichelhaft als *Apfelärschlein,* aber es drückte trotzdem eine ganze Menge Zuneigung aus. Wieder fragte sich Tom, ob sein Gastgeber sich eventuell ebenfalls mehr vorstellen konnte. Bislang hatte er für sich ausgeschlossen, dass aus dieser Begegnung etwas werden könnte. Marie, das Geld und natürlich er selbst ... Plötzlich standen die beiden ersten Gegenargumente allerdings deutlich im Hintergrund. Jetzt lautete die viel unangenehmere Frage, weshalb sich ein solcher Supermann überhaupt in ihn verlieben sollte? Schon gar nicht innerhalb von zwei Tagen. Vielleicht bestand jedoch eine kleine Chance, wenn sie noch mehr Zeit miteinander verbrachten ...

»Ich hab die schlechte Pizza satt, willst du mir nicht kochen beibringen?«

Gianluca ging sofort zur Seite. »Wir können gleich mit Spritzgebäck anfangen. Hier, mach du mal weiter.«

Unsicher trat Tom vor den Fleischwolf und kurbelte sich ein viel zu langes Stück Teig auf die Hand. Nervös nahm er es und versuchte eine Rolle zu formen, die in etwa so aussah, wie die von Gianluca. Er kicherte, als er das missratene Röllchen aufs Backblech stellte. »Okay, das war wohl nichts.«

»Nein, lass das mal«, sagte Gianluca schnell und verhinderte, dass Tom sein Werk wieder einstampfte. »Das ist mein Keks. Perfekt unperfekt gemacht von Bananenköpfchen mit den Daumenfingern.«

»Daumenfinger?«

»Nun ja, so geschickt, wie du das hinbekommen hast, würde ich bei dir schon fünf Daumen an jeder Hand zählen.«

»Arsch!« Tom stieß seinen Hintern nach hinten, um Gianluca wegzuschieben.

»Apfelärschlein, wenn ich bitten darf. Und lass das besser mit deinem Po, sonst …«

»Sonst?«

»Sonst kann ich dich nicht so streng bewachen, wie ich es müsste. Du musst schon was lernen, hinterher ist das halbe Backblech für mich und dann gesellt sich zum Apfelärschlein ein Kürbisbauch.«

»Ich bin mir sicher, dass du auch dann noch umwerfend aussehen würdest.«

»Du kannst richtig charmant sein, das ist gefährlich.«

Tom spürte wieder den Druck an seinem Hintern. »Immerhin weiß ich jetzt, dass du dafür empfänglich bist, schöner Mann.«

»Übertreib's nicht, das nutzt sich ab.«

»Glücklicherweise gilt das ja nicht für alles.« Tom reckte sich der hitzigen Beule entgegen und nahm zufrieden das Seufzen in seinem Nacken wahr.

»Ja, das ist doch halbwegs in Ordnung.«

»Na hoffentlich ist das ein Lob für meinen Keks. *Halbwegs in Ordnung*, tz …«

»Für dich fallen mir andere Sachen ein.«

»Ah, *Sachen*, okay.«

»Oder willst du lieber, dass ich rede?« Gianluca drängte sein Becken vor und ließ die Hände über den Bademantel wandern.

»Nee-nee, wir labern eh schon zu viel. Mit *anderen Sachen* bin ich – mmh …« Tom konnte ein erregtes Seufzen nicht unterdrücken, als das Streicheln seine Körpermitte einbezog. Für einen Moment vergaß er die Arbeit und wand sich zwischen dem hitzigen Körper und den Händen, die sich nun an Brust und Schritt einen Weg unter den Stoff suchten.

»Weitermachen nicht vergessen, die sollen heute noch fertig werden.«

»Bist du dir sicher, dass wir nicht eine kurze Pause – aah …« Tom ließ das Stück Teig fallen, das er gerade aus dem Wolf gepresst hatte. Die Berührungen setzten seine Haut in Flammen. Gianluca zwickte ihm sanft in die linke Brustwarze, während er weiter unten die Hand fest um Toms Schwanz gelegt hatte. »Oh Mann …«

»Liegen lassen! Wenn du dich jetzt bückst, kann ich für nichts mehr garantieren.«

Tom grinste. »Ist das eine Aufforderung, etwas nicht zu tun, oder die versteckte Bitte, mich nicht dran zu halten?«

»Es ist eine Warnung, dass du dir der harten Konsequenzen bewusst sein sollst.«

»So unbeherrscht?«

»Ich fürchte ja.«

»Du weißt schon, wo deine Hände gerade sind?«

»Ja«, flüsterte Gianluca. »Ich kann mir keinen schöneren Platz vorstellen.«

»So viel also dazu, dass wir hier erst fertig werden müssen …«

»Na ja, ein bisschen Spaß darf sein. Und du machst es ja halbwegs gut, wenn du nicht gerade alles auf den Boden wirfst.«

»Ich soll das wirklich nicht aufheben? Deine Küche wird am Ende noch aussehen wie meine.«

»Du willst wohl, dass ich die Kontrolle verliere, was?« Gianluca presste seine Beule so kräftig gegen Toms Kehrseite, dass sich die Härte erneut mitsamt Stoff zwischen die Backen zwängte. Für einen Moment hielten sie erregt inne.

»Ich denke«, sagte Tom atemlos, »das könnte – interessant werden.«

»Mach das ordentlich!«

»Ja, Meister.« Tom drückte das missratene Teigröllchen wieder oben in den Fleischwolf. »Du meinst das ernst, mit den Keksen und dem Aufpassen, oder?«

»Na klar! Zeig mal, dass du dir richtig Mühe geben kannst, damit ich mich traue, dich einen Moment aus den Augen zu lassen.«

»Wo willst du denn hin?« Tom kurbelte und legte sich das Teigband geschickt um den Finger. Auf dem Backblech sah es fast aus, wie die Vorgaben von seinem Bäckermeister.

»Geht doch. Sehr gut. Ich will nirgends hin, ich muss nur …« Gianluca ging in die Knie. »… meine Küche vor dem Untergang retten.«

Tom schnappte nach Luft, als er durch das Frottee in den Hintern gebissen wurde. »Hey!« Wieder fiel etwas Teig auf den Boden.

»Mmh, das war zu verführerisch …«

»Das ist aber für deine Rettungsaktion nicht gerade förderlich.«

Gianluca ließ seine Hände über Toms Waden nach oben streichen. »Was für eine Rettungsaktion?«

Tom spürte heißen Atem auf seinem nackten Hintern. »Du wolltest deine Küche …« Weiter kam er nicht. Gianluca vergrub sein Gesicht in den Backen, biss beherzt zu, leckte und seufzte. Tom konnte sich gerade nichts Schöneres vorstellen – und doch kam es ihm auch seltsam vor, im Bademantel in der Küche zu stehen, Keksteig in den Händen, während sein Traummann hinter ihm kniete und …

»Uuaah«, machte er, als Gianluca die Backen auseinanderzog und sich züngelnd in die Ritze drängte. Jetzt war alles vergessen. Tom stützte sich gegen die Arbeitsplatte und reckte seufzend seinen Hintern dem überwältigenden Gefühl entgegen, das er erst gestern kennengelernt hatte.

Sofort ließ Gianluca von ihm ab. »Du sollst arbeiten!«

»Und du die Küche retten!«

»Welche Küche?«

»Welche Kekse?«

»Schluss mit dem Unfug, die Kekse sind wichtig.« Gianluca

nahm die beiden Teigklumpen und warf sie kurzerhand ins Waschbecken. »So, jetzt mach weiter!«

Doch kaum kurbelte Tom am Fleischwolf, spürte er wieder fahrige Hände, die den Bademantel beiseiteschoben. »Aber so kann ich nicht ...«

»Streng dich an! Und vor allem zieh das verdammte Ding aus!«

»Sag mal, arbeitest du heimlich in der Kaserne oder im SM-Keller?«

»Mist, jetzt ist es raus! Schlimm?«

»Ich warte erst mal ab, bevor ich da antworte.« Tom ließ den Mantel fallen und versuchte, sich auf seine Aufgabe zu konzentrieren. Im Gegenzug schien Gianluca ein wenig zurückhaltender zu agieren. Die Hände strichen sanft über Toms Körper, sparten dabei allerdings die Erektion aus. Auch spürte Tom nur noch Küsse und zärtliche Bisse auf seinen Hinterbacken. Ab und zu kam ein wenig Zunge zum Einsatz, aber nichts, das ihn von der Arbeit abhielt.

»Du hast schöne Lendengrübchen«, hauchte Gianluca und legte seinen Kopf in Toms Hohlkreuz.

»Ich hab was?«

»Diese kleinen Kuhlen hier über dem Po.« Er fuhr mit den Fingern darüber.

»Aha ... *Lendengrübchen, Kuhlen,* das klingt nicht so, als ob man das gern hätte.«

»Quatsch, das ist eine der schönsten Stellen überhaupt. Du als Kunststudent müsstest das wissen. Das wird doch in der Aktmalerei immer betont, weil es so erotisch ist.«

»Wie war das gerade? *Mist, jetzt ist es* ... Sag mal, wie lange brauchen die Kekse eigentlich?«

»Scheiße!« Gianluca sprang hoch und riss die Backofentür auf. Es dampfte ordentlich. Mit einem Geschirrtuch wedelte er vor dem Ofen herum. Dann zog er das Blech ein Stück vor. »Hmm, geht noch. Glück gehabt.«

»Sind halt die Knackigen.« Tom streifte sich wieder den Bademantel über.

Sein Gastgeber stellte das heiße Backblech auf den Herd. »Hey, was machst du?«

»Na, ich steh doch bei Katastrophenalarm nicht nackt hier rum.«

»Du kannst immer nackt rumstehen. Ah, du bist ja fertig. Fang gleich mit dem nächsten Gang an.«

»Nur weil man was kann, muss man es nicht unbedingt tun.«

»Weigerst du dich schon wieder?«

»Nicht, was die Kekse angeht.«

»Ach so, dann ist ja gut.«

»Plötzlich so nachgiebig?«

»Nur, weil ich weiß, dass du mir nicht widerstehen kannst.«

Eigentlich wollte Tom widersprechen, murrte dann aber nur.

Gianluca räumte die etwas zu dunklen Kekse vom Blech und legte ein neues Backpapier auf. »Vorsicht, heiß.«

»Ich bin nicht blind.«

»Aha, du siehst also, dass das Backblech heiß ist?«

»Ach, du hast vom Blech geredet.« Tom schaute demonstrativ auf Gianlucas Beule.

»Ja, du machst mich auch ganz schön heiß. Meinst du, du bekommst noch eine Runde hin, während ich …«

»Während du?«

»Ich will dir einen blasen.«

»Wenn dir egal ist, wie die Kekse hinterher aussehen …«

»Total egal!« Gianluca setzte sich zwischen Tom und die Küchenzeile auf den Boden. »Aber gib dir trotzdem ein wenig Mühe, okay?«

»Ich – versuch's …«, keuchte Tom, als der Bademantel wieder

geöffnet wurde und seine Erektion fast sofort in dem Mund vor ihm verschwand. »Ooh, ich – kann – aber ...«

Gianluca gab Toms Latte noch mal frei. »Konzentrier dich auf die Arbeit, so einfach.«

Tom sah an sich hinunter. Sein Schwanz ragte über dem schönen Gesicht seines Liebhabers auf. Neckisch fuhr dieser mit der Zunge am Schaft entlang und blickte ihm dabei in die Augen. Dieser Mann war schlicht unglaublich.

»Tu einfach so, als wäre ich gar nicht da.«

»Ha-ha«, machte Tom und seufzte wieder, als er die feuchte Wärme spürte, die seine Eichel umschmeichelte. Aber er folgte der Anweisung. Stoisch konzentrierte er sich auf den Teig, der aus dem Aufsatz gepresst wurde, und gab sich Mühe, perfekte Röllchen zu formen.

Gianluca schien sich tatsächlich zurückzuhalten. Er streichelte nur langsam mit den Händen über Toms Schenkel, sparte den Schritt dabei vollkommen aus und machte auch keine Anstalten, rhythmisch auf ein Ziel hinzuarbeiten. Nur war es genau diese Zurückhaltung, die Tom bald schon wahnsinnig machte. Er musste sich regelrecht zwingen, das Backblech erst fertig zu belegen, bevor er sich vordrängte. Aber schließlich war es so weit. Es war ohnehin nur noch wenig Teig im Wolf, also packte Tom den Hinterkopf und brachte seine Latte mit einem Aufstöhnen in dem feuchten Mund unter.

Bereits nach ein paar erlösenden Stößen wurde er weggeschoben. »Mal nicht frech werden!«

»Ich bin fertig!«

»Das will ich erst sehen.« Gianluca erhob sich und betrachtete die Arbeit. »Na gut. Trotzdem kein Grund, mich einfach oral anzurammeln.«

»Als wenn das deinen Plänen widersprechen würde ...«

»Was weißt du von meinen Plänen?«

»Ich hab da eine ganz gute Intuition.«

»Ja?« Gianluca holte die Kekse aus dem Ofen und schob das nächste Blech hinein. »Was passiert denn als Nächstes?«

»Das kann ich dir doch nicht sagen, sonst denkst du dir schnell was anderes aus, nur damit ich falschliege.«

»Verloren hast du eh schon.«

»Warum?«

»Weil ich mir jederzeit etwas ausdenken kann, auf das du im Traum nicht kommst.«

Augenblicklich setzte das Kribbeln wieder ein und Tom spürte gleichzeitig, dass er nervös wurde. »Ach, glaubst du?«

»Wetten?«

Einen kurzen Moment zögerte er, doch dann gab er sich einen Ruck. Er wollte es. Er wollte diesen Mann spüren. »Bin dabei.«

Gianluca zog grinsend seine Klamotten aus.

»Okay, damit hab ich jetzt wirklich so gar nicht gerechnet.«

»Bananenköpfchen!«

»Warte ab, ich denk mir schon noch ein gemeines Kosewort für dich aus.«

»Gemein? *Bananenköpfchen* ist doch nicht gemein. Das ist süß – und frech. So wie du halt bist.« Gianluca schob Tom den Bademantel wieder von den Schultern. »Und jetzt dreh dich um.«

Toms Herz schlug wild bis oben hin. Er hatte sich entschieden. Er würde mitmachen. Willig streckte er den Hintern raus.

»Willst du mich ablenken?«

Tom war irritiert. »Ablenken? Wovon?«

»Na, ich wollte ein wenig aufräumen. Aber wenn du drauf bestehst ...« Gianluca ging in die Knie und kurz darauf spürte Tom erneut die Zunge in seiner Ritze.

»Ich – ah ...« Er verwarf die Erwiderung. Egal, ob sein Liebhaber das geplant hatte oder nicht, es fühlte sich zu gut an, um mit Erklärungen dazwischenzufunken. Also seufzte er wohlig, als die feuchte Spur zum Loch fand. Diesmal war er vorbereitet und nicht so unsicher wie gestern. Breitbeinig stand er da, vornüber gegen die Arbeitsplatte gelehnt und genoss Gianlucas Spielchen, die nach und nach immer drängender wurden. Aber er zuckte nicht zurück und entspannte sich stattdessen, um die Zunge einzulassen. Das Gefühl war unbeschreiblich. Gestern hatte es ihm bereits gefallen, nur dass er sich nicht hatte fallenlassen können. Heute sollte das anders sein. Ein Schauer überlief ihn, als eine von Gianlucas Händen zwischen seine Beine fand. Sein Schwanz bäumte sich vor Verlangen auf. Es fühlte sich unglaublich gut an, gleichzeitig vorn und unten massiert zu werden. Aber nach wenigen Bewegungen musste er Gianluca wieder stoppen.

»Was?«, fragte der.

»Wenn du nicht noch die Schränke putzen willst ...«

Sein Gastgeber erhob sich lachend. »Okay-okay.« Dann küsste er ihm in den Nacken. »Schön, dass es dir gefällt.«

Tom genoss die Umarmung und auch den nackten Steifen, der sich jetzt endlich ohne störenden Stoff gegen seine Ritze drückte. Er konnte nicht anders, als sich mit dem Rücken an diesen wahnsinnig geilen Kerl zu schmiegen.

»Mmh – du legst es wirklich drauf an ...«

»Du nicht?«

»Wie gesagt, ich wollte eigentlich aufräumen.« Sofort löste er die Arme und fing an, den überschüssigen Teig aus dem Wolf zu drehen.

»Aha, und du hast gedacht, ich könnte dir behilflich sein, wenn du mich so bedrängst?«

»Nein, ich dachte, du könntest mir die Arbeit versüßen.« Gianluca rieb seinen Schwanz zwischen Toms Hinterbacken.

Tom wurde unsicher. »Dafür brauchen wir aber ein wenig mehr – Konzentration.«

»Kommt drauf an, was du mit *dafür* meinst.«

Inzwischen hatte Gianluca den restlichen Teig zu einem großen Klumpen zusammengeknetet. Tom sah zu, wie sein Liebhaber mit zwei Fingern ein Loch hineindrückte. »Ähm, na ja – wir sollten *dafür* vielleicht …«

»… nach oben gehen?«, flüsterte Gianluca. »Später. Der Ofen ist noch an und wir sind noch nicht fertig. Ich will dich nachher ganz in Ruhe vernaschen, okay?«

Die Schmetterlinge flatterten wie wild durch Toms Körper. »Okay, aber …«

Plötzlich nahm Gianluca den Teigklumpen und schob ihn mit dem Loch auf Toms Latte.

Tom zuckte erschrocken zurück. »Was …«

»Hey, nicht so ruckartige Bewegungen, sonst bin ich gleich doch noch früher als geplant in dir.«

»Du bist voll die Sau!«, schnaubte Tom, als Gianluca ihn mit einem Arm um die Brust festhielt und langsam den Teig auf seiner Härte bewegte.

»Und? Hast du *damit* gerechnet?«

Tom lachte. »Nee – und ich find's auch nicht gerade originell. Mit Essen spielt man nicht.«

»Das sagt derjenige, der hier lacht.«

»Es gibt bestimmt Leute, die nicht lachen würden.«

»Die sind aber gerade nicht da.« Gianluca stieß rhythmisch sein Gemächt vor. »Und überhaupt, wer sagt, dass ich nicht genau diese Kekse geplant habe? Ich will an dich denken, wenn ich mir einen Kürbis anfuttere.«

»Du bist verrückt!«

»Ja. Schlimm?«

Tom zögerte. »Nee, eigentlich gefällt's mir.«

»Auch, wenn's dir ein wenig unheimlich ist?«

Überrascht von der Frage antwortete Tom ehrlich: »Ja.«

»Wenn du bei mir was nicht magst, musst du es nicht essen.«

»Reden wir noch von den Keksen?«

Gianluca drückte seine Stange hart vor. »Nein.«

Tom stöhnte auf. Sein Schwanz zuckte im Keksteig. Aber er ließ sich das Treiben gefallen. Und seinem Partner schien es fühlbar Spaß zu machen. Dazu glitt die freie Hand von Brustwarze zu Brustwarze, kniff mal hier, zwickte mal dort, um dann doch ebenfalls nach unten zu wandern. Tom spürte einen gekonnten Griff um seine Eier, während der fremde Kolben in seiner Kerbe lustvoll hin- und herrutschte. Irgendwann hielt er es aber nicht mehr aus und nahm seinen Schwanz in die Hand.

»Lass mich das machen«, flüsterte Gianluca.

Tom zitterte, als die Finger seines Partners sich um ihn schlossen. »Ich kann nicht mehr lange …«

»Spritz einfach ab!«

Die Faust bewegte sich mit gekonntem Griff vor und zurück. Tom ließ sich keuchend gegen die starke Brust fallen, die pulsierende Erektion zwischen den Backen. Mit Blitzen der Leidenschaft auf den geschlossenen Lidern ließ er sich über den Zenit seiner Lust wichsen. Dann war es vorbei.

»Mmh, das sieht doch richtig köstlich aus«, meinte Gianluca.

Tom öffnete die Augen und sah den gequetschten Teig. Ein Spritzer Sperma war drübergegangen, aber den Rest schien er geradewegs in das Loch gepumpt zu haben. »Na lecker.«

»Das hoffe ich doch!«

»Meinst du das ernst?«

»Klar. Noch nie was von Kekswichsen gehört? Irgendjemand muss die Sauerei immer essen.«

»Das geht aber ein wenig anders.«

»Der Kenner spricht …«

»Oh Mann! Pass nur auf, dass du die Kekse nicht am Ende vermischst und …«

»Bring mich doch nicht auf Ideen!«

»Luca!«

»Ei, ist das dein strenger Ton? Klingt nett.«

Tom schlug dem Kerl fest auf den Arm. »Hör auf!«

»Okay. Ich stech Kekse aus.« Gianluca nahm eine silberne Ausstechform von der Arbeitsplatte. »Hier, ist das genehmigt?«

Tom prustete, weil die Form ein Pimmelchen darstellte. »Ja, das ist passend.«

»Na komm, größer bist du schon ...«

Erneut landete Tom einen harten Schlag auf den bereits geröteten Arm vor sich.

hard candy christmas

KAPITEL 6

... in welchem Tom Süßes mit Süßem verbindet ...
... und harte Erfahrungen macht.

Sie waren längst wieder angezogen, hatten die Küche aufgeräumt, den Fleischwolf per Hand gespült und die Pimmelkekse zum Auskühlen auf ein Gitter gelegt, als Gianluca das letzte Keksröllchen in die flüssige Schokolade tauchte. »So, das war's.«

»Das ist ja mal eine Heidenarbeit«, schnaufte Tom.

»Soll ja auch ordentlich aussehen.« Gianluca hatte peinlich genau drauf geachtet, dass Tom seine Kekse nur bis zur Hälfte eintauchte und dann gut abtropfen ließ, bevor er sie zum Aushärten auf ein Backblech legte.

Tom schüttelte den Kopf. »So viel Mühe macht sich nicht mal meine Mutter.«

»Deine Mutter backt ja auch nicht für die Partygäste meines Vaters.«

»Wird bei solchen Veranstaltungen nicht irgendwas Superteueres vom Spitzenbäcker gekauft?«

»Hallo? Ich *bin* Spitzenbäcker!«

»Ein spitzer Bäcker vielleicht, aber ...«

»Bananenköpfchen, ich warne dich!«

»Okay-okay. Also, weil du die besten Kekse der Welt machst,

wird die Fete morgen der Knaller?«

»Ich hoffe es.«

Tom kniff die Augen zusammen. Das schelmische Grinsen auf dem Gesicht seines Gegenübers behagte ihm nicht. »Du versprichst mir aber, dass die Pimmel da hinten hier bleiben.«

Gianluca lachte laut auf. »Ja, die sind nur für mich – und für dich.«

»Versprochen?«

»Versprochen!«

»Fein, meine eigenen Spermakekse. Da werden Jugendträume wahr.«

»Bananenköpfchen!«

»Pimmelkekschen!«

»Ah, da hat dein Kopf ja nach Stunden doch noch was ausgespuckt. Nicht gerade einfallsreich, aber nun gut.«

Tom langte in den Topf mit der flüssigen Schokolade. Bevor Gianluca sich in Sicherheit bringen konnte, hatte er schon einen Klecks auf der Nase.

»Hey! Wir haben gerade alles sauber gemacht!«

»Darum hab ich ja dich vollgekleckert und nicht die Küche.«

»Aber …« Gianluca sah vom Tisch auf den Boden. »… das hätte passieren können.« Dann wischte er sich die Schokolade von der Nase und leckte den Finger ab. »So, endlich fertig.«

»Die Pimmelkekse kriegen keine Schokolade?«

»Ich find, Schoko und Schwänze, das sieht nicht so appetitlich aus. Außerdem will ich nur einen kleinen Kürbisbauch.« Er nahm den Schokotopf und erhob sich.

»Wo du wieder dran denkst.« Tom schüttelte den Kopf. »Echt übel.«

»Ja, an meine Figur.«

»Nee, ich mein …«

Plötzlich schnellte Gianlucas Hand hervor und traf Tom an

der Wange. »So!«

Tom brauchte einen Augenblick, bis er begriff, was gerade passiert war.

»Siehst richtig süß aus.« Gianluca leckte sich grinsend über die Finger. Und das war gar nicht wenig Schokolade. Am Handrücken lief ihm die braune Soße runter.

»Boah!« Tom sprang auf und stürzte auf seinen Gastgeber zu.

»Hey-hey, was hab ich dir zur Küche gesagt?« Krampfhaft versuchte der, den Topf außer Reichweite zu halten.

»Deine Küche – ist mir – scheißegal!«, keuchte Tom, während er sich anstrengte, Gianlucas abwehrenden Arm zu umgehen.

»Entschuldige! Hey, ich entschuldige mich! Komm, das war der Ausgleich! Frieden! Ich will nicht putzen!«

»Ausgleich? Ey, du hast die ganze Hand voll Schoko!«

Gianluca lachte. »Entschuldige! Ich mach dich sauber!«

»Dann fang an!« Tom hielt seine Wange hin. Jetzt spürte er auch, wie die Schokolade ihm langsam den Hals hinunterlief. »Ausgleich, pah!«, schnaubte er. »Los! Mach mich sauber!«

»Frieden? Versprich es!«

»Wenn du mich sofort saubermachst ...«

»Okay.« Gianluca kam näher.

»Und wehe, es kitzelt!«

»Ich geb mir Mühe.«

Tom zuckte zurück, als er den Atem auf seinem Hals spürte. »Ich warne dich, ich bin kitzelig.«

»Halt still!«

Mit geschlossenen Augen hielt er sich an Gianlucas Arm fest. Dann fühlte er erneut den Atem auf seiner Haut, kurz darauf Zunge und Lippen. »Es kitzelt!«

»Halt endlich still, du Schokoweihnachtsmann.«

Tom öffnete die Augen wieder und fixierte den Topf, den Gianluca nur noch halbherzig weghielt. »Oooh«, seufzte er.

»Mach weiter!«

»Bist du schon wieder spitz?«, flüsterte ihm Gianluca ins Ohr.

»Ja, du machst mich einfach nur heiß.«

»Du bist so geil, weißt du das?«

»Und du bist auch voll – süß!« Mit dem letzten Wort griff Tom in die Schokolade, die langsam in Reichweite gekommen war. Blitzschnell riss er Gianlucas Shirt nach oben und fuhr mit der beschmierten Hand über dessen Bauch bis zur Brust hoch.

»Ooaah!« Gianluca sprang mit einem Entsetzensschrei zurück. Aber zu spät. Die Sauerei war perfekt, als ihm der Topf aus den Fingern glitt und scheppernd auf den Boden fiel.

»Oh-oh«, machte Tom und wusste nicht, ob er schockiert oder belustigt sein sollte. Gianluca stand breitbeinig da, hielt sich das T-Shirt angewidert vom Bauch weg und sah mit aufgerissenen Augen über den Boden. Der Topf hatte sich so geschickt gedreht, dass sicher der halbe Inhalt um seine Plüschplastikschuhe verteilt war. Spätestens jetzt musste Tom lachen. Die rosa-grünen Hausschuhe sahen einfach nur zum Brüllen aus. Dazu Gianlucas Gesicht und die ganze Schokosauerei. Und der Kerl stand nur sprachlos da und konnte es offensichtlich nicht fassen.

»Du – verdammtes – Aas!« Gianluca schüttelte ungläubig den Kopf. Er schien wirklich ein bisschen verärgert zu sein. Aber um seine Mundwinkel zuckte ein Lächeln. »Das machst du sauber!«

»Leck mich!« Tom verschränkte die Arme vor der Brust. »Du musstest doch unbedingt …«

So sehr Gianluca gerade noch fassungslos gewesen war, so schnell sprang er plötzlich auf Tom zu. Mit einem Mal drehte sich alles und Tom wusste nicht, was von allem zuerst passierte. Mit einem Ruck riss der Bademantel nach unten, sodass er nackt dastand. Bevor er reagieren konnte, wurde er schon zur Seite gedrängt. Seine Beine kamen allerdings nicht mit, weil plötzlich Gianlucas Fuß im Weg stand. Tom wurde soeben noch am Arm aufgefangen, ehe er zu Boden ging. Dann ließ die rettende Hand aber doch los und unvermittelt lag er neben dem Topf in der Schokolade.

»Uff ...« Es dauerte etwas, bis Tom begriff, dass er den Laut beim Aufprall von sich gegeben hatte. Das war gerade nicht passiert! Gianluca hatte ihn nicht wirklich ...

Und dann stürzte sich Gianluca auch schon wieder auf ihn. Er hatte den kurzen Moment der Orientierungslosigkeit genutzt, um sich Shirt und Hose runterzureißen. Auf dem nackten Oberkörper prangte eine schöne Schokospur und auf seinem Gesicht ein breites Grinsen. Tom wollte sich aufrichten, doch Gianluca drückte ihn sofort nieder.

»Hey, was soll das ...« Bevor er aussprechen konnte, hatte Gianluca sich schon den Topf geschnappt und kippte ihn über Toms Oberkörper aus. Die flüssige Schokolade lief warm zu beiden Seiten hinunter.

»So, was sagst du jetzt?«

»Ich – ich ...« Ohne zu überlegen rieb sich Tom die Brust und patschte eine Schokoladung in das freche Grinsen über sich.

»Das ist mir völlig egal. Ich muss ja nicht putzen.«

»Ha-ha, ich putz bestimmt nicht. Du hast den Topf fallenlassen!«

»Und du bist daran schuld.«

»Ach ja?«

»Wer hat mit dem Mist angefangen?«

Tom zögerte. »Hättest ja nicht mitmachen müssen.«

»Ja, ich bin wohl ebenso schuldig. Aber du hast dir ja schon was von mir gewünscht. Und natürlich werde ich meinen Teil des Deals einhalten.«

»Was für ein Deal?« Tom bemerkte, dass neben dem frechen Witz noch etwas anderes im Blick seines Liebhabers lag. Und dessen praller Schwanz nickte zustimmend.

»Na, du musst putzen und ich leck dich.«

»Hä?«

»Als ich dir deine Aufgabe genannt habe, hast du deine Forderung gestellt: *Leck mich!* Schon vergessen?«

»Ich glaub, ich nenn dich ab sofort *Bumsköpfchen*.«

»Tja, ich kann bei dir halt nur ans Bumsen denken.«

»Ich dachte eher daran, dass du mit dem Kopf wohl öfter schon irgendwo gegengebumst sein musst ...«

Gianluca nahm wieder den Topf und wischte mit der Hand die restliche Schokolade zusammen.

»Was jetzt? Willst du mich etwa einsauen? Da hab ich aber Angst!«

Wortlos hielt Gianluca den Topf vor und ließ einen guten Rest geradewegs in Toms Gesicht platschen.

»Aah, Schwein!« Tom rieb sich die Schokolade aus den Augen. »Du bist so fies!«

»Hab nie behauptet, nett zu sein. Komm, setz dich mal.«

Tom ließ sich aufhelfen. Die Pampe manschte an seinem Rücken und er rutschte mit dem Hintern durch die Schokopfütze. Es dauerte etwas, bis er sich traute, die Augen wieder zu öffnen. In dem Moment setzte sich Gianluca hinter ihn und begann, seinen Rücken einzureiben.

»Sind wir noch nicht fertig?«, maulte Tom.

»Du wirst doch jetzt nicht mürrisch, oder?«

»Ey, das gerade war echt gemein.«

»Ja, war es.« Gianluca zog Tom an sich und rieb über dessen Brust. »Entschuldige, mein Schokoküsschen.«

Tom konnte sich das Grinsen nicht verkneifen. »Wird ja immer schlimmer mit den Kosenamen. Und wir kennen uns erst seit gestern.«

»Sag mal, wie einfallsreich bist du eigentlich?«

Tom legte den Kopf schief. »Worauf bezogen?«

»Auf Kosenamen, woran hast du denn gedacht?«

»Daran, wie du das *Bumsköpfchen* gedeutet hast.«

Gianluca nahm die schokoverschmierten Hände hoch und ergriff Toms Ohren. »Ja, ich fänd's schön, wenn das dein Spitzname wär …«

Tom schüttelte die Hände ab. »Wenn du mich jemals *dabei* an den Ohren ziehst, beiß ich doller zu, als du gut findest.«

»Du meinst also, ich fand das heute gut?«

»Immerhin konntest du mir deswegen ein schlechtes Gewissen einreden und mich so herlocken.«

»Ich hab dich nicht hergelockt.«

»Stimmt, *entführt* passt besser.«

»Und? Wie einfallsreich bist du mit Koseworten?«

»Worüber du dir Sorgen machst, Schmierpfötchen!«

»Na ja, bei dem Verschleiß bedarf es schon recht viel Kreativität, damit die Beziehung nicht öde wird …«

Tom schwieg. Er hatte gerade noch gesagt, dass sie sich ja erst seit gestern kannten. Und trotzdem kitzelte es ständig in seinem Bauch. Und trotzdem machte Gianluca jetzt diese Anspielung. Und trotzdem kam es ihm vor, als wäre er längst mit diesem Mann zusammen, obwohl er ihm gleichzeitig auch so fremd war. Tom dachte erneut an das seltsame Schlafzimmer. Dann schoss ihm die Erkenntnis durch den Kopf, dass dieser Kerl ihn ja tatsächlich bei seinem schlechten Gewissen gepackt hatte. Er hatte sich schon mehrfach gegen eine unvernünftige Liaison entschieden, nur um sofort wieder umzuschwenken. Nein, er wollte nicht an eine Beziehung denken. Das war zu gefährlich. Und ein bisschen kam es Tom so vor, als wüsste Gianluca ganz genau, was er sagen musste, um ihn doch noch rumzukriegen. Herzerwärmendes Lächeln hin, charmante Art her, dieser Mann war niemand, der was anbrennen ließ – außer …

»Woran denkst du?«

»… die Kekse.«

»Was?«

Tom hielt erschrocken die Luft an, als er merkte, dass er den Rest seines Gedankens laut ausgesprochen hatte.

»Schon wieder Hunger?«

»Nein, ich – hab nur – halt an die Kekse gedacht.« Tom schüttelte belustigt den Kopf und fügte etwas sicherer hinzu: »Pimmelkekse.«

»Ich wollte dir nicht zu nahe treten, entschuldige.«

Kurz überlegte Tom, ob er ernsthaft über die in Aussicht gestellte Beziehung reden wollte. Es überraschte ihn, dass Gianluca offenbar seine Verlegenheit bemerkt und richtig gedeutet hatte. Das war die Gelegenheit, um die Grenzen abzustecken. Ein paar Fragen und Geständnisse und es wäre klar, wie ernst sie es miteinander meinten. Aber Tom entschied sich dagegen: »Viel näher als jetzt gerade geht nicht.«

»Oh doch!« Gianluca presste seine Härte gegen ihn.

»Ich sag doch, *viel* näher geht nicht.«

Gianluca schubste ihn von sich. »Du bist so ein freches Aas! Wer hat bitte den Längeren?«

»Aber ist er auch schöner?«

»Ich fasse es nicht. Auf echt alles eine Antwort.«

»Meinst du nicht, wir sollten langsam – was tun?« Tom rieb über den Boden, auf dem die Schokolade hart wurde. Sofort bildeten sich zwischen der Schmiere unansehnliche Krümel. »Baah!«

»Nu mach doch nicht so eine Schweinerei!«

»Wieso? Wolltest du das noch essen?«

»Klar, das wird alles abgeschabt und dann mach ich daraus Pralinen für dich.«

»Wie lieb …« Tom warf zwei Krümelchen gegen Gianlucas verschmierte Brust.

»Na! Fängst du schon wieder an?«

»Ich glaub, viel kann man hier nicht mehr anrichten.« Vorsichtig erhob er sich. Da, wo er gesessen hatte, war die Schokolade noch flüssig, und auch unter den Füßen schien die dünne Schicht gleich wieder zu schmelzen.

»Geiler Schokoarsch!«

»Ist das jetzt auch ein Kosename?«

»Nein, komm her!« Gianluca zog ihn zu sich. »Ich will mal eine von deinen Pralinen kosten.«

»Ich dachte, die würdest du erst noch aus dem Abgeschabten zusammenbasteln.«

Gianluca antwortete nicht, sondern biss in Toms rechte Hinterbacke.

»Au!«

»Entschuldige, zu verlockend …« Sofort biss er in die Linke.

»Aua, verdammt, was soll das? Rache für vorhin?«

»Nee, Rache für meine Küche.« Gianluca lachte.

Tom konnte nicht anders, als ebenfalls laut loszulachen. Sein Gastgeber hatte einen Clownsmund aus Schokolade. Dazu eine runde Schokonase und ein braunes Kinnbärtchen. Jetzt sah das sexy Grinsen alles andere als sexy aus und Gianluca hatte keine Ahnung, wie dämlich er dreinblickte. Spitzbübisch ließ er die Augenbrauen wippen, was es noch viel alberner machte.

»Wieso lachst du so?«, fragte er schließlich.

Tom brauchte mehrere Anläufe, bis er endlich herausbekam: »Du siehst – mit der – Schoko…«

Gianluca wischte sich über den Mund. »Besser?«

»Nein! Total – bescheuert!«

»Guck dich erst mal an, Braunauge!«

Sofort wischte sich Tom durchs Gesicht.

»Vergiss es, das wird nicht besser. Eher im Gegenteil.« Gianluca grinste wieder sexy-blöd. »Du hast doch nicht gedacht, dass du hier nach dem Schlammbad noch gut aussiehst, oder?«

»Hey, mal nicht gemein werden, du Kalorienbombe.«

»Eigentlich wollte ich dich ja wirklich ein bisschen ablecken.« Gianluca kam auf die Beine. »Aber ich glaube, du hast recht: Du machst jetzt sauber.«

»Ey!«

»Na gut, ich helfe dir, Schokobärchen.«

Tom grinste breit. »Olle Kackwurst!«

Schon lagen sie wieder auf dem Boden und rangen miteinander. Tom wehrte sich erbittert gegen den Angriff. Er wollte sich auf keinen Fall auf den Rücken legen lassen. Mit aller Kraft versuchte er, den Mann dafür seinerseits irgendwie unter sich zu bringen. Durch die Schokolade bekam er ihn jedoch nicht recht zu fassen. Alles glitschte. Das war ganz sicher auch der Grund, weshalb Gianluca noch keinen Sieg errungen hatte.

»Gib auf!«, keuchte der irgendwann.

»Du spinnst wohl!« Mit einem Ruck warf sich Tom gegen Gianlucas Brust und zog gleichzeitig dessen Bein mit dem Arm in der Kniekehle hoch. Unsanft landeten sie aufeinander. Aber Tom war oben. Schnell schwang er sich richtig auf seinen Gegner und setzte dessen Arme fest.

»Uff«, machte der Gefangene und verzog das Gesicht. Er schien sich nicht wehren zu wollen.

Tom runzelte die Stirn. »Weh getan?«

»Der Boden ist nicht gerade mein Bett.«

»Ach, deshalb willst du, dass ich unten liege.«

»Ja, deshalb und …« Er hob sein Becken an, sodass seine heiße Latte gegen Toms Hintern stieß. »… mehr Kontrolle.« Er zwinkerte.

»Kontrollfreak?«

»Nein, eigentlich nicht …«

»Aber?«

»Na ja, bislang kommt ja von deiner Seite nicht viel außer freche Anspielungen.«

Tom setzte sich auf, sodass der Druck gegen seine Ritze erhöht wurde. Die Schokolade wirkte wie ein zähes Gleitmittel, das die pulsierende Stange zwischen die Backen brachte.

»Oh Mann ...«, keuchte Gianluca.

»So besser?«

»Ja, vielleicht – hab ich mich – auch nur getäuscht ...«

»Oder du wolltest mich nur provozieren ...«

»Echt? Das klappt bei dir?«

Tom schlug seinem Partner auf die Brust. Tatsächlich hatte er recht. Tom zögerte noch immer, obwohl er längst wusste, dass er diesen Mann wollte. Möglicherweise war es an der Zeit, einfach den Kopf auszuschalten und zu genießen. Spielte es eine Rolle, wie lange das hier andauern würde? Hauptsache war doch, dass sie jetzt zusammen waren.

Tom beugte sich vor und nahm eine der schokoverschmierten Brustwarzen sanft zwischen die Zähne. Dann ließ er seine Zunge spielen und schmeckte die Süße. »Lecker.«

Gianluca seufzte und drängte wieder verlangend sein Becken nach oben. »Vielleicht sollten wir wirklich besser saubermachen und duschen gehen, bevor ...«

»Warum? Gefällt dir die Sauerei nicht?«

»Doch, aber du glitschst so herrlich. Ich würde dich am liebsten packen und ...«

»Du bist ganz schön gierig, weißt du das?«

»Passiert mir nicht allzu oft ...«

»So süß, wie ich jetzt bin, gibt's mich selten. Noch mal probieren, bevor wir das Schlachtfeld räumen?«

»Wenn du nicht immer nur reden, sondern auch mal handeln würdest ...«

Tom reagierte sofort. Ohne zu überlegen drehte er sich um

und kniete sich rittlings über Gianlucas Gesicht. Dann beugte er sich vor, um den harten Schokoschwanz abzulecken. Kaum berührten seine Lippen die zuckrige Eichel, spürte er schon die Zunge in seiner Ritze. Gianluca schien wirklich auf diese Art Leckspielchen zu stehen, denn der Schwanz in Toms Hand zuckte aufgeregt. Seine eigene Erektion verlangte ebenfalls nach Aufmerksamkeit. Aber Tom wollte sich lieber auf den prall gefüllten Luststab vor sich konzentrieren. Immer wieder ließ er seine Zunge um die wulstige Eichel kreisen. Von Mal zu Mal nahm er die Länge tiefer auf, bis der letzte Rest Schokolade beseitigt war. Trotzdem bot die Zuckerstange auch weiterhin ein außergewöhnliches Geschmackserlebnis, weil sich zu der Süße die leicht salzige Note des Vorsafts mischte, der aus dem Schlitz perlte. Tom melkte den Kolben zwischendurch und sah gebannt zu, wie die erotischen Lusttropfen hervortraten, nur um sie anschließend wegzulecken.

Nach einer Weile packte Gianluca ihn an den Hüften und Tom richtete sich auf. Bisher hatte die flinke Zunge seines Gastgebers lediglich um Toms Eingang herumgespielt. Das würde sich nun ändern. Aber Tom hatte da keine Bedenken mehr. Er fühlte sich plötzlich besessen von der Lust, die von seinem Liebhaber ausging. Also setzte er sich auf und drückte seinen Hintern vorsichtig dem gierigen Mund entgegen. Das warme, feuchte Gefühl war unglaublich. Und als Gianluca die Backen auseinanderzog, um seine Zunge endlich zu versenken, presste sich Tom fest auf ihn. Zitternd und mit geschlossenen Augen quetschte er seine Schwanzspitze so hart, dass es fast weh tat. Aber er wollte auf keinen Fall schon kommen. Allein der Gedanke, was dieser Mann gerade mit ihm machte, hatte die Wucht, ihn in einem Orgasmus davonzuspülen. Was auch immer die Zukunft bereithielt, So viel war sicher, heute würde er mit Gianluca schlafen – und es ganz bestimmt niemals bereuen.

Plötzlich hörte Tom ein Geräusch. Er öffnete die Augen und zuckte zusammen, als da unerwartet eine gedrungene Frau im Türrahmen stand. In einem ersten Reflex hielt er sich die Hände vor die Erektion. Zu mehr war er erstmal nicht in der Lage. Seine Muskeln fühlten sich wie eingefroren an. Der kleinen, dicklichen Frau vor ihm ging es da offenbar genauso. Mit riesigen Augen und vor Entsetzen aufgerissenem Mund starrte sie auf die Szenerie. Aber sie gab keinen Laut von sich. Gianluca schien von all dem nichts mitbekommen zu haben, er züngelte weiter vor sich hin. Und wahrscheinlich hätte er damit auch nicht aufgehört, wenn die Frau nach der sekundenlangen Schockstarre nicht doch noch ihre Stimme wiedergefunden hätte.

»Oh – oh mein Gott!«, kreischte sie los. Dann machte sie im Türrahmen kehrt und eilte brabbelnd hinaus. »Ah – nein-nein-nein! Oh nein! Ach herrje, aaah!« Krachend fiel die Metalltür ins Schloss.

Tom war immer noch völlig erstarrt. Erst, als Gianluca ihn unsanft wegstieß, weil er nun doch mal den Kopf freibekommen wollte, kam er zu sich.

»Scheiße!« Sein Liebhaber sprang auf.

Tom tat es ihm gleich. »Wer – wer war denn das?«, fragte er unsicher. Mit Schokoladenkrümeln unter den Füßen verließ er den Tatort und schnappte sich den Bademantel vom Boden.

Gianluca antwortete nicht, sondern lief wie ein aufgescheuchtes Vieh herum, um seine Klamotten zusammenzusuchen. Dann brüllte er plötzlich: »Edita!«

»Okay«, sagte Tom, »und wer ist Edita?«

»Tom!« Gianluca sah ihn warnend an. Dann riss er ihm den Bademantel aus den Händen. Noch im Laufen warf er sich das Teil über, wobei er sich um ein Haar wieder in die Schokolade gelegt hätte. Tom musste lachen, hielt sich aber schnell die Hand vor den Mund.

»Edita!«, schallte es durch den Flur. Kurz darauf knallte die Küchentür erneut zu. Tom starrte auf die Spur, die Gianluca mit der Verse in die Schokolade geschmiert hatte, bevor er sich gerade noch fangen konnte. Vergeblich versuchte er, das Kichern zu unterdrücken.

Von draußen drang Editas aufgebrachte Stimme herein. Was immer sie auch sagte, Tom verstand nur: »Oh Gott dies, oh Gott das, oh meine Güte und Herr im Himmel, oh Gott, oh Gott.«

Gianluca redete auf sie ein. Wahrscheinlich hatte die arme Frau nicht mal gewusst, dass es Schwule gab auf Gottes Erden. Und das zur Weihnachtszeit! Tom nahm Gianlucas Klamotten und zog sich an. Das Herz schlug ihm noch immer bis zum Hals und er hatte weiterhin das Gefühl, unbeherrscht lachen zu müssen. Aber angezogen fühlte er sich schon mal sicherer. Sollte nun jemand unbedacht hereinkommen, war er zumindest nicht nackt. Nur die Schuhe mit Plüschfutter wollte er nicht versauen.

Im Flur wurde das Gejaule lauter. Unsicher blieb Tom zwischen Küchenzeile und Schokoboden stehen. Irgendwie kam ihm das alles vor, als wäre sein Liebhaber beim Fremdgehen erwischt worden. Da hätte Gianluca aber bestimmt mehr Vorsicht walten lassen, wenn diese Gefahr gedroht hätte. Toms Blick glitt durch den Raum zu den Vorhängen. Plötzlich dachte er an die Filme, in denen sich die verbotenen Gespielen vor den eigentlichen Partnern verstecken mussten. Das wär's doch jetzt, wenn er Gianlucas Bitte überging und sich hinter dem Vorhang verkroch. Schöne braune Handabdrücke auf dem sicher gnadenlos teuren Stoff und von draußen konnten ihn die neugierigen Nachbarn sehen.

Tom verwarf die Vorstellung. Tatsächlich war ihm gerade nach Verstecken zumute. Er hatte ein schlechtes Gewissen, weil er mit der Sauerei hier angefangen hatte und die Sache nun so seltsam aus dem Ruder gelaufen war. Vielleicht sollte er mal mit dem Saubermachen anfangen …

Im Flur unterbrach Gianluca mit einem entnervten Aufschrei Editas Gejammer: »Das – ist – *Scho-ko-la-de*!«

Tom runzelte die Stirn. Sein Blick glitt auf den Boden. Dann stellte er sich vor, was die arglose Edita gesehen haben musste: Er hatte geradewegs auf Gianlucas Gesicht gesessen, ringsum dieses braune Schlachtfeld. Da konnte man durchaus auf falsche Gedanken kommen.

»Mensch, bleib stehen! Ich will es dir doch erklären!«, hallte es durch den hohen Flur.

»Nein, oh Gott, nein!«

Tom lachte laut auf. Er stellte sich vor, wie sein Traummann mit der Schokoschmiere im Gesicht hinter der panisch flüchtenden Frau herlief.

sleigh ride

… in welchem Tom auf dem Schlitten reitet …
… und im Spiegel die Zukunft sieht.

Es dauerte eine halbe Ewigkeit, bis der schokolierte Gianluca die schockierte Edita beruhigen konnte. Tom hatte inzwischen mit einem Topfschwamm und Spülwasser die Schokolade zusammengekratzt. Jetzt ging es an die Feinarbeit. Er ließ erneut heißes Wasser in eine Schüssel laufen und gab ordentlich Spülmittel dazu. Dann kniete er sich wieder hin und wischte mit einem Lappen über den Boden. Ein Wischmopp wäre deutlich angenehmer gewesen, doch er wollte auf keinen Fall die Küche verlassen. Solange Edita nicht vollkommen überzeugt war, dass die Spuren in seinem Gesicht tatsächlich nur Schokolade … Aber das war auch egal. Die Frau hatte ihn beim Sex erwischt, der wollte er so schnell nicht noch mal in die Augen sehen müssen. Tom schüttelte belustigt den Kopf, während er die braune Wassersuppe aufnahm und den Lappen über der Schüssel ausdrückte.

»Was ist so witzig?«

Tom sah auf. »Ah, fertig?«

»Ja, ich bin fertig mit Überzeugungsarbeit, Edita ist fertig mit den Nerven, nur du bist noch nicht fertig. Ich dachte, ich komm rein und alles ist sauber.« Gianluca kam grinsend auf ihn zu und die Eisentür fiel wieder in den Rahmen. Dann schob er die Brauen zusammen. »Was für ein Theater. Bist du okay?«

Tom spürte die Hand auf seiner Schulter. Eine beruhigende und liebevolle Geste. »Ja – du auch?«

Gianluca seufzte. »Ja, auch. Ob Edita es überleben wird, werde ich wohl erst morgen erfahren.«

»Ach, so lang gibst du ihr noch?«

»Sei mal nicht frech. Ohne sie müsste ich hier alles selbst putzen – oder jemanden anderes einstellen. Los, steh auf!«

Tom ließ den Lappen in die Schüssel fallen und erhob sich. »Tut mir leid, dass du wegen mir Ärger hast.«

»Nein, ich …« Gianluca schüttelte den Kopf, zog die Schultern hoch und schnaufte. »… hab einfach nicht dran gedacht.«

»Woran? Dass deine Mutter noch den Schlüssel zu deiner Bude hat?«

Gianluca lachte. »Wenn Edita meine Mutter wäre, wär ich aber verdammt groß geraten.«

»Hätte ja sein können, dass sie mit einem Riesen …«

»Hast du meine Mutter gestern eigentlich nicht gesehen? Das war die steif lächelnde Frau neben dem angewidert guckenden Monster – äh, Mann.«

»Du scheinst deinen Vater wirklich zu mögen.«

»Schluss damit!«

Auch wenn sein Gegenüber lächelte und mit der Schokoschmiere im Gesicht absolut süß aussah, spürte Tom, dass er bei diesem Thema lieber nicht nachhakte. »Also, sie ist nicht deine Mutter; zu jung, um deine Oma zu sein; zu alt für eine Schwester …« Es zwickte Tom, aber er machte den Scherz dennoch: »Die Plätze für die Verlobte und die Affäre sind belegt …«

»Edita ist meine Hauswirtschafterin«, ging Gianluca amüsiert dazwischen. »Ich habe blöderweise vergessen ihr mitzuteilen, dass sie erst morgen kommen soll.«

»Oh, und jetzt kommt sie nie wieder …«

»Kann schon sein.«

»Also wenn du die Stelle neu besetzen musst, du siehst ja, was ich drauf hab.« Tom deutete auf die Kakaopfütze am Boden.

»Ich brauche jemanden, der putzt und saubermacht. Wenn ich jemanden einstellen will, der das Chaos erst verursacht und den Dreck danach noch großflächig verteilt, meld ich mich bei dir.«

»Hey!«

»Okay, ich würde dich auch für andere Belange anrufen …«

»So wie du das sagst, klingt das schon wieder nach Job und Sex in einem …«

»Ich werde dir nie wieder einen Job anbieten, das verspreche ich dir.«

»Na, dann bleibt ja nicht mehr viel zur Auswahl …«

Gianluca legte seine Hände auf Toms Hüften. »Du machst mich echt verrückt, ich könnte dich auf der Stelle …«

»Nur so zur Sicherheit: Edita ist wirklich weg?«

»Keine Sorge. Wahrscheinlich muss ich ihr einen Therapeuten besorgen, damit sie weiterhin selbstständig hereinkommt.«

»Weitere Angestellte?«

Gianluca riss gespielt entsetzt die Augen auf. »Nein, ich bin doch kein Snob!«

»Wer hat sonst noch freien Zutritt?«

»Lediglich Marie. Sag mal, wird das ein Verhör?«

»Die Fragen stelle hier ich!« Tom grinste. »Und es ist ja nicht so, als hätte ich nicht gute Gründe, oder?«

»Muss ich dir jetzt auch einen Therapieplatz besorgen?«

»Ich stelle die Fragen!«

»Okay-okay …«

»Besteht die Gefahr, dass Marie einfach so hier reinplatzt?«

»Nein, sie weiß Bescheid.«

»Worüber?«

»Dass ich heute ein Date habe.«

Die Schmetterlinge legten wieder los. Tom konnte nicht verhindern, dass sein Lächeln immer breiter wurde. Also hatte sein Traumkerl seiner Verlobten von ihm erzählt ...

»War es das, Oberkommissar Grinsebacke?«

»Jawohl, Verhör abgeschlossen.«

»Mit dem Ergebnis zufrieden?«

»Sehr. Ich kann dir nämlich jetzt guten Gewissens sagen, dass du *den da* ruhig draußen lassen darfst.« Tom deutete auf die Latte, die aus dem Bademantel seines Gastgebers herausragte.

»Ups! Frecher Lümmel!« Gianluca richtete den Mantel und zog den Gürtel enger. »Eigentlich hab ich das ja extra gemacht, damit du wuschig wirst und wir gleich da weitermachen können, wo wir aufgehört haben.«

»Ääät!«, machte Tom das Geräusch eines Alarmsignals nach. »Das ist eine Lüge!«

»Woher willst du das wissen?«

»Ich bin Oberkommissar Grinsebacke.«

»Beweisführung?«

»Wenn du es geplant hättest, hättest du deinen Lümmel wohl kaum weggepackt, oder?« Tom kniff prüfend die Augen zusammen. »Außerdem bist du leicht rot geworden.«

»Was? Wer? Ich?«

»Bestimmt, weil du dich gerade fragst, ob Edita *deshalb* so ein Theater gemacht hat, was?«

Gianluca lachte laut auf. »Glaub mir, da hatte ich ganz sicher keinen Steifen.«

»Das ist eine beruhigende Information.«

»Du bist aber richtig gut im Rekonstruieren. Kannst du auch vorausschauen?«

»Das hatten wir doch schon. Du denkst dir extra was besonders Perverses aus, damit ich auf keinen Fall recht behalte.« Tom nahm die Schüssel auf. »Hast du Putzzeug?«

»Klar, das bekommen meine Gäste aber nicht zu sehen.«

»Ah, muss ich also nicht putzen?«

»Das hab ich nicht gesagt. Ich will dich nur auf den Knien sehen.«

Tom überlegte, ob er seinen Liebhaber mit dem nassen Lappen bewerfen sollte. Er entschied sich dagegen. Genug Schweinerei für heute.

»Wenn ich Glück habe, kommt Edita morgen noch mal vorbei. Lassen wir ihr die erleichternde Erkenntnis, dass es tatsächlich nur Schokolade ist.« Gianluca nahm Tom die Schüssel mit dem Lappen aus den Händen und stellte sie auf den Tisch. Dann schlang er die Arme um Tom. »Du hast ja meine Klamotten an.«

»Na ja, ich wollte vermeiden, dass Edita wieder hereinstürmt und noch mal einen genaueren Blick riskiert.«

»Und was ist mit mir?«

»Dich kann sie von mir aus unter die Lupe nehmen.«

»Schokomäuschen, bitte verarsch mich nicht.«

»Ich hatte eigentlich den Eindruck, dass du sehr gern verarscht wirst.«

»Nur von so einem Arsch wie dir.« Gianluca ließ seine Hände hinuntergleiten und packte Toms Hinterbacken. Er schnaufte. »Viel zu viel Stoff.«

»Hier unten ziehe ich mich nicht noch mal aus.«

»Dann musst du wohl mit hochkommen. Lust auf eine gemeinsame Dusche?«

»Was? Du willst den Schokomatsch echt abwaschen?«

»Will ich wissen, was du dir jetzt wieder ausgedacht hast?«

»Wahrscheinlich nicht, aber ich bin sicher, du würdest mit nem Afro sehr gut aussehen. Ein kleines Baströckchen dazu und …«

»Jetzt reicht's!« Gianluca schlang blitzschnell seinen Arm um

Toms Hals und nahm ihn in den Schwitzkasten. »Mitkommen!«

»Hmmmpf!«

»Was? Ich kann dich nicht verstehen.«

Tom stolperte gebeugt neben seinem Gastgeber durch die Tür und hielt sich dabei an dessen Bademantel fest. »Lmmmpf mmmpf mooof!«

»Wenn du mir versprichst, ab sofort alles zu machen, was ich sage – ohne Widerrede –, lass ich dich los.

»Ooompfeee!«

»Hmm, war das ein *okay*?«

»Maaah!«

»Gut, ich vertrau dir mal.«

Tom machte sich aus dem Griff frei und strich sich übers Gesicht. Es fühlte sich an, als wäre er dunkelrot. »Mann!« Die Beschwerde hallte durch das hohe Flurzimmer.

»Ah?« Gianluca hob den Zeigefinger. »Du hast mir was versprochen.«

Tom schwieg. Dann sah er, dass die Schokokrümel unter seinen Füßen Schmilztapser hinterlassen hatten. »Ähm, vielleicht hätten wir ...«

»Geduscht wird oben. Komm!«

Tom ließ sich zur Treppe drängen, stemmte sich dann aber gegen seinen forschen Liebhaber. »Hey, warte! Nicht so schnell. Wir können doch nicht ...«

»Hör auf zu labern und geh hoch, ich bin scharf auf dich!«

»Ich denk ja nur an die arme Edita. Die muss die ganze Bude putzen, wenn ... Hey!« Tom spürte eine Hand zwischen seinen Beinen. Auch hier zeigte sich Gianluca plötzlich sehr energisch. Wahrscheinlich war das sein Daumen, der versuchte, den Stoff der Jogginghose geradewegs ins Loch zu pressen. Und die Finger hielten Tom bei den Eiern, sodass ihm gar nichts anderes übrig blieb, als folgsam die Stufen hinaufzusteigen.

»Mach dir mal keine Gedanken um meine Haushälterin. Die wird fürstlich entlohnt und kann daher auch ein bisschen was vertragen.«

Tom lachte. »Ab heute dann auch Schokospielchen …«

»Ich fürchte, da müssen wir sie noch etwas trainieren, bis so ein Anblick zur Routine wird.«

»Solange ich nicht putzen muss …«

»Tom?« Sie standen vor der Tür zum Schlafzimmer und Gianluca schmiegte sich von hinten an ihn.

»Luca?«

»Ich bin wahnsinnig geil auf dich. Meinst du, du kannst mir da helfen, ohne dass ich vorher totgelabert werde?«

Tom drehte sich kichernd um. »Ja.« Er zog seinen Gegenüber am Nacken zu sich und küsste ihn leidenschaftlich. Und als der Bademantel sich fast wie von selbst öffnete, presste Gianluca sein Gemächt an ihn. Instinktiv reagierte er und schlang die Beine um die Hüften seines Liebhabers. Auch wenn er noch die Jogginghose anhatte, fühlte sich die Härte zwischen seinen Schenkeln fantastisch an. Und die hitzigen Küsse raubten ihm den Verstand. Die Eisentür, gegen die ihn Gianluca in seiner Lust drängte, schien weich wie eine Matratze zu sein. Sogar das Knacken und Knarzen der Metalltreppe klang plötzlich wie Musik. Rau und hart arbeiteten die Metallstifte im Mauerwerk. Tom dachte daran, dass er einen anderen Stift gern in sich arbeiten lassen würde. Nein, er musste nicht mehr reden. Das machte er ohnehin aus Unsicherheit. Aber er hatte ja längst entschieden, dass er mit diesem Mann zumindest heute aufs Ganze gehen wollte. Und wenn ein solcher Typ darum bat, Erlösung finden zu dürfen …

»Die Tür – geht – nach außen – auf«, keuchte Gianluca nach einer Weile.

Wortlos gab Tom die Taille frei und ließ sich ins Schlafzimmer drängen. »Hältst du es noch aus, wenn wir vorher duschen?«

»Müssen wir. Das Bett ist schokofreie Zone.«

Tom kamen sofort eine ganze Reihe frecher Erwiderungen in den Kopf, doch er verkniff sich eine Antwort. Stattdessen zog er eilig die verschmierten Klamotten aus und ging ins Bad. Als das harte Neonlicht flackernd ansprang, fiel Tom wieder der krasse Gegensatz auf. Unten in der Küche hatte er sich tatsächlich wohlgefühlt – nicht zuletzt dank Gianlucas Anwesenheit. Jetzt, da er aber am Ende des schmalen Schlauchs in die Großraumdusche schaute, spürte er ein seltsam ängstliches Gefühl. »Sieht echt aus wie in einer Kaserne …«

Gianluca kam von hinten heran und legte einen Arm um Tom. »Bananenköpfchen, ich glaub, du warst noch nie in einer Kaserne. Ich kann dir versichern, die haben es da nicht so schön.«

»Das findest du schön?«

»Nein, ich finde andere Sachen viel schöner.« Wieder drängte er seine heiße Stange gegen Toms Poritze.

»Ich dachte, wir machen keine Scherzchen mehr …« Tom drehte sich um, wobei der fremde Schwanz an seiner Hüfte vorbeirutschte und schließlich mit seiner eigenen Erektion kämpfte.

Gianluca griff erneut Toms Hintern und zog ihn an sich, sodass sie hart auf hart gegeneinander rieben. »Ich glaube, hier geht's weniger um Scherzchen. Du fühlst dich nicht wohl, was?«

»Mmh …«

»Ich mag scharfe Kontraste. Ich mag eine gemütliche Küche in einer ehemaligen Werkshalle. Ich mag einen frechen Kerl, der nach Unschuld riecht und intensive Bilder ohne Farbe malt. Eigentlich müsste dir diese nackte Funktionalität doch gefallen, oder nicht? Okay, wahrscheinlich würdest du einen Hammer nehmen und mir eine Fliese zerschlagen, damit das Bild für dich passend ist …«

Tom schluckte. Langsam glaubte er wirklich daran, dass der Kerl in der Kunstakademie vorbeigeschaut hatte. Obwohl, die

Auseinandersetzung mit der inneren Leere und dem Unperfekten, das war nun nicht gerade neu.

»Weißt du, was ich gern in dieses Bild hier reinmalen würde?« Gianluca ließ eine Hand zwischen Toms Backen gleiten und rieb über die noch feuchte Rosette.

»Nein«, hauchte Tom.

»Uns beide. Hitzige Leidenschaft in einem viel zu großen, kalten Duschraum. Zwei glühende Körper, die sich unbekümmert von der sie umgebenden Leere lieben und sich damit ihre eigene Welt schaffen.«

Tom wusste nicht, was er sagen sollte. Irgendwie berührte ihn das, was Gianluca da sagte. Im Grunde drückte es das aus, was er selbst in seinen Bildern vermisste. Er malte das, was er sah und fühlte, nicht das, was er gern hätte. Und jetzt gerade wünschte er sich nichts mehr, als tatsächlich mit diesem Mann eine eigene Welt zu haben, in die er eintauchen konnte. Ob das nun Liebe war oder nur Leidenschaft, ob es für immer hielt oder nur einen Augenblick, was spielte das schon für eine Rolle?

Tom ließ wortlos seine Hände über Gianlucas Rücken gleiten, bis er schließlich ebenfalls knackige Arschbacken umfing. Er zog seinen Liebhaber in die Nasszelle. Sie küssten sich, sie rieben aneinander, sie schnauften und stöhnten. Ganz nebenbei drehte Gianluca eine der Duschen auf. Ein kalter Platzregen ging auf sie nieder und Tom hielt sich nach Luft schnappend an seinem Gegenüber fest.

»Whoa!«

Gianluca grinste. »Du bist so heiß, das Wasser müsste eigentlich verdampfen.«

»Ha-ha, was Besseres fällt dir als Entschuldigung wohl nicht …« Weiter kam er nicht, weil sein Mund mit einem tiefen Kuss verschlossen wurde. Es schmeckte nach Wasser und immer noch leicht nach Schokolade – und natürlich nach Sex. Ob es eine Andeutung war, dass Gianluca seine Zunge stoßweise vorschob? Tom griff automatisch zwischen sie und packte den hitzigen Kolben. Dessen Besitzer schnaufte erregt. Sogleich spürte Tom, wie sich auch um seinen Schwanz eine Hand legte und ihn ebenso rhythmisch zu reiben begann. Doch dann zuckte er zusammen, weil die Berührung etwas zu hart war.

»Entschuldige.«

»Was hast du gesagt?«

Gianluca ließ ihn los und drehte das Wasser ab. »Tut mir leid, hab ich dir wehgetan?«

»Schon okay. Ganz so empfindlich bin ich nicht. Aber ich glaub, wir sind jetzt quitt.«

»Ein bisschen Gleitmittel kann sicher nicht schaden. Warte kurz.«

Tom sah fröstelnd zu, wie sein Gastgeber die Nasszelle verließ. Das Wasser perlte auf dessen Körper und überall waren noch braune Schokospuren zu sehen. Doch Tom hatte ausschließlich Augen für das Muskelspiel, das sich auf dem Rücken abzeichnete – und den knackigen Hintern. Plötzlich hatte er Lust, all diese feinen Tropfen abzulecken und vielleicht auch die zwischen den Backen ... Der Gedanke machte ihn ganz kribbelig. Aber als sein Liebhaber außer Sicht war, fröstelte er vor Kälte. In der Küche war es angenehm warm gewesen. Hier oben stand kein Ofen, der für heimelige Temperaturen sorgte.

»Oh, ist dir kalt?«, fragte Gianluca, als er mit einem Duschgel in der Hand zurückkam.

»Bisschen.«

»Dann mach doch das Wasser wieder an, Mensch.«

»Ich dachte, du wolltest mich bestrafen ...«

»Stehst du auf sowas? Das würde jedenfalls gut passen, eine strenge Hand könnte dir durchaus gut tun.«

»Ha-ha.«

»Was jetzt? Wasser oder mich und Duschgel?«

Tom sah an dem muskulösen Körper hinunter. Kaum war er bei der Erektion angekommen, wurde ihm tatsächlich wieder warm.

»Ich kann dich auch mit *dem* einseifen …«

Tom lachte. »Dann leg los, mir ist kalt!«

Sofort begann sein Liebhaber, sich an ihm zu reiben. Und als kurz darauf noch das Duschgel dazukam, glitschten ihre Körper erregend aneinander. Tom genoss es, von diesen starken Händen massiert zu werden und gleichzeitig die harten Muskeln unter der Haut seines Gegenübers zu befühlen.

»Wird dir langsam warm?«

»Heiß«, bestätigte er.

»Okay, dann können wir ja da weitermachen, wo wir aufgehört haben.«

»Öhm, tun wir das nicht gerade schon?«

Gianluca presste ihn mit dem Rücken an die Wand. »Das war nur die Aufwärmphase. Mir tut's allmählich wieder weh mit dem Dauerständer. Hast du denn keine Probleme?«

»Na ja, gegen etwas Erleichterung hätte ich nichts …«

»Schau an, da wird er plötzlich wieder ganz vorsichtig.«

»Na ja …«

»Was *na ja*? Ziehst du dein Versprechen etwa zurück?«

»Welches Versprechen?«

»Brav zu sein und alles mit dir machen zu lassen, was ich will.«

Toms Herz klopfte einige Takte schneller. Er sah in diese tiefen Augen, die nie vollständig verrieten, was hinter ihnen vorging.

»Nervös?«

»Ein wenig …«

»Musst du nicht. Ich hab noch niemanden aufgefressen.«

Tom räusperte sich. »Ich – ich weiß gar nicht, ob ich das – so schlimm fände.«

Gianluca lachte auf. Dann wirbelte er Tom herum und drückte ihn mit der Brust gegen die Kacheln.

»Ähm ...«

»Pscht!«

Tom schloss die Augen. Seine Haut nahm die Kälte der Wand auf, aber er fühlte sich wie ein Stück glühendes Eisen in den Händen seines Verführers. Er schluckte bei dem Gedanken, was er wohl zu erwarten hatte. Eine weitere Portion Duschgel traf auf seinen Rücke und wurde verrieben. Dabei hielt Gianluca ihn mit einer Hand fest gegen die Kacheln gepresst, während er ihn mit der anderen einrieb. Erst kleine Kreise über den Rücken, allmählich größere, sodass schließlich die Hinterbacken ebenfalls eingeseift wurden. Jedes Mal, wenn die Finger über Toms Po strichen, blieben sie kurz in der Kerbe hängen. Tom wusste, was zwangsläufig kommen musste. Nach und nach wurden die Berührungen in der unteren Region ausführlicher, verweilten sie länger im Tal zwischen den Arschbacken. Schlussendlich fuhr die Hand von oben die Wirbelsäule entlang hinunter vollständig in die Ritze. Tom seufzte, während sein Liebhaber diesen Weg ein paar Mal abfuhr und immer mehr glitschigen Schaum an diese reizvolle Stelle brachte. Irgendwann nahm Gianluca sogar noch eine weitere Portion Duschgel und zwängte sich damit zwischen Toms Beine. Nun rieben die Finger eine kürzere Strecke vom Poansatz durch die Backen bis zum Sack. Tom keuchte.

»Alles okay?«

»Mmh«, machte Tom nur. Ihm war etwas schwindelig, weil inzwischen Gianlucas starker Arm gegen seine Rosette drückte, während die Hand seine Eier losließ und sich zu seinem Schwanz vortastete. Diesmal war der Druck okay, da der Schaum für die nötige Gleitfähigkeit sorgte. Das Muskelspiel an seinem Loch allerdings brachte ihn fast zum Überkochen. Er musste die Wichsbewegung stoppen. Sein Liebhaber reagierte sofort, indem er sich wieder zurücktastete. Dabei ließ er keine Unebenheit zwischen Toms Beinen aus. Überall drückte er, befühlte, massierte und rutschte schließlich immer wieder um das Loch herum. Sanft bearbeiteten die Finger die Rosette. Völlig atemlos stand Tom da, während sein Schwanz wie verrückt pumpte. Normalerweise kannte er Vorsaft bei sich selbst gar nicht, da er für gewöhnlich lange vor dem ersten Tropfen fertig war. Aber jetzt spürte er richtig, wie die Liebesperlen aus seiner Eichel flossen. Und als endlich einer der Finger in ihn hineinglitt, hatte er für einen Augenblick das Gefühl, einfach so anspritzen zu müssen.

»Aaah!«, keuchte Tom ziemlich laut und hielt Gianlucas Hand zwischen seinen Arschbacken fest.

»Was ist?«

Er brauchte einen Moment, bis er ausschließen konnte, dass die Welle vorbei war und er nicht explodieren würde. »Ich – wär fast – gekommen …«

»Ich dachte schon, ich hätte etwas falsch gemacht.«

»Nein.«

»Ist doch schön, wenn es dir gefällt.« In Gianlucas Stimme schwang ein breites Grinsen mit. Vorsichtig zog er seinen Finger zurück und richtete sich auf.

Tom wollte sich gerade umdrehen, als er wieder die Hand in seinem Rücken spürte und gegen die Kacheln gepresst wurde.

»Hey, nicht so eilig. Wir sind noch nicht fertig.«

Tom seufzte. Es gefiel ihm, dass sein Gastgeber die Führung hatte. Obwohl er vorhin so unsicher gewesen war, vertraute er sich der Erfahrung seines Liebhabers nun bedenkenlos an. Immer kräftiger rieben die Hände über seinen Körper, immer fordernder drängte das Becken hinter ihm vor. Tom keuchte vor Lust, als sich die heiße Stange seines Hintermanns vom Schaum getragen einen Platz in seinem Ritz suchte.

Gianluca raunte ihm ins Ohr: »Ich hab schon die ganze Zeit das Gefühl, dass ich jeden Moment kommen könnte. Allein, dass du hier bei mir bist, macht mich wahnsinnig.« Dann griff er um Tom herum nach dessen Latte.

»Nicht«, sagte Tom und wehrte ab.

»Ich will deinen Schwanz halten, während ich mich an deinem Arsch reibe.«

»Da fehlt echt nicht mehr viel …«

»Bei mir auch nicht. Vielleicht schaffen wir es ja gleichzeitig.«

Bevor Tom etwas erwidern konnte, glitt Gianlucas Zunge in sein Ohr. Er gab dem Drängen der Hand in seinem Schritt nach und seufzte wohlig, als die Faust sich wieder bewegte. Doch diesmal achtete sein Liebhaber offenbar eher auf die eigene Härte, die er mit verlangenden Bewegungen durch Toms Ritze trieb. Dabei presste sich der Schaft hart gegen das eingeseifte Loch. Mehrmals rutschte die Eichel derart fordernd daran vorbei, dass Tom jedes Mal laut aufstöhnte. Und tatsächlich wünschte er sich schon bald, diesem unsagbar heißen Mann Einlass zu gewähren. Nur eine Sache fehlte noch …

»Warte!«, keuchte er.

»Nein!«, antwortete Gianluca atemlos. »Ich – kann nicht – mehr.«

»Willst du nicht …«

»Nein.« Gianluca zog sich kurz zurück, um seinen Kolben zwischen Toms Schenkel zu schieben.

Jetzt verstand Tom. Er presste seine Beine zusammen, um der glühenden Stange dazwischen mehr Reibung zu bieten. Dann gab er die Hand an seinem Schwanz wieder frei, die auch sofort mit ihren massierenden Bewegungen fortfuhr. Es dauerte nicht lang und das Ziehen und Kitzeln in seinem Unterbauch nahm rasant zu. Gianlucas Atem in seinem Ohr sprach ebenfalls eine eindeutige Sprache. Sie standen beide kurz vor dem Höhepunkt. Es war ein unglaubliches Gefühl, den harten Schwanz in der Mitte seiner Schenkel tanzen zu spüren. Immer wieder stieß er dabei gegen Toms Eier. Und der Griff um dessen pumpende Latte wurde von Sekunde zu Sekunde stärker.

»Oh Mann ...«, stöhnte Gianluca schließlich und trieb sich zuckend vor.

Tom spürte das heftige Pulsieren zwischen den Beinen und den heißen Saft an seinem Sack. Gianluca hielt ihn einfach nur fest, gerade offenbar völlig unfähig, etwas anderes zu tun, als seinen Orgasmus zu genießen. Also brachte Tom sich selbst mit wenigen Handstrichen über die Klippe. Sein Unterbauch zog sich zusammen und nun war er es, der zuckend und weggetreten dastand. In mehreren harten Schüben schoss ihm die Lust aus dem Schwanz, während er noch immer den pochenden Stab zwischen den Schenkeln hatte. Das war zwar anders, als er es sich vorgestellt hatte, aber es fühlte sich in diesem Moment so wahnsinnig gut an ... Und tatsächlich war Tom auch erleichtert ...

»Entschuldige bitte«, flüsterte Gianluca nach einer Weile. »Ich konnte einfach nicht länger warten.«

»Kein Problem«, gab Tom leise zurück.

»Was wolltest du denn?«

»Ach, nichts.«

»Sag schon.« Gianluca küsste Tom auf die Wange.

»Ein Kondom.«

»Ach so. Tut mir leid, ich hatte keins.«

Tom runzelte die Stirn und machte sich los. »Du hast keine Kondome?«

»Ja, ich bin auch ein wenig – überrascht. Ich dachte, ich hätte noch welche. Hab extra nachgeschaut, als ich das Duschgel geholt hab. Aber, na ja ... Ich wollte dir ja eh noch ein bisschen Schonfrist geben. Wir haben ja erst das zweite Date.«

Tom schüttelte den Kopf. »Also, Moment mal. Was sagen deine anderen Sexdates denn, wenn du keine Gummis im Haus hast?«

»Welche anderen Sexdates?« Gianluca grinste, während er die Dusche anstellte. Das plötzliche Wasserrauschen verhinderte eine weitere Unterhaltung.

Tom wusch sich nachdenklich das Sperma von den Beinen. Wieder mal hatte er das Gefühl, absolut nicht zu wissen, woran er bei seinem Gegenüber war. Er musste an den Spiegel über dem Bett denken und daran, was er vorhin für Vermutungen angestellt hatte, was dieses Badezimmer betraf. Vor nicht mal fünf Minuten hatte er befürchtet, Gianluca würde ihm sein Ding einfach so reinschieben, nur von einem bisschen Duschgel getragen. Aber das hatte der Kerl gar nicht vorgehabt. Und tatsächlich fand Tom die Art, wie sie gerade Befriedigung gefunden hatten, absolut schön. Er hatte noch nie einen Schwanz auf diese Weise zwischen den Beinen gehabt.

Gianluca war mit dem Duschen fertig und verließ die Nasszelle. Kurz bevor er aber um die Ecke verschwand, warf er einen frechen Blick zurück und zwinkerte.

Tom fühlte sich erwischt, obwohl es eigentlich völlig normal sein sollte, dass er seinem nackten Liebhaber lustvoll hinterherschaute. Dann beendete er eilig den Waschgang. Auch wenn sich nach und nach herausstellte, dass Gianluca gar nicht so sehr Macho war, wie er manchmal vorgab, gab es noch genügend geheimnisvolle Anziehungskraft. Tom wollte das Rätsel dieses Mannes unbedingt lösen – und vor allem: schlicht und einfach in dessen Nähe sein.

Er rubbelte sich nachlässig mit einem der Handtücher ab, bevor er das Licht löschte und das Schlafzimmer betrat. Sein Gastgeber lag nackt auf dem Bett.

»Du siehst aus, als wolltest du Sex«, stellte Tom fest.

»Echt? Mmh …« Gianluca deutete auf seine Körpermitte. »Ich glaube, jetzt gerade nicht. Willst du etwa schon wieder?«

Tom sah an sich hinunter. »Hmm, ich glaub, jetzt gerade nicht.«

»Dann komm ins Bett!«

»Damit wir das ändern können?«

Gianluca lachte. »Du hast immer einen Spruch parat, was?«

Schweigend stieg Tom aufs Bett und legte sich in den Arm dieses gemalten Kerls. Im Spiegel sah er wirklich eher wie ein Traumbild aus.

»Hallo?«

»Was?«

»Ich hab gar keine Antwort bekommen.«

Tom grinste. »Damit hab ich wohl bewiesen, dass ich nicht immer das letzte Wort haben muss.«

»Darfst du aber, wenn du möchtest.« Gianluca küsste ihn auf die Stirn.

»Sag mal, warum liegen wir eigentlich auf der Decke?«

»Damit ich dich noch etwas anschauen kann.« Er sah mit einem zufriedenen Ausdruck zum Spiegel hoch. »Sehen die beiden nicht verdammt gut aus zusammen?«

»Und ich dachte wirklich, es sei ein Sexspiegel …«

»Nee, ist für Egotrips.«

Tom schaute zu, wie der Mann neben ihm die Muskeln spielen ließ und ein wenig poste. »Sag mir bitte nicht, dass du nur deshalb reich bist, weil hinter dem Spiegel eine Kamera steckt, die alles gleich auf deine kostenpflichtige Webseite postet.«

»Da ist es wieder, das Bananenköpfchen!«

»Los! Ernsthaft! Sexspiegel?«

»Okay. Ganz im Ernst: Ich liege hier gern und schau mir beim Denken zu.«

»Beim Denken?«

»Frag das nicht so frech!«

»Entschuldige.« Tom räusperte sich.

»Was?«

»Nichts, ich will dir auch mal beim Denken zuschauen.«

Gianluca sah ernst in den Spiegel hoch. Sicher eine halbe Minute lang. Dann lachte er. »Okay, es ist ein Sexspiegel. Zufrieden?«

»Ich hab's gewusst!«

»Aber nicht mehr heute. Los, ab unter die Decke!«

»Bist du denn schon müde?«

»Nein, aber ich will nicht, dass dir wieder kalt wird.«

Tom kam der Aufforderung nach und schlüpfte unter die Bettdecke. »Und was machen wir jetzt, wenn wir keinen Sex haben?«

»Wir kuscheln ein bisschen und warten, bis wir müde sind.«

Tom nickte und schmiegte sich an den warmen Körper. Erneut küsste Gianluca ihn auf den Haaransatz und in Toms Brust flatterten deswegen ganz schön viele Schmetterlinge. Das hatte so etwas Vertrautes. Mit einem Mal fühlte er sich völlig entspannt. So sehr, dass er seinen Gedanken laut aussprach: »Musst du wirklich heiraten? Kannst du nicht einfach alles zurücklassen und zu mir in die Studentenbude ziehen?«

Gianluca streichelte über seinen Rücken. Und irgendwie vergaß Tom bei dieser Berührung, dass er sich normalerweise jetzt Sorgen gemacht hätte, wie seine kindische Idee wohl beim Gegenüber ankam. Stattdessen blieb er ruhig liegen und lauschte der Stille. Er hatte nicht mehr mit einer Antwort gerechnet, als Gianluca schließlich völlig ernsthaft sagte: »Ich dachte schon, du fragst nie.«

Tom grinste. Er wusste natürlich, dass das ein Scherz war. Aber er schloss die Augen und tat trotzdem so, als ob es absolut ernst gemeint war. Ein schöner Traum.

these are the special times

KAPITEL 8

… in welchem Tom ein Geheimnis lüftet …
… und Farbe in sein Leben lässt.

Es war noch dunkel, als Tom aufwachte. Zufrieden drehte er sich um – und stellte irritiert fest, dass das Bett viel zu groß war. Normalerweise wäre er mit der Hand längst an die Zimmerwand gestoßen. Dann fiel ihm ein, dass er gar nicht zu Hause geschlafen hatte. Er wartete einen Moment darauf, dass sich vor seinen Augen Schatten abzeichneten. Doch die Dunkelheit war perfekt. Die Vorhänge waren offenbar ihr Geld wert. Vorsichtig drehte sich Tom um und tastete zur anderen Seite. Aber außer Bettdecke und Matratze bekam er nichts zu fassen. Gianluca musste schon aufgestanden sein. Wie spät es wohl war? Tom wälzte sich zum Rand und suchte am Boden nach seinen Sachen. Es dauerte eine Weile, bis er seine Tasche aus der vollkommenen Schwärze fischen konnte und mit dem Display seines Handys ein wenig Licht in die Sache brachte.

»Scheiße!«, entfuhr es ihm. Es war bereits zehn Uhr dreißig. Gianluca hatte ihn schlafen lassen. Gleichzeitig spürte er die Erleichterung, dass ja Sonntag war und er ohnehin länger geschlafen hätte. Nur war er heute ja nicht bloß Liebhaber, sondern auch Angestellter. Allerdings hätte sein Chef ihn sicher geweckt, wenn es nötig gewesen wäre.

Tom leuchtete sich den Weg zum Lichtschalter. Mit verkniffenen Augen sah er sich um. Natürlich hatte sich nichts geändert. Das Zimmer sah noch immer seltsam künstlich aus, selbst mit dem zerwühlten Bett. Dann überlegte er, ob er die Vorhänge beiseite ziehen sollte, um Tageslicht reinzulassen. Aber die Aufgabe überließ er wohl besser Gianluca – oder Edita, wenn sie für solche Arbeiten zuständig war.

Von unten drang ein Klappern herauf. Offenbar hantierte sein Gastgeber in der Küche. Die Aussicht auf ein Frühstück und eine nette Begrüßung trieben Tom zur Eile an. Im kalten Badezimmer fand er eine verpackte Zahnbürste am Waschbecken. Er wusch sich und sorgte dafür, dass sein Haar einigermaßen vorzeigbar aussah. Dann sammelte er seine Klamotten ein, zog sich an und zögerte. Kurzentschlossen brachte er das Bett in Ordnung, indem er die Kopfkissen aufschüttelte, das Laken glattzog und die Bettdecken halbwegs ordentlich zusammenlegte. Den Überwurf, der am Fußende auf den Boden gerutscht war, faltete er schnell zusammen. Und wieder lachten ihn die Vorhänge an. Das gehörte ja eigentlich auch dazu: Zimmer lüften. Aber bei seinem Glück warteten die Nachbarn bereits darauf, dass er gerade jetzt Ambitionen zum Raumpfleger entwickelte – oder eben seine Neugier nicht zügeln konnte.

Tom warf die gefaltete Überdecke aufs Bett, schnappte seine Tasche und ging zur Tür. Nach einer gemeinsamen Nacht wollte er bestimmt nicht blöd auffallen – zumal sie ja noch mindestens ein Date offen hatten.

Als er die schwere Metalltür öffnete, stach ihm grelles Tageslicht in die Augen. Zögerlich trat er auf die knarzende Treppe und blieb erst mal stehen. Durch die gläsernen Dachgauben fiel hartes Winterlicht herein. Aber die weiße Wand vor ihm leuchtete so hell, als würde sie zusätzlich von Flutern angestrahlt. Er musste sich regelrecht losreißen, um nicht in Kunstfantasien zu versinken, was man hier alles machen könnte.

Mit knarrenden und knackenden Schritten stieg Tom die Wendeltreppe hinunter. Kaum war er unten angekommen, öffnete sich auch schon die Küchentür. Doch anstatt Gianlucas Gesicht sah ihm eine mäßig gut gelaunte Edita entgegen.

»Ich soll Ihnen ausrichten, dass Sie sich wie zu Hause fühlen sollen. Herr Chessa hat für Sie *Frühstück* gemacht.«

Tom versuchte, die Hitze in seinem Gesicht zu ignorieren. Er hatte nicht damit gerechnet, die gute Edita so schnell wiederzusehen. Und die spitze Betonung bezüglich seines späten Sonntagmorgens war ihm ebenfalls nicht entgangen. Dabei war er für seine Verhältnisse ziemlich früh auf den Beinen. Trotzdem wollte Tom sich nichts anmerken lassen. »Vielen Dank«, sagte er höflich und folgte Edita in die Küche.

Von der Schokoladenschweinerei war nichts mehr zu sehen. Aber so genau konnte Tom da gar nicht hinschauen, weil sein Blick von der Fensterfront gebannt war.

»Oh, was – was ist – *das*?« Er hörte seine eigenen Worte, als ob sie von einem völligen Idioten ausgesprochen wurden. Dann räusperte er sich. »Das – das ist ja Wahnsinn!«

»Herr Chessa sagt immer *Atelier* dazu«, merkte Edita mit unverhohlener Abneigung an.

Tom achtete nicht auf sie. Er war wie paralysiert von dem Anblick. Die Vorhänge hatten keine Nachbarn ausgesperrt, sondern den Blick auf eine riesige Halle verdeckt. Langsam trat er näher an die Fensterscheiben heran und schaute schräg nach oben. Fast das komplette Dach bestand aus gläsernen Dachgauben. Die perfekten Lichtverhältnisse für ein Atelier. Ja, genau das war es tatsächlich. Editas Anmerkung kam etwas verspätet bei ihm an.

Hier und da hingen an den Wänden großformatige Bilder in verschiedenen Stadien der Fertigung. Überall standen Leinwände herum, Staffeleien, Malzeug, Arbeitsmaterialien ... In der Mitte gab es eine riesige Fläche, die mit Plastikplanen ausgelegt war. Tom dachte sofort an Actionpainting. Auf jeden Fall enorm viel Platz, um vollkommen aus sich herauszugehen. An der rechten Seite befanden sich etliche Werkstische, dazu Gerätschaften, wo man nur hinschaute. Und diese Farbenwucht! Das war kein Weiß, das in die Küche hineinstrahlte, das war leuchtendes Rot, pulsierendes Bunt, das war Leben!

»Das ist ja Wahnsinn!«, wiederholte Tom.

»Ihr Frühstück«, erinnerte Edita kalt.

»Darf ich da rein?«

Die Hauswirtschafterin schwieg.

»Luca hat doch gesagt, ich soll mich wie zu Hause fühlen, oder?« Tom bemerkte selbst, dass seine Stimme vor Begeisterung übersprudelte.

Edita verzog das Gesicht. »Ich weiß nicht, wer *Luca* ist.«

»Gianluca!« Tom ließ sich nicht in seiner Euphorie beirren. »*Herr Chessa* von mir aus auch.«

»Ja, er hat gesagt, Sie dürfen sich hier frei bewegen«, bestätigte die Frau und machte nicht den Eindruck, als wäre sie darüber erfreut.

»Keine Schokolade, versprochen.« Tom schnappte sich lachend eins der Brötchen vom Tisch und stürmte hinaus. Im Flur fiel ihm ein, dass er noch eine Frage klären musste. Also riss er die Tür wieder auf. »Wo ist Luca eigentlich?«

Edita seufzte. »Herr Chessa hat zu tun.«

»Ja, die Weihnachtsfeier. Wann kommt er denn zurück?«

»Voraussichtlich gegen Mittag. In Kürze also.«

Die letzten Worte kamen gerade noch durch die Tür, bevor diese mit einem lauten Krachen zufiel. Tom wollte schon losstürmen, als ihm eine weitere Frage in den Sinn kam. Erneut streckte er den Kopf in die Küche. »Sie haben nicht zufällig die blau-gelben Treter gesehen?«

Edita deutete mit versteinertem Gesicht neben die Tür.

»Ach, super!« Tom sprang in die Plastikschuhe und verließ nun endgültig die Küche. Die Tür auf der anderen Seite der Treppe führte ihn in eine Art Flur mit offen angrenzendem Hauswirtschaftsraum. Nach einer weiteren Tür trat er endlich ins Atelier. Die Größe ließ Tom erst mal sprachlos innehalten. Von hier wirkte die Halle wie ein gigantisches Atrium. Von wegen Nachbarn! Gianluca hatte offenbar befürchtet, dass Tom nur noch Malerei im Kopf gehabt hätte beim Anblick dieser Einrichtung.

Insgesamt brauchte er sicher eine halbe Stunde, um sich alles in Ruhe anzuschauen. Hier und da schaute er auch mal mit den Fingern, besonders bei dem Tisch fürs Siebdruckverfahren. Aber er gab sich Mühe, sich zurückzuhalten. Vor allem verbat er sich, in Gianlucas Bildern herumzuwühlen. Die Werke, die offen zur Schau standen oder in Bearbeitung waren, reichten ohnehin für einen ersten Eindruck. Gianluca liebte Farbe. Das war so vollkommen anders, als die Bilder, die Tom malte. Während er selbst einer Leinwand Raum gab und die Inhalte aufs Wesentliche und weniger reduzierte, hatte Gianluca wohl eine Vorliebe fürs Überladen. An einem Werk, das Tom besonders faszinierte, hielt er sich bestimmt eine halbe Stunde auf. Es gab so viel zu entdecken – und dabei war diese Leinwand nicht mal sonderlich groß. Von Weitem wirkte alles recht spontan, fast schon hingeklatscht. Aber aus der Nähe betrachtet, eröffnete sich eine ganz eigene Welt. Es war, als könnte man die Farben Schleier für Schleier beiseiteschieben und immer noch einen weiteren Blick dahinterwerfen. Tom trat näher und besah sich hier und da die Strukturen. Der geniale Effekt wurde mit zahlreichen Lasuren erzielt, dünnste Farbschichten, die tatsächlich wie Schleier übereinanderlagen. Es hatte etwas von einem Aquarell. Aber dann wurden die feinen Nuancen durch harte Impastos und wilde Farbexplosionen gebrochen. Tom liebte dicke Strukturen auf Bildern. Das hatte sowas Verführerisches, wenn man dem Pinselduktus am liebsten nicht nur mit den Augen folgen würde. Kaum hatte er den Gedanken vollendet, spürte er auch schon die raue Oberfläche unter seinen Fingerkuppen.

»Na!«, rief eine Stimme hinter ihm.

Tom wirbelte erschrocken herum.

»Wenn das hier ein Museum wäre, müsste ich jetzt den stummen Alarm ausschalten.« Gianluca kam grinsend näher.

»Sind wir in einem Museum?«, fragte Tom unsicher.

»Nein, du bist in meinem Spielzimmer. Hier ist alles erlaubt.«

»Alles?«

»Hör auf, mich schon wieder anzumachen. Edita ist noch da und sie hat nicht gerade beste Laune.«

»In diese Richtung hatte ich gar nicht gedacht.«

»Lüg nicht rum!«

»Hey, kann dein Ego die Wahrheit etwa nicht verkraften?«

»Mein Ego kann einiges ab, nur bei Zurückweisungen von dir wird's schwierig.«

»Ich weise dich doch nicht zurück. Ich liebe dich!« Tom schnappte nach Luft. »Also, ich meine – deine Bilder…« Zum zweiten Mal an diesem noch jungen Tag stieg ihm die Hitze ins Gesicht.

Gianluca überging die kleine Offenbarung. »Hör auf zu schleimen. Schnapp dir, was du brauchst, und fang schon an. Das wolltest du doch eigentlich fragen, oder?«

Augenblicklich war die peinliche Situation vergessen. »Wie viel Zeit hab ich?«

»So viel du willst.«

»Ähm, was ist denn mit der Feier?«

»Nichts. Du kannst jetzt anfangen und an deinem Bild arbeiten. Ich steck dich zwischendurch in den Anzug, schleif dich und dein Material auf die Party und am Ende auch wieder zurück. Wenn es dich nicht so sehr stört, dass ich heute dein Arbeitgeber bin, würd ich dich vielleicht zum Abschluss in mein Bett zerren. Falls du dich überhaupt noch für solche Dinge interessierst, jetzt da du was Besseres gefunden hast.« Gianluca zwinkerte.

»Hm-hm«, machte Tom, was halbwegs nach Zustimmung klang. »Kann ich die hier haben?« Er deutete auf einen mannshohen Keilrahmen.

»So viel also zum Interesse …«

»Oh, entschuldige – ja, können wir machen.«

»Was denn?«

Tom hielt inne. »Ach so, du willst mit mir schlafen?«

»Nicht jetzt!«

»Gut.«

»Tom?«

»Ja?«

»Nimm eine kleinere Leinwand bitte, das macht weniger Umstände, dich davon loszureißen und getrennt von der Kunst auf die Feier zu schaffen.«

»Oh, na klar.«

»Und noch was …«

»Ja?«

»Ich hab gehört, dass du *ich liebe dich* gesagt hast.«

Von null auf hundert glühte Tom wieder.

»Ah, ich hab das Gefühl, ich hab doch noch mal deine volle Aufmerksamkeit.« Gianluca schüttelte belustigt den Kopf. »Versau meine Bilder nicht!«

»Wie soll ich das denn machen?«

»Na, weiß ich, wie du malst?«

»Das ist Farbe, das ist keine Schokolade, schon verstanden.«

»Du kannst alles benutzen, aber stell die Sachen, die du brauchst, bitte zusammen für nachher. Und eine letzte Sache noch: Ich will einen Kuss!«

Tom lächelte, auch wenn er gerade ziemlich aufgeregt war – ausnahmsweise mal nicht wegen des Traumkerls vor sich. Dann spürte er aber doch das inzwischen gewohnte Kribbeln, als der ihn umarmte und sanft auf die Lippen küsste.

»Herr Chessa?«, ertönte plötzlich Editas Stimme vom Eingang her.

Gianluca seufzte. »Hab ich es dir nicht gesagt, dass wir vorsichtig sein müssen?« Er zwinkerte, bevor er sich umdrehte. »Ja?«

»Entschuldigen Sie bitte, ich wollte nur Bescheid geben, dass ich jetzt fertig bin.«

»Alles klar, danke.«

»Sie hat echt ein Gespür für den falschen Moment, was?«, sagte Tom, nachdem die Metalltür in den Rahmen gekracht und das Echo wie Kanonenschläge durchs Atelier gehallt war.

»Keine Angst, üblicherweise ist sie nur einmal in der Woche hier.« Gianluca zog Tom wieder in seine Arme.

joy to the world

KAPITEL 9

… in welchem Tom seinen Hunger stillt …
… und einem Teil der Welt Spaß bringt.

Tom hatte die Zeit vollkommen vergessen. Irritiert drehte er sich um, als sein Gastgeber ihm gut vier Stunden später die Hand auf die Schulter legte.

»Ich hab dich ja vorgewarnt. Du musst dich fertigmachen.«

Tom blinzelte. »Ist es echt schon so spät?«

»Hey, ich hab dir sogar mehr Zeit gegeben, als gewisse Körperteile von mir gut finden.« Provokativ schob Gianluca sein Becken vor.

»Ich dachte, wir haben heute ein Angestelltenverhältnis?«

»Erzähl das mal meiner Libido.«

Tom beugte sich vor. »Hallo! Ich muss leider mitteilen, dass Luca und ich heute Chef und Angestellter …«

Gianluca lachte laut auf und drückte Toms Kopf zur Seite weg. »Idiot!«

»Na, einen Versuch war's wert …«

»Wenn du dich nicht von oben bis unten mit Farbe bekleckert hättest, würde ich dich jetzt auf der Stelle bespringen.«

Erschrocken sah Tom an sich hinunter. »Scheiße!«

»Hättest du doch mal besser meine Klamotten angezogen,

was?«

»Ach, egal. Wissen halt alle, dass ich Maler bin. Über kurz oder lang versau ich eh all meine Sachen.« Trotzdem ärgerte sich Tom. Er hatte extra für seinen Schwarm Anziehsachen ausgesucht, die für seine Begriffe eher fein aussahen. Jetzt prangten auf den Schenkeln seiner besten Jeans zwei beige-graue Streifen. Und mit Weiß hatte er sich unten auf die Hosenbeine gekleckert. Blöderweise hatte er sich auch ans Hemd gefasst, sodass auf dem dunklen Stoff am Saum überall kleinere Flecken leuchteten.

»Du bist mir echt eine Marke.«

Toms Magen knurrte. »Ne Essensmarke?«

»Du weißt schon, dass man diese Marken für Essen eintauscht?«

»Bei dir tausch ich mich gern ein …«

Gianluca sah seufzend auf die Uhr. »Was für ein Glück, dass ich sicherheitshalber ein wenig früher vorbeigekommen bin.«

»Ach, plötzlich doch kein Zeitdruck?«

»Ich hab dich eine Weile von oben beobachtet und – Hunger bekommen. Aber tatsächlich ist nicht mehr allzu viel Zeit. Mein Vater dreht bei Unpünktlichkeit durch – und ich hab vor, ihn heute auf andere Weise zu ärgern.«

»Du magst deinen Vater wirklich nicht, oder?«

Mit einem Mal wurde Gianlucas Miene ernst. »Nein.«

»Hmm …«

»Lassen wir das! Du hast Hunger – und ich auch.« Er ließ die Augenbrauen wippen und Tom lachte.

»Das scheint mir aber nicht dasselbe zu sein.«

»Ach …« Gianluca deutete auf das Bild. »Bis jetzt bin ich zufrieden. Wenn das die Gäste sehen, werden sich einige mit ein bisschen Glück heute noch umbringen.«

»Hey! Warte erst mal ab!«

»Ganz ruhig, ich weiß doch, was ich eingekauft hab. Und

glaub mir, gar so schade wäre es um die Geschäftspartner meines Vaters nun nicht.«

Tom lächelte gezwungen. Unsicher besah er sich sein Werk. Bis jetzt hatte er die Grundierung und sehr zurückhaltende Strukturen eingearbeitet. Eigentlich arbeitete er eher mit deckenden Farben, Gianlucas Lasierungen hatten ihm jedoch gefallen. Tatsächlich gewann auch dieses farblose Rechteck dadurch etwas an Tiefe. Aber sein Auftraggeber hatte natürlich recht. Grau und Sandtöne. Es wirkte wie eine Wüste. Weite Leere und irgendwie – Verzweiflung. Gut, dass er ja noch lange nicht fertig war. Und da sein Auftraggeber selbst malte, würde er das sicherlich auch nicht an einem Tag erwarten.

»Kommst du?«

»Was gibt's eigentlich?«

»Na, das Frühstück, das du missachtet hast.«

»Ich hab mir ein Brötchen genommen!«

»Super. Und ich mach mir die Mühe und deck extra für Langschläfer den Tisch.«

»Langschläfer wollen keinen gedeckten Tisch, die wollen fertig belegte Brötchen von ihrem Lover.«

Gianluca hielt grinsend die Tür auf. »Ich wollte schon immer ein Lover sein.«

»Na, dann kannst du das ja jetzt von der Wunschliste streichen.«

»Was hältst du davon, wenn du duschen gehst und ich in der Zwischenzeit eine Kleinigkeit mache? Das würde die Gefahr mindern, dass ich über dich herfalle.«

Einer überschwänglichen Eingebung folgend, schob Tom seinen Liebhaber in den Hauswirtschaftsraum. Hier war es düster und überall standen Großgeräte, Putzzeug und Regale voller Lebensmittel und allerhand Zeugs herum. Genau der richtige Ort für eine spontane Sexeinlage.

»Hey, was soll das? Vorsicht, du bist doch voll Farbe.«

»Die ist schon trocken.«

»Hoffentlich! Ich kann's mir nämlich nicht leisten, vollgemalt durch die Gegend ...«

Tom griff beherzt in Gianlucas Schritt, dem ganz plötzlich die Worte fehlten. »Gestern bei der Schokolade hast du dich nicht so angestellt.«

»Das war auch was ... Oh, Mann, selbst schuld!« Resolut drückte Gianluca Tom in die Knie und öffnete hektisch seinen Gürtel.

Eigentlich wollte Tom noch etwas erwidern, von wegen, dass er seinen Chef ja nicht die ganze Zeit spitz herumlaufen lassen konnte. Aber der Prügel sprang ihm so schnell ins Gesicht, dass er die Erklärung vergaß. Überhaupt wollte er nichts erklären müssen und Gianluca sollte sich auch nicht entschuldigen. So war das nun mal, wenn man frisch – verliebt war. Ja, Tom war tatsächlich verliebt. Und da gehörte es dazu, jederzeit über den anderen herzufallen und sich manchmal einfach nicht beherrschen zu können.

Ohne langes Vorspiel nahm Tom den Schwanz auf und begann sofort damit, die feste Eichel mit der Zunge zu massieren. Zufrieden lauschte er Gianlucas Schnaufen. Auch die Hände an seinem Kopf, die zärtlich aber bestimmt die Richtung wiesen, gefielen ihm. Es machte ihn vollkommen sprachlos und wahnsinnig heiß, dass dieser Traum von einem Mann ausgerechnet auf ihn so reagierte.

»Oh Mann«, keuchte Gianluca wieder.

Tom spürte, wie sein eigener Schwanz schmerzhaft gegen die Jeans drückte. Allerdings hatte es sein heißer Liebhaber gerade viel nötiger als er. Also beschloss er, sich selbst zurückzuhalten und seine Konzentration vollständig auf diese massige Latte zu richten – und den schweren Sack. Tom ergriff die Eier und hielt sie fest, während er sich in den Mund stoßen ließ. Offenbar achtete Gianluca darauf, nicht zu tief zu kommen. Tom wusste, dass er den dirigierenden Händen jederzeit entkommen konnte. Aber das wollte er nicht. Es machte ihn total an, dass dieser Kerl ihn gerade benutzte, um seine unbändige Lust abzubauen. Und so gab er sich Mühe, auch wenig später noch alles aufzunehmen, als die Bewegungen doch ausholender wurden und die Härte tiefer vordrang. Tom versuchte dennoch so gut es ging, die Schwanzspitze mit der Zunge zu umspielen.

Dann fing Gianlucas Unterleib zu zucken an. Stöhnend zog er sich zurück und rieb sich mit einer Faust über den Höhepunkt hinaus.

Tom sah auf. Trotz der schlechten Lichtverhältnisse im Hauswirtschaftsraum konnte er das vor Entzücken verzerrte Gesicht über sich erkennen. Dieser verklärte Blick, der vor Geilheit offenstehende Mund, die bebende Brust … Tom leckte sich die Lippen.

In diesem Moment schloss Gianluca die Augen und riss ihn an den Haaren vor. Wild zuckend drängte er Tom den Schwanz gegen die Wange und spritzte seine heiße Lust heraus. Es dauerte eine ganze Weile, bis das Stöhnen und Zittern abebbte und Tom wieder freigelassen wurde.

»Entschuldige«, keuchte Gianluca und zog ihn auf die Beine.

»Wofür?«

»Hab ich dir wehgetan?«

Tom rieb sich den Hinterkopf. »Nicht so, dass ich es nicht jederzeit in Kauf nehmen würde.«

»Tut mir leid, aber …«

»Du hast mich ja vorgewarnt. Und ich fand's geil.«

Gianluca zog Tom an sich und küsste ihn. Eng umschlungen hielt er ihn fest, eine Hand in Toms Nacken, die andere an dessen Hintern. »Du machst mich einfach wahnsinnig.«

»Solange ich dich nicht wahnsinnig böse mache …«

»Wieso das?«

»Es könnte sein, dass du jetzt doch den einen oder anderen Farbfleck auf den Klamotten hast.«

»Ich würd sagen, das hat sich gelohnt.«

»Und duschen musst du auch noch mal …«

»Wies…«

Tom drehte den Kopf und drückte seinem Liebhaber die spermaverschmierte Wange ins Gesicht.

»Wie gut, dass ich das ohnehin vorhatte.« Gianluca leckte sich über die Lippen. »Hey, ich schmeck gar nicht so schlecht.«

»Ein verspätetes Frühstück wär mir lieber.«

»Ein arg verspätetes.« Gianluca richtete seine Körpermitte und schob Tom Richtung Tür. »Los, geh duschen! Ich bring dir was zu beißen hoch. Und du hast alles zusammengestellt, was du gleich brauchst?«

»Steht alles bei der Leinwand.«

»Gut, dann lass ich die Sachen abholen.«

Tom fühlte sich ein bisschen seltsam, weil sein Gastgeber so schnell umschaltete. Vollkommen geschäftig verschwand er in der Küche. Das Türknallen hallte durch die Kathedrale von Flur. Aber die Tatsache, dass Gianluca ihm etwas zum Essen machen wollte, sorgte wieder für ein Kribbeln in Toms Brust.

Zwei Minuten später stand er in der Nasszelle. Das heiße Wasser prasselte an ihm hinunter und er sah dabei zu, wie der Dampf über die Lüftung in der Decke abgesaugt wurde. Heute konnte er über seine Gedanken von gestern grinsen. Er betrachtete die Kacheln an der Seitenwand, gegen die Gianluca ihn gedrückt hatte, um mit ihm – ja, was war das eigentlich gewesen? Petting? Tom seifte sich zwischen den Beinen ein und ließ eine Hand in seine Poritze gleiten. Das war schon ziemlich dicht an einer Runde Analsex gewesen. Aber Gianluca hatte sich beherrscht – und es hatte sich trotzdem wahnsinnig geil angefühlt.

Gedankenverloren rieb Tom seine Erektion. Ganz besonders gefiel ihm natürlich die Tatsache, dass es da angeblich keine wilden Männergeschichten gab. Er selbst war nun auch keine Jungfrau mehr, seine Liebhaber jedoch konnte er an einer Hand abzählen. Wenn er Posex einbezog, dann brauchte er seit Freitag wohl nur noch die Hälfte seiner fünf Finger. Gianluca zählte mit seinen Aktionen halb, immerhin war er ja mit der Zunge und einem Finger schon in ihm gewesen.

Eigentlich fand Tom diese Art von Sex gar nicht so wichtig. Normalerweise reichte es ihm vollkommen, mit einem Partner oral und mit der Hand rumzumachen. Doch irgendwie hatte er bei Gianluca das Bedürfnis, ihn noch näher zu spüren. Echt unglaublich, dass ein solcher Typ keine Kondome zu Hause hatte ... Welcher schwule Mann hatte bitte keine Gummis im Schlafzimmer? Und dann lachte Tom auf, weil er selbst schließlich ebenfalls äußerst schlecht ausgerüstet war. Bislang hatte er solcherlei Spontanaktionen für sich stets ausgeschlossen. Gerade bei einem Erstkontakt war es ihm lieber, nicht aufs Ganze zu gehen. Danach konnte man schließlich immer noch nachrüsten. Richtig war das aber nicht, das musste er nun zugeben. Besonders bei einem Traumkerl wie Gianluca konnte das mit der Selbstbeherrschung schon mal ins Auge gehen ...

»Was machst du da?«, fragte der plötzlich.

Tom riss die Augen auf und starrte auf seinen Gastgeber, der lediglich ein breites Lächeln trug. »Ich ...«

Gianluca trat an ihn heran. Sofort fand seine Hand in Toms Schritt. »Brauchst du vor der Arbeit auch ein bisschen Entspannung?«

»Eigentlich wollte ich mir das für später ... Mmh ...«

»Du bist doch noch jung. Bis heute Abend stehst du ganz bestimmt wieder stramm.«

Sie küssten sich leidenschaftlich unter dem Wasserstrahl. Tom gab nach. Im Grunde war er schon schwach geworden, bevor Gianluca zu ihm in die Dusche gekommen war. Lustvoll stieß er sich in dessen Faust und ließ seine Hände über den gestählten Körper wandern. Schließlich packte er den knackigen Hintern und zog seinen Liebhaber ruppig an sich.

»Na, dass du warten kannst, war wohl eine Fehleinschätzung, oder?«

»Du bist fies!«

»Quatsch, ich bin hilfreich.«

Tom grinste. Dann drängte er sich gegen Gianlucas Schritt, während seine Hände noch mal nachfassten und sich fest in die Backen gruben.

»Gefällt dir mein Hintern?«

»Aber hallo!«

»Und mir gefallen deine Hände da …« Gianluca griff hinter sich und schob Toms Linke ein Stück weiter, sodass die Finger in die Ritze fanden.

Tom seufzte. Inzwischen spürte er auch die neu erwachte Leidenschaft seines Gegenübers an seinem Schwanz – und eine freche Hand, die ihrerseits den Weg zwischen seine Hinterbacken suchte.

»Was meinst du, hast du Lust auf eine Wiederholung von gestern?« Gianluca zwinkerte, was unglaublich sexy aussah.

Tom nickte. Willig drehte er sich um und reckte seinen Hintern gegen die heiße Stange. Doch sein Liebhaber zog ihn an sich.

»Nur dass du diesmal mich einseifst …«

Die Worte klangen rau in Toms Ohr und verursachten ein wohliges Schaudern. Er brauchte einen Moment, um den Sinn des Geflüsters zu erfassen. Dann machte er sich aber aus der Umarmung frei und ging wortlos zur anderen Dusche, wo sie gestern das Duschgel hatten stehen lassen. Er konnte sich ein Grinsen nicht verkneifen, als ihm sein Liebhaber folgte.

»Wir müssen uns nur etwas beeilen«, mahnte der. »Ich will nicht zu spät kommen.«

»Ach, du willst auch kommen? Ich dachte, du wärst bereits entspannt.«

»Sieht das hier nach Entspannung aus?«

»Nicht wirklich – glücklicherweise.«

»Los, schön den Rücken einseifen!« Gianluca drehte sich um.

Leicht zittrig drückte sich Tom Duschgel in die Hand. Dann verrieb er das Zeug auf den Rückenmuskeln vor sich. Es schäumte und seine Hände wurden auf dem Gleitfilm über den fremden Körper getragen. Gianluca hatte recht breite Schultern und Tom bewunderte die Schulterblätter. Er fuhr über den Nacken und zu beiden Seiten die Arme hinunter. Kurz darauf rieb er mit sanftem Druck die Einkerbung der Wirbelsäule wieder hoch.

Gianluca räusperte sich. »Eine Massage wär ja ganz schön, aber wir haben keine Zeit.«

Tom wandte sich gehorsam den unteren Regionen zu. Die knackigen Backen fühlten sich mit Duschgel noch um einiges aufregender an. Schnell nahm er mehr Waschzeug und verteilte es auf dem Hintern. Allmählich arbeitete er sich in die Mitte vor und ließ seine Finger durch die Ritze gleiten. Willig reckte sich ihm die Kerbe entgegen.

»Ich will was Heißes spüren!«

»Voll der Zeitdruck!«, beschwerte sich Tom.

»Wenn du Doktorspielchen magst, kannst du mich ja später noch eingehender untersuchen.«

»Das ist doch ein Wort.« Tom drückte sein Becken gegen den Hintern. Zuckend teilte sein Schwanz Gianlucas Arschbacken. Wie er es gestern bei sich gespürt hatte, rieb er jetzt seinerseits seine Latte an der Rosette. Vom Schaum getragen glitt die Eichel von unten nach oben durch die Ritze und entlockte ihm ein Seufzen nach dem anderen. Schließlich presste er sich gegen den

Mann und hielt ihn an Brust und Erektion fest. Das Gefühl war unbeschreiblich, den fremden Hammer nun heiß und glitschig zu massieren, während er sich mit kurzen Stößen in der Kerbe rieb.

»Hey, willst du, dass ich noch mal komme?«, fragte Gianluca. »Kannst du?«

»Wenn du ein Weilchen in dem Tempo weitermachst …«

Tom rieb Gianluca etwas intensiver. Allmählich wurden seine Stöße dabei forscher, bis die Schwanzspitze plötzlich im Loch hängenblieb und gerade soeben noch abrutschte.

»Ah! Schön vorsichtig!«

»Sorry.«

Gianluca griff nach hinten und drückte Toms Schwanz runter, um ihn zwischen seinen Schenkeln einzuklemmen. »Ich glaub, das ist sicherer, bevor du ihn mir gleich versehentlich reinrammst.«

»Sorry«, wiederholte Tom. Doch der Druck an seinem Gemächt ließ ihn sofort wieder loslegen. Das Gefühl, seinen Partner heiß und prall in der Hand zu haben, während er gleichzeitig fast vollständig bei ihm war, überwältigte ihn. Keuchend klammerte er sich an seinen Liebhaber fest und legte die Wange auf dessen Nacken. Und dann rollte ganz unvorbereitet ein gigantischer Orgasmus über ihn hinweg. Scheinbar endlos pumpte er seinen Saft zwischen die Schenkel. In der Linken den stahlharten Schaft, die rechte Hand auf den gut definierten Bauchmuskeln, kam Tom nur langsam wieder zu sich. Er hörte das Blut in seinen Ohren rauschen und durch Gianlucas Rücken leise den Herzschlag. Er hätte ewig so stehenbleiben können – oder besser noch, jetzt einfach einschlafen …

»Du kannst mich loslassen«, sagte Gianluca schließlich, »sonst stirbt mir mein bestes Stück ab.«

»Oh …« Tom gab den Schwanz frei. »Entschuldige, eigentlich wollte ich …«

Gianluca drehte sich um und lächelte ihn an. »Was?«

»Willst du nicht kommen?«

»Nein. Ich glaub, das würde jetzt zu lang dauern. Außerdem hatte ich ja gerade erst meinen Spaß.«

Tom fasste das Prachtstück wieder an. »Schade …«

»Der freut sich auf heute Abend, versprochen.«

»Vielleicht gibt's bei deinen Eltern ja sowas Praktisches wie einen – Kondomautomat?«

»Blödmann! Aber schöne Gedanken pflanzt du mir da in den Kopf. Ich werde jetzt wahrscheinlich an nichts anderes mehr denken können, danke.«

Toms Antwort ging im plötzlichen Schauer unter. Gianluca hatte ganz beiläufig die Dusche eingeschaltet und damit entschieden, dass sie sich nun wirklich beeilen mussten.

parade of the wooden soldiers

KAPITEL 10

... in welchem Tom hölzernen Soldaten begegnet ...
... und in lustige Höhen entschwebt.

»Na, wer sagt's denn? Überpünktlich.« Gianluca lenkte den Wagen durch eine pompöse Toreinfahrt.

»Oh ...« Tom rutschte tiefer in den Sitz. Nach dem Duschen hatte er sich beim Anziehen helfen lassen und fühlte sich ziemlich verkleidet. Vor Nervosität hatte er die ganze Fahrt über kein Wort gesprochen.

»Keine Panik. Du hast ja was zu tun und ich schaue, dass ich halbwegs in deiner Nähe bleibe.« Gianluca gluckste. »Aber nicht zu nah.«

»Boah – ich ... Das ist das Haus deiner Eltern? Also – Schloss trifft es wohl eher.«

»Nee, gar so dramatisch ist es nicht. Wird nur für Veranstaltungen angemietet.«

»Das beruhigt mich jetzt trotzdem nicht so richtig.«

»Solang du dich nicht nackt über deine Leinwand wälzt, wird man dich ignorieren. Also keine Sorge. Und ich bin ja da. Wir können notfalls jederzeit ein kurzes Mitarbeitergespräch führen.«

»So wie du das sagst, will ich nicht mal dran denken. Oh Gott, bitte bring mich nicht in Verlegenheit, okay?«

»Da wir den Sex im Putzkämmerchen heute schon abgehakt haben, stehen die Chancen ganz gut, dass man uns nicht bei irgendwelchen Unternehmungen erwischen wird. Es sei denn natürlich …«

»Gianluca!«

»Oh, mein voller Vorname. Es wird ernst.«

Tom schlug seinem Liebhaber aufs Bein.

»Ah! Lass das besser! Ab jetzt gilt es, den Schein zu wahren.« Gianluca stoppte den Wagen vor der Haupttreppe, an der bereits Angestellte warteten.

Bevor Tom die Tür öffnen konnte, wurde sie schon aufgerissen. »Willkommen auf Hoffeld. Ich wünsche Ihnen einen angenehmen Abend.«

Tom stieg zögernd aus. »Äh, ich – ich gehöre zum – Personal.«

Die Mundwinkel des Jungen zuckten kurz, aber dann verkniff er sich ein Lächeln. »Wie Sie wünschen.«

»Ich wünsch mir nix, ich brauch die Kohle«, sagte Tom.

Gianluca lachte. »Lass die Angestellten in Ruhe. Komm!«

Tom nickte kurz und rang sich trotz seiner Aufregung ein möglichst freundliches Lächeln ab. »Entschuldige.«

»Solange du bei den Gästen nicht – ach, halt einfach den Mund, okay?«

»Hey, ich kann mich schon benehmen!«

»Ja, auf den Beweis bin ich sehr gespannt …«

»Hör auf, sonst dreh ich sofort wieder um.« Tom zischte seine Drohung, da sich am Eingangsbereich weitere Bedienstete aufgestellt hatten.

»Zicke!«, murmelte Gianluca zurück.

Tom verkniff sich eine Erwiderung. Mit stummem Nicken nahm er die Begrüßung der Angestellten entgegen und folgte seinem Liebhaber in einen Empfangssaal. In seinen Augen sah alles furchtbar einschüchternd aus. Natürlich hatte er schon Schlösser besichtigt und war auch schon in der einen oder anderen nobleren Empfangshalle gewesen. Aber zu wissen, dass es hier nicht um Noblesse aus einer längst vergangenen Zeit ging oder um einen für alltägliche Zwecke hergerichteten Altbau, war schon etwas anderes. Bisher hatte er die Tatsache einigermaßen gut verdrängt, doch jetzt wurde klar: Er war zu Gast auf einem Gala-Abend der Oberschicht. Und damit völlig fehl am Platz.

Gianluca sprach mit einem Angestellten, der hier wohl die Verantwortung hatte. Es wirkte seltsam, wie selbstverständlich sein liebenswürdiger Traumkerl den Vorgesetzten herauskehrte. Natürlich, er stammte aus einer ganz anderen Welt. Aber Tom wusste ja, dass er ihm vor gar nicht so langer Zeit sein Sperma zwischen die Beine gepumpt hatte. Es war die Tatsache, dass Gianluca so normal war, wenn sie allein waren, die ihn die Wirklichkeit vergessen ließ.

»Tom?« Gianluca drehte sich um.

»Ja?«

»Lass uns mal gucken, wo sie deine Sachen aufgestellt haben.« Dann fügte er mit einem Zwinkern hinzu: »Und lächeln, immer lächeln. Mein Vater ist der einzige Mensch, der das nicht nötig hat.«

Tom zeigte die Zähne.

»Sehr gut. Das wirkt so herrlich falsch, das ist genau richtig.«

Tom musste tatsächlich grinsen.

»Ja, und das ist bitte für mich.«

»Los, zeig mir meinen Arbeitsplatz, damit ich mich schon mal auf den Horror einstimmen kann. Wenn ich halbwegs weiß, was auf mich zukommt, dreh ich vorher vielleicht auch nicht durch.«

Gianluca führte ihn zu einer Doppeltür, hinter der sich ein großer Saal in zurückhaltendem Barockstil erstreckte. Mehrere

Weihnachtsbäume standen verteilt, alle mit dezent cremefarbenem Schmuck. Am Ende des Raums befand sich eine Bühne mit Rednerpult, allerhand Tannengrün als Deko und arrangierter Bestuhlung für ein kleines Orchester sowie ein Flügel. Davor hatte man Platz für eine Tanzfläche gelassen und die ersten Tische in angemessenem Abstand angeordnet. Tom überschlug schnell die Anzahl. Es mussten in etwa dreißig sein, aufwändig in Weiß gedeckt mit jeweils fünf Stühlen drum herum. Also circa hundertfünfzig Gäste …

»Mir wird schlecht …«

»Wieso? Bist du nicht zufrieden?« Gianluca sah ihn besorgt an. »Ich dachte, du würdest dich etwas abseits wohler fühlen. Wenn du magst, können wir dich auch zu den anderen Künstlern auf die Bühne stellen.«

Erst jetzt sah Tom, dass sein Bild bereits in einer Nische neben der Tür aufgebaut worden war. »Oh, nein, ich meine: Es kommen echt so viele Leute?«

»Hast du gedacht ich engagiere dich nur für mich?«

Tom senkte die Stimme. »Ein bisschen hatte ich es gehofft.«

»Ein bisschen ist es auch wahr. Ist das hier okay so?«

Die Organisatoren hatten ganze Arbeit geleistet. Die Staffelei stand auf einem weißen Leinentuch, das nach hinten und zu den Seiten über Trennwände geworfen worden war. Natürlich alles mit Grünzeug geschmückt. Dazu waren zwei Tageslichtleuchten aufgebaut worden und das Arbeitsmaterial stand gleich neben der Leinwand bereit.

»Das ist …« Tom sah noch mal durch den Saal, ging ein paar Schritte vor, um seinen Platz von den Tischen aus zu betrachten. Die Malecke war leicht schräg ausgerichtet, aber nicht direkt zur Saalmitte hin. Die Trennwand zum Saal wurde von einem luxuriösen Barockparavent verdeckt. Der Tannenbaum als Abschluss durfte selbstverständlich nicht fehlen. Aber er hatte so tatsächlich seinen eigenen Bereich. »Das ist perfekt.«

Gianluca nahm etwas Weißes in Plastikfolie vom Wagen mit den Malutensilien. »Ja, wir machen das nicht zum ersten Mal.« Er grinste. »Im Grunde sehen dich die Leute nur beim Rein- und Rausgehen – und natürlich, wenn sie so tun, als ob sie sich für Kunst interessieren würden. Hier!«

Tom betrat seine Ecke und nahm das Päckchen entgegen. »Was ist das?«

»Ein Kittel. Probier mal an.«

Tom riss die Folie auf und schüttelte den Leinenstoff aus. Dann schlüpfte er nach vorn in die Ärmel und zog sich das Leinen über die Schultern.

Gianluca stellte sich hinter ihn und hielt den Stoff zu. »Könnte ein wenig warm werden mit Jackett ...«

»Das darf ich ja wohl ausziehen, oder?«

»Das wollte ich dir damit sagen, Bananenköpfchen. Und hier die Pantoffeln anziehen. Da kannst du mit Schuhen rein. Ich soll dich von der Schlossleitung darum bitten, das Parkett nicht anzumalen.«

»Ich geb mir Mühe.« Tom spürte, dass er sich langsam an den Gedanken gewöhnte, an diesem außergewöhnlichen Ort weiterzumalen.

»Das Wichtigste ist nur: lächeln und nicken, wenn dich jemand anspricht. Je weniger dein Gegenüber lächelt, desto mehr Zähne zeigst du. Dann sind alle zufrieden.«

»Du machst mir echt Mut ...«

»Nur Spaß. Sei einfach du selbst.« Gianluca senkte die Stimme. »Wenn du dich danebenbenimmst, hab ich heute Abend wenigstens einen Grund, dich zu bestrafen.«

»Quatschkopf!«

Hinter ihnen ertönte ein künstliches Räuspern. »Herr Chessa, dürfte ich Sie kurz stören?«

»Ich bin sofort da, Ricardo.«

»Entschuldigung«, sagte Tom. Es war ihm unangenehm, dass der Angestellte wahrscheinlich das *Quatschkopf* mitbekommen hatte.

»Und entschuldige dich nicht immer. Wenn du was brauchst, was zu trinken oder so, einfach jemandem Bescheid geben. Oder – ich regel das schon. So, ich geh dann mal nach dem Rechten schauen. Viel Spaß und bis später.«

Tom schaute Gianluca mit mulmigem Gefühl hinterher. Daraufhin sah er sich noch mal in den Räumlichkeiten um. Ein bisschen fühlte er sich, wie ein Tier in einem Käfig. Solange er in seiner Bude aus Leinenstoff blieb, würde alles in Ordnung sein.

Er legte den Kittel ab, um sein Jackett auszuziehen. Dann suchte er einen Platz, wo er das Kleidungsstück aufhängen konnte. Er entschied sich dafür, es über die rechte Trennwand zu hängen – natürlich unter dem Leinenschutz. Als Nächstes versetzte er die Lampenstative und schaltete das Licht ein. Schattenwurf würde es so oder so geben. Nicht gerade die optimalen Bedingungen. Aber unter diesen Umständen war ohnehin fraglich, ob er ein brauchbares Bild abliefern konnte. Vielleicht nach einigen Korrekturen in Gianlucas Atelier ... Vorausgesetzt, der wollte nach diesem Wochenende überhaupt noch was mit ihm zu tun haben. Es waren zwar ein paar Andeutungen in diese Richtung gefallen, doch Tom wollte dem Wunsch besser nicht allzu viel Raum geben. Er schüttelte den Gedanken ab.

Die Leinwand vor ihm strahlte in herrlich schmutzigen Weißtönen. Sogar Wasser zum Malen hatte man ihm bereits hingestellt. Tom zog sich den Kittel wieder über. Diesmal achtete er darauf, den Anzug möglichst gut abzudecken. Eine weitere Herausforderung, die das Ergebnis ganz sicher beeinträchtigen würde: Er wollte sich nicht versauen. Dafür wäre es wohl gut, wenn ...

»Kann ich Ihnen helfen?«, fragte eine Stimme hinter ihm.

Tom drehte sich um und sah einen der jungen Angestellten.

»Ja, super. Einmal bitte zumachen, damit ich mich nicht einsaue.«

Der Bedienstete lächelte kurz. »Sehr gern.«

Tom ließ sich helfen. Die Situation kam ihm irgendwie grotesk vor. Da band ihm ein Typ, der wohl gerade erst mit der Ausbildung fertig war, vollkommen ernsthaft den Kittel zu und siezte ihn dabei. Tom dachte an die Weihnachtsgeschenke fürs männliche Personal.

»Bitte sehr. Kann ich Ihnen noch etwas bringen?«

»Ähm, ja, gern. Wasser bitte.«

»Sehr gern.« Der Fremde deutete einen Diener an. Tom kam sich vor wie bei Hofe. Aber der Junge sah echt süß aus in seiner Ernsthaftigkeit. Vielleicht sollte er selbst auch mal ein wenig seriöser an die Sache herangehen. Gianluca machte zwar alles andere als einen strengen Eindruck, wenn es um diese Feier ging, doch Tom wollte nicht unbedingt unangenehm auffallen. Dass er hier in einer solchen Umgebung quasi als Ausstellungsstück diente, war genug der Peinlichkeit. Allerdings war das sein Job und allemal besser, als unter einem Weihnachtsmannkostüm zu schwitzen. Und im Grunde ging es ausschließlich um das Bild. Er selbst stand mit dem Rücken zu den eintretenden Gästen. Er musste niemanden grüßen, nichts erklären. Weil er zu tun hatte, würde er auch nicht dumm herumstehen. Also, ein bisschen Konzentration und …

»Ihr Wasser …« Der Junge war wieder zurück. »Vielleicht soll ich Ihnen einen Beistelltisch besorgen?«

»Ach nein, das geht schon so, danke.« Tom nahm das Glas und erwischte sich dabei, wie er ebenfalls eine leichte Verbeugung andeutete. Dem Kleinen schien es zu gefallen, denn er zwinkerte. Dann betraten ein paar Angestellte den Saal und das Kerlchen machte sich davon.

Tom beobachtete, wie die anderen Pinguine Teller mit Keksen auf die Tische verteilten. Tom sah, dass es die von Gianluca waren. Sofort dachte er wieder an ihr gemeinsames Backen gestern. Der Kerl war schon ein echtes Ferkel. Immerhin lagen auf den Tellern die Röllchen …

Dann begab Tom sich endlich an die Arbeit. Er wollte die Tiefenwirkung weiter verstärken und würde für den Horizont noch ein paar Lasuren benötigen. Insbesondere die Andeutung von landschaftlichen Elementen in der Leere machte ihm Spaß und sollte dem späteren Betrachter hoffentlich Interpretationsspielraum bieten. Nur nicht zu viel, alles gerade so, dass man sich hier und da etwas vorstellen, sich aber dennoch nicht an Bekanntem festhalten konnte. Die Impastos, die er angelegt hatte, gaben hierfür in Kombination mit den Lasuren schöne zarte Schatten ab. Und später sollte das Bild zu den Seiten hin nebelig werden. Ja, so fühlte er sich manchmal, als ob er in die Weite gucken könnte, im Grunde jedoch im Ungewissen stand. Nur dass er jetzt gerade tatsächlich eine Idee davon hatte, wie sein Leben aussehen sollte. Mit Gianluca … Dafür hatte er mehr Farben bereitgestellt, als er normalerweise brauchte. Vielleicht wollte Gianluca in der Tat eines seiner leeren Bilder haben, möglicherweise sollte das die Gäste irgendwie deprimieren, doch Tom hatte sich vorhin im Atelier vorgenommen, seinen eigenen Stil zu brechen und mit dem seines Schwarms zu kreuzen. Und er konnte sich keinen besseren Augenblick vorstellen, als genau jetzt dieses Experiment zu wagen. So viel stand schon mal fest: Den meisten Menschen gefielen eher Bilder, wie sie Gianluca malte. Er musste sich nur mit seinem eigenen Stil etwas beeilen, damit er möglichst früh mit der Farbe anfangen konnte. Tatsächlich freute er sich darauf.

Tom war vollkommen in sein Werk vertieft. Er hatte gar nicht gemerkt, dass inzwischen die ersten Gäste den Saal betreten hatten. Gedämpfte Gespräche drangen zu ihm durch. Aber er wollte sich nicht umdrehen. Die Begrüßung übernahmen ohnehin andere, von ihm erwartete man nicht mehr, als das, was er ohnehin tat. Also gab er sich Mühe, die Geräusche auszusperren und rührte weiter düstere Farben an, die er auf dem hellen Untergrund verschwimmen ließ.

Irgendwann fasste ihn jemand an den Arm. Tom drehte sich erschrocken um und sah in Gianlucas Gesicht.

»Hey, du bist ja ganz weggetreten ...«

»Sorry, ich – versuche mich zu konzentrieren.«

»Ich hab Pino gesagt, dass er sich ein wenig um dich kümmern soll.«

Tom runzelte die Stirn. Dann sah er aber seinen Wasserbringer, der ihm von seinem Platz neben der Tür aus zunickte. »Ähm, okay ...«

»Lass dich einfach nicht stören.«

»Ja, da war ich gerade voll dabei, als du mich gestört hast.« Tom grinste.

»Hey, ich wollte dir nur den Ablauf erklären, aber wenn du nicht willst.«

»Wer ist jetzt die Zicke?«

»Okay, mein Vater und wahrscheinlich ein paar seiner Geschäftspartner werden sich gleich mächtig aufplustern und viel geschwollenes Zeug labern. Wenn das überstanden ist, gibt's nen Marsch von der Kapelle und danach Essen. Du sitzt neben mir, ich hol dich dann ab.«

»Ich soll ...« Tom bemerkte, dass er zu laut wurde. »Ich soll mitessen?«

»Klar, zumindest inoffiziell bist du mein Lover.« Das letzte Wort sprach Gianluca fast lautlos. »Du hast dein Jackett doch nicht etwa versetzt?«

»Ha-ha ...«

»Na gut. Keine Angst, ich denke, das Essen wird einigermaßen witzig. Bis später.« Und wieder senkte er seine Stimme drastisch. »Gut, dass du diesen Kittel anhast, sonst würde ich …«

Tom räusperte sich, um Gianluca zu unterbrechen. »Lass mich mal weitermalen, sonst gibt's nachher nicht viel zu sehen.«

»Okay, dann mach mal.«

Natürlich konnte sich Tom nicht verkneifen, seinem Liebhaber einen Blick hinterherzuwerfen. Pino, der nun wohl neben der Tür Wache hielt, bemerkte es und zwinkert ihm zu. Tom drehte sich schnell um und versuchte angestrengt, den Gesprächslärm aus dem Kopf zu bekommen – und Pinos Zwinkern. Ob der Kleine auf ihn stand? Da konnte der aber lange träumen, der war definitiv zu jung. Außerdem hatte er ja jetzt … Tom zog die Brauen zusammen. Kannte Gianluca etwa das komplette Personal beim Vornamen? Plötzlich spürte er ein ziemlich unangenehmes Gefühl in der Brust. Er bemühte sich, seine Aufmerksamkeit auf die Lasur zu konzentrieren. Allerdings ließen sich seine Gedanken nicht so leicht einschränken. Er kannte seinen Liebhaber gerade mal knapp drei Tage. Wie konnte er da eifersüchtig sein? Und hatte er nicht gesagt, dass er gar nicht so wild war? Natürlich war es durchaus möglich, dass ein Kerl wie er das all seinen Eroberungen erzählte, weil er auf die Unschuldigen stand …

Tom schüttelte den Kopf, um den Kreislauf zu unterbrechen. Er kannte sich. Innerhalb kürzester Zeit würde er sich in die wahnsinnigsten Geschichten hineinsteigern. Gianluca hatte sich bislang zwar als ziemlich lustvoll präsentiert, aber auch als Gentleman mit Herz, Humor und Manieren. Es gab keinen Grund, an ihm zu zweifeln. Schon gar nicht, wenn sie noch nicht mal eine richtige Beziehung hatten. Tom kam sich total albern vor. Selbst, wenn da zwischen seinem Lover und Pino mal was gewesen war oder vielleicht sogar noch immer lief, das ging ihn doch gar nichts an.

Gerade, als er den Pinsel endlich wieder auf die Leinwand

bringen wollte, hörte er neben sich eine Frauenstimme: »Hallo Tomas.«

Tom sah auf. Es war Marie. »Oh, hallo …« Er brach gerade noch rechtzeitig ab, weil er es unangebracht fand, die Verlobte seines Liebhabers zu duzen. Sie trug ein dunkelblaues Abendkleid und sah so unglaublich schön aus, dass sie ihm schon fast unwirklich vorkam. Erst recht, weil sie in seinem Bereich stand und offenbar keinerlei Befürchtungen hatte, sich schmutzig zu machen. Also wollte Tom sie warnen: »Ähm, ich male hier, vorsicht …«

»Ja, ich sehe es.« Marie lächelte leicht spöttisch.

»Na dann …« Tom gab sich nicht sonderlich Mühe, seine Abneigung zu verbergen. Aber es überraschte ihn, dass Marie überhaupt herkam und ihn begrüßte. Und tatsächlich lag da auch ein gewisser Ausdruck in ihren Augen. Nur gerade so viel, dass sich ein Hauch Entgegenkommen herauslesen ließ.

»Ich bin gespannt auf dein Bild. Du musst wissen, dass ich ein großer Fan von Gianlucas Werken bin.«

»Ähm, ja, dann wird …« Wieder verkniff sich Tom die Anrede. »… mein Bild vielleicht nicht ganz den Erwartungen entsprechen.«

»Warten wir es ab.« Sie betrachtete die Leinwand etwas zu lang. »Ich weiß, dass ich anspruchsvoll bin, aber was dich angeht, habe ich inzwischen Hoffnungen.« Nochmal dieser Ausdruck, der sich vielleicht auch als sehr reservierte Entschuldigung deuten ließ. Nur dass sie ihn diesmal ziemlich stechend anschaute, dann aber doch lächelte. »Wir sehen uns bei Tisch.«

Tom bekam keine Antwort heraus, er nickte nur steif. Dafür erntete er von Pino erneut ein Zwinkern. Tom ignorierte ihn jedoch. Jetzt hatte er den Kopf wieder voll mit anderen Gedanken. Marie wusste ja, was zwischen ihm und Gianluca lief, das war offenbar kein Geheimnis. Erst jetzt wunderte sich Tom, weshalb sein Liebhaber ihr überhaupt davon erzählt hatte. Wieso sollte man der Freundin und Verlobten von einer Wochenendaffäre berichten? Marie schien nicht unbedingt die Frau zu sein, die sich gern Sexgeschichten anhörte. Und sie machte auch nicht den Eindruck, als wäre sie von der Sache begeistert. Also bedeutete das möglicherweise, dass Gianluca tatsächlich mehr empfand ...

Tom biss sich auf die Unterlippe. Er wollte ja nicht in diese Richtung spekulieren. Das war nur weiteres Öl im Feuer seiner Wunschfantasien. Trotzdem gingen ihm Maries Worte nicht aus dem Sinn, die sich deutlich nach einer Anspielung angehört hatten. Was sollte das mit den *Hoffnungen* bedeuten? Marie interessierte sich bestimmt nicht für ein farbloses Gemälde, wenn sie die Bilder von Gianluca mochte. Und sie hatte ihn so ernst angesehen. Ob sie wohl die gleiche Hoffnung hatte wie er selbst? Das aber würde ja bedeuten, dass sie wusste, welche Hoffnungen Gianluca hegte ... Vielleicht war sie gar nicht so biestig, wie es den Anschein machte. Möglicherweise sorgte sie sich lediglich um ihren Freund. Dabei hatte der in diese Richtung nicht das Geringste zu befürchten. Tom würde den Kerl auf der Stelle heiraten ...

Plötzlich wurde ihm ganz warm. Fast gleichzeitig verstummte das Gemurmel im Saal. Im ersten Moment kam es Tom wie ein Zeichen vor. Doch er vermied es, sich umzudrehen und nachzugucken. Er wollte Pino nicht noch anheizen. Dann ertönte höflicher Applaus und kurz darauf begrüßte wohl Gianlucas Vater die Gäste. Die Rede ... Tom schaltete auf Durchzug und schaffte es endlich, sich wieder aufs Malen zu konzentrieren.

Mit viel schmutzigem Weiß und trockenem Pinsel brachte Tom langsam den Nebel ins Spiel. Immer wieder musste er die Position der Lampenstative korrigieren, um so wenig Schatten wie möglich auf der Leinwand zu haben. Aber mit etwas Abstand gefiel ihm das Ergebnis schon ganz gut. Inzwischen war eine Atmosphäre entstanden, die recht deutlich in die Richtung ging, wie es normalerweise auf seinen Gemälden aussah. Heute jedoch würde er Farbe durchbrechen lassen. Allein der Gedanke daran machte ihn nervös. Die Möglichkeit bestand, dass es schiefging und er sich vor den Gästen und Gianluca blamierte. Im Zweifelsfall würde er aber all diese Menschen nie wiedersehen müssen. Und das galt im Notfall selbst für Gianluca. Obwohl Tom stark bezweifelte, dass er diesen Mann so leicht aufgeben würde. Das lief dann wahrscheinlich eher andersrum. So ganz glaubte er nämlich nicht an seine Interpretation von Maries Worten. Wieder musste er den Gedanken abschütteln, bevor er sich erneut in diese Richtung verrannte. In der Kunst war alles erlaubt – nur die Angst vor Fehlschlägen nicht.

»Das sieht gut aus«, sagte Gianluca irgendwann.

»Hey, ist es vorbei?«

»Ja, der anstrengende Teil ist überstanden. Die ersten Gäste werden schon locker.« Er zwinkerte.

Erst jetzt nahm Tom die Geräuschkulisse im Saal wieder bewusst auf. Das allgemeine Gesprächsgemurmel war zurück. Dazu spielten Streicher unaufdringliche Klassik. Und tatsächlich lachten manche Gäste. Tom grinste. »Na, so schlimm kann's ja nicht werden, was?«

»Es geht bergauf. Darf ich dich aus deiner Zwangsjacke befreien?«

»Ich kann mich wohl nicht drücken?«

»Das gehört zu deiner Arbeit, hast du den Vertrag nicht gelesen?«

»Verdammt, was hab ich noch alles unterschrieben?«

Gianluca flüsterte: »Jahaa, warte ab heute Abend ...« Etwas lauter sagte er: »Marie freut sich schon darauf, dich richtig kennenzulernen.«

»Oh ...«

»Lass dich bei ihr nicht vom Äußeren einschüchtern. Ich bin nicht umsonst mit ihr befreundet.«

Tom legte den Kittel ab und kontrollierte, ob er sich eingesaut hatte. Glücklicherweise waren nur seine Hände voller Farbe. Er wischte sich an einem Tuch ab, das er für die Pinsel benutzte. »Mein Jackett hängt da unter dem Stoff. Ich muss mir die Hände waschen ...«

Plötzlich räusperte sich Pino. »Wenn Sie mir folgen möchten.«

Tom sah kurz zwischen dem Angestellten und seinem Liebhaber hin und her. Der befreite gerade das Jackett und reichte es an den Bediensteten weiter.

»Ähm ...«

Gianluca schien seinen Gesichtsausdruck lustig zu finden. »Keine Sorge, Pino begleitet dich. Wir sitzen ganz vorn.« Und dann an den Jungen gerichtet. »Könntest du bitte drauf achten, dass er anständig angezogen ist?«

»Aber selbstverständlich.« Pino deutete einen Diener an und verstärkte damit Toms Vergleich zu einem Pinguin. Allerdings war es ein Pinguin, der ein ziemlich freches Grinsen um die Mundwinkel trug.

Tom entschied sich, einfach mitzuspielen. Also ließ er sich von Pino zu den Toiletten führen. Der Junge machte ihm pflichtbewusst die Tür auf und zog sich dann zurück. Ein bisschen war Tom erleichtert. Irgendwas im Blick des Kleinen schrie förmlich danach, sich entgegen seiner Aufgabe unprofessionell zu verhalten. Und erneut dachte Tom darüber nach, ob Gianluca nicht davon wusste. Blöd nur, dass er ihn nicht fragen konnte, ohne zu neugierig zu wirken – oder gar eifersüchtig. Vielleicht war es aber genau umgekehrt, schließlich hatte Gianluca Pino ja die Aufgabe gegeben, ein Auge auf ihn zu haben. Tom sah in den Spiegel. Wollte er ihn testen?

»Schwachsinn«, flüsterte er. Dann wusch er sich die Hände

und versuchte, möglichst viel von der Farbe wegzubekommen. Glücklicherweise hatte er ja bislang nicht gerade mit auffälligen Tönen gearbeitet. Er kontrollierte sich noch mal im Spiegel. Gianluca hatte ihm vorhin bei den Haaren geholfen. Es war bei solchen Anlässen immer ein gehobenes Problem, das struppige Zeug zu bändigen. Jetzt sah er ziemlich brav aus, da das Wachsgel einen ordentlichen Seitenscheitel festhielt. Und auch, wenn er sich noch immer verkleidet fühlte, war er mit seinem Äußeren zufrieden. Er sah tatsächlich einigermaßen so aus, als gehörte er zu dieser Gesellschaft da draußen. Tom atmete tief durch. Also, auf in den Kampf.

»Ihr Jackett«, sagte Pino, als er in den Flur trat.

Tom wollte es nehmen, doch Pino hielt es bereits für ihn auf. »Danke.« Er drehte sich in das Kleidungsstück hinein und ignorierte Pinos Hände, die ihm über die Schultern strichen und kurz darauf an den Revers zogen. »Danke«, wiederholte Tom.

Pino trat einen Schritt zurück und senkte einmal kurz den Blick. Dann führte er Tom wieder in den Saal.

»Na hoffentlich komm ich aus der Nummer schnell raus.«

Pino kicherte leise. »Legen Sie drei Finger an die Wange und ich informiere Sie über einen wichtigen Anruf. Die meisten der Herrschaften haben da sehr großes Verständnis, wenn es dann etwas länger dauert.«

Tom brauchte einen Augenblick, bis er das für sich sortiert hatte. Fast hätte er voreilig etwas Dummes geantwortet, von wegen, dass er sein Handy gar nicht dabei hatte. »Danke, ich werd's mir merken.«

»Ich wünsche Ihnen möglichst kurzweilige Unterhaltung.«

»Du kannst mich übrigens duzen, du Knirps.«

»Sie mögen verzeihen, aber ich mag meinen Job.«

Tom lachte. »Bis in drei Fingern.« Er ließ Pino am Eingang zurück und ging in verhaltenem Tempo durch den Saal. Wenn es nicht unbedingt eine Räumlichkeit im Barockstil gewesen wäre und die Gäste halbwegs normal angezogen wären, hätte man fast von einer alltäglichen Veranstaltung sprechen können. Die Gespräche schienen weit weniger vornehm geführt zu werden. Hier und da stand sogar jemand. Tom schlängelte sich an den Tischen vorbei und hielt nach Gianluca Ausschau. Der winkte ihm schließlich dezent zu. Natürlich saß er nicht nur ganz vorn, sondern auch ziemlich in der Mitte. Neben ihm Marie und gegenüber ein Paar. Ein Platz war noch frei – für das Ersatzrad …

Tom lächelte steif, als er beim Tisch ankam. »Guten Abend.«

Gianluca erhob sich. »Das ist unser Künstler des Abends, Tomas Lövenich. Tom, mein Bruder Geronimo und seine Frau Elise. Marie kennst du ja bereits.«

»Guten Abend«, wiederholte Tom verlegen. Gianluca hatte also einen Bruder. Er gab sich Mühe, Geronimo nicht zu sehr anzuschauen. Niemals im Leben wäre er auf den Gedanken gekommen, dass sein Liebhaber und dieser Mann enger verwandt waren. Geronimo war ein bulliger Kerl mit düsterem Blick und fortgeschrittener Stirnglatze. Zweifellos war er ein paar Jahre älter als Gianluca und Tom würde sein Talent darauf verwetten, dass dieser Mann so viel Humor besaß, wie ein Krokodil im Angesicht der Krokodillederhandtasche seiner Frau.

Tom nahm Platz und legte die Hände in den Schoß. Es breitete sich eine unangenehme Stille am Tisch aus, während sonst überall gesprochen wurde und sogar gelacht.

Marie räusperte sich. »Tom studiert an der Kunstakademie. Im wievielten Semester genau?«

»Ich habe bald zwei Jahre rum.«

»Ah, da bereitest du dich also auf die zweite Eignungsprüfung vor?«

»Ja, ich bin ziemlich nervös.«

Geronimo lachte kurz freudlos auf. »Bei den Zukunftsaussichten kein Wunder.«

»Schatz …«, fuhr Elise dazwischen. Ihr standen Schreck und Scham ins Gesicht geschrieben.

Gianluca schüttelte belustigt den Kopf und legte Tom heimlich eine Hand aufs Bein. »Das sagt der Mann, der drei Leute beschäftigt, die für ihn in Kunst anlegen.«

»Das ist ja wohl etwas anderes! Außerdem investiere ich nur in tote Künstler.«

»Ganz wie du meinst, großer Bruder. Ich bin nicht böse, wenn du mir die höheren Renditen überlässt.«

»Wie sieht die Wertsteigerung bei deinen eigenen Werken bisher aus?«

»Mach dir darum mal keine Sorgen.«

»Ich will mich nur frühzeitig erkundigen. Bei deinem *Lebensstil* könnte ich ja vielleicht bald einsteigen …«

»Schatz!«, entrüstete sich Elise. »Entschuldigt mich bitte. Mir ist etwas warm.«

Geronimo lachte wieder. »Wechseljahre!«

Mit rotem Kopf verließ Elise den Tisch. Am liebsten hätte Tom etwas gesagt, aber er kannte sich in dieser Gesellschaft zu wenig aus – und es ging immerhin um Gianlucas Familie. Also hielt er seine Hände zwischen die Schenkel gepresst. Die Hand auf seinem Knie beruhigte ihn.

»Kannst du dich nicht ein bisschen benehmen?«, fragte Marie. »Du weißt doch, wie empfindlich deine Frau ist.«

»Sie soll sich nicht so haben.«

»Mein Bruder der Bulldozer«, kommentierte Gianluca.

»Gianni, immer schön an die eigene Nase fassen – oder ans eigene Bein?«

Tom schoss die Hitze ins Gesicht. Marie schien es sofort zu bemerken, aber sie zwinkerte ihm tatsächlich freundlich zu.

»Das gilt auch für dich, Gerolein«, erwiderte Gianluca. »Wo

ich meine Hände im Spiel habe, geht dich gar nichts an.«

»Glaub mir, das möchte ich auch überhaupt nicht wissen. Marie, wie laufen die Hochzeitsvorbereitungen?«

»Sehr gut. Danke der Nachfrage.«

Tom bewunderte die kühle Gelassenheit. Allmählich verstand er, dass Gianlucas Verlobte offenbar eine Doppelagentin in diesem Treiben darstellte.

»Ihr wisst ja, dass ich euch *alles* Gute wünsche.«

»Hörst du, Schatz?«, sagte Gianluca zu Marie. »Er hat sich tatsächlich überwunden, das *Gute* noch unterzubringen, wenn auch widerwillig.«

Geronimo bleckte die Zähne. »Was ich dir und deinem neuen *Spielzeug* sonst noch wünsche, kannst du dir ja denken …«

»Kekse?«

Tom sah entsetzt zu, wie sein Liebhaber diesem Arschloch den Teller mit Spritzgebäck hinhielt. Verdammt, diese Leute hassten sich! Da, wo Tom herkam, ging man vor die Tür und schlug sich die Zähne ein. Und zu nichts weniger hätte er jetzt eigentlich Lust. Aber hier brauchte man offenbar die innere Stärke, den Widerlingen auch noch Gebäck anzubieten und dabei freundlich zu lächeln, während man eisige Worte tauschte.

»Nein danke, die sehen so – selbstgemacht aus.«

»Für manche Menschen ein Qualitätsmerkmal …«

»Nicht, wenn man weiß, wer der Bäcker sein könnte.« Geronimo wandte sich Tom zu. »Den Scherz hat er schon öfter abgezogen. Vielleicht möchtest du einen Keks, Tomas Lövenich?«

Tom war hin- und hergerissen. Auf der einen Seite fühlte er sich viel zu nervös und hatte so gar keine Lust auf Kekse, auf der anderen wollte er natürlich auch nicht Gianlucas Backkünste zurückweisen. Gestern war er ja schon nicht dazu gekommen, sich vom Geschmack zu überzeugen. Also griff er zum Teller. »Warum nicht?«

Die Hand an seinem Knie drückte warnend, sodass er innehielt.

»Gianni war immer so neidisch, dass ich auf Partys gehen durfte, während er mal wieder Hausarrest hatte. Die Versuche, mich zu vergiften, lassen sich kaum noch zählen, oder?«, fragte Geronimo und sah seinen Bruder an. »Würde mich jedenfalls nicht wundern, wenn für diese trübe Feier nicht extra Abführmittel angeschafft worden wäre.« Er richtete sich zurück an Tom. »Vor zwei Jahren gab es bei dieser Veranstaltung einen kleinen Eklat, weil auf unerklärliche Weise eine tote Ratte ins Essen gefunden hatte. Ich bin mir sehr sicher, dass das Tier schon tot war, bevor es Beine bekommen hat. Die Konsequenzen musste der Organisator tragen, rein zufällig einer meiner engeren Freunde. So ist das bei Gianni, die Konsequenzen …«

»Ich wusste gar nicht, dass auch du *engere* Freunde hast, Bruderherz«, unterbrach Gianluca.

Tom zögerte. Marie sah ihn so seltsam an. Ihre Augenbraue bewegte sich kaum einen Millimeter in die Höhe, aber doch genug, dass ihr Blick eine Warnung sein könnte. Die Kekse lagen jedoch überall auf den Tischen – und Tom war beim Backen dabei gewesen. Das waren nur alberne Familiengeschichten. Entschlossen steckte er sich den Keks in den Mund und gab sich Mühe, dabei nicht ganz so vorsichtig auszusehen. Gianluca und Geronimo beschäftigten sich ohnehin gerade lieber mit sich selbst. Sicherlich wäre es nicht mal aufgefallen, wenn Tom den Keks quer über den Tisch gespuckt hätte. Aber das war glücklicherweise gar nicht nötig. Vielleicht schmeckte es ein wenig bitter. Die Schokolade wahrscheinlich. Die leicht harzige Note gefiel ihm jedoch. Jedenfalls kam ihm nichts ungewöhnlich vor. Und falls er gleich aufs Klo verschwinden musste, dann konnte ihm das in dieser Gesellschaft wohl nur recht sein.

»Schmeckt gut«, sagte Tom.

Geronimo grinste kalt. »Dann mach dich mal auf was gefasst.«

»Muss ich nicht, ich war dabei, als die Kekse gemacht wurden.«

Sofort funkelte das Arschloch seinen Bruder an. »Also hatte ich recht, dass die Teile von dir sind.« Er lachte auf, als wollte er sich zu seiner Vorsicht gratulieren.

»Ja, die Kekse sind von mir«, gab Gianluca zu und drückte Tom unter dem Tisch noch mal etwas fester.

»Ausgerechnet *Spritzgebäck*, wie passend …«

Marie verschluckte sich und stellte schnell ihr Weinglas ab. Sofort hatte sie sich wieder unter Kontrolle und tupfte mit der Serviette damenhaft ihren Mund ab.

»Weiß Elise davon, dass du mit deinen Gedanken überdurchschnittlich oft auf anderen Pfaden wandelst?« Gianluca lächelte gespreizt.

»Mach dir keine Hoffnungen, ich …«

»Die Kekse sind wirklich gut«, fiel Tom ins Gespräch ein und nahm sich noch einen zweiten. Tatsächlich hatte er inzwischen Hunger. Aber da würden die Kekse nicht sonderlich viel ausrichten können.

Gianluca räusperte sich und drückte wieder. Diesmal länger und fester.

Geronimo sah wachsam zwischen ihnen hin und her. »Tomas Lövenich, ich glaube, dein Sugardaddy möchte dich warnen.«

»Sugardaddy?«, platzte Tom mit vollem Mund heraus. Schnell hielt er sich die Hand vor.

Geronimo lachte und zuckte kurz darauf zusammen. »Ah!«

Jetzt grinste Gianluca. »Tut dir was weh?« Offenbar hatte er seinen Bruder unter dem Tisch getreten.

»Meine Herren«, sagte Marie würdevoll, »ich schaue mir das Schauspiel zwar ganz gern an, möchte aber nur ungern an einem Tisch sitzen, der auffällig wird.«

»Du kannst froh sein, dass deine *Verlobte* hier ist«, zischte Geronimo. Er bekam einen ziemlich roten Kopf. Gianluca musste erfreulich hart getroffen haben.

»Das Essen wird gleich serviert.« Elise trat von hinten an ihren Mann heran. Wahrscheinlich sah sie seinem Gesicht an, dass etwas nicht in Ordnung war. Sanft legte sie eine Hand auf dessen Schulter. Dann ließ sie sich von Pino mit dem Stuhl helfen und saß wieder in der zweifelhaften Runde.

Tom spülte den zweiten Keks mit Wein hinunter. Nebenbei fing er Pinos Blick auf, der in etwa so vielsagend lächelte, wie die berühmte Louvre-Bewohnerin.

Elise räusperte sich, was wie das Piepsen eines Meerschweinchens klang. »Habe ich etwas verpasst?«

»Nein«, antwortete Marie schnell, »die Herren sind recht schweigsam.«

»Das ist ungewöhnlich, aber durchaus zu begrüßen.«

»Dem gibt es nichts hinzuzufügen.«

Die Brüder schwiegen tatsächlich. Gianluca nahm sogar seine Hand zurück, was in Tom seltsamerweise ein Gefühl der Erleichterung hervorrief. Die Hinweise unter der Tischdecke waren ihm doch unheimlich vorgekommen. Allerdings glaubte er nicht wirklich, dass etwas nicht stimmte. Das wiederum konnte nur bedeuten, dass Gianluca ihm etwas anderes hatte mitteilen wollen. Und Tom hatte es nicht verstanden. Aber daran ließ sich jetzt nichts ändern. Solange am Tisch Schweigen angesagt war, schien alles in Ordnung und er konnte sich einigermaßen entspannen.

An den Tischen ringsum herrschte dafür für diese Art von Gesellschaft reges Treiben. Überall standen Herren in biederen Anzügen und schüttelten sich die Hände oder nickten sich gegenseitig bekräftigend zu. Das sah so gar nicht unterkühlt aus, wie Tom es erwartet hatte. Und immer wieder wurde hier und da laut gelacht. Das kam ihm so vollkommen deplatziert vor, dass er sich zwingen musste, Gianluca keinen fragenden Blick zuzuwerfen. Überhaupt wollte er seinen Liebhaber so wenig wie möglich anschauen. Geronimos Anspielung auf dessen vermutlichen Mäzenenstatus hatte ihm nicht sonderlich gefallen. Da zeigte sich nicht nur der Altersunterschied, der zweifelsohne vorhanden war, sondern auch das finanzielle Ungleichgewicht. Tom passte weder hierher noch an die Seite eines solchen Mannes. Und das dürfte nicht nur Geronimo so sehen ...

»Sie nehmen doch später an der Auktion teil, nicht wahr?«, fragte Elise etwas aus der Luft gegriffen an Tom gerichtet. Wahrscheinlich war ihr das Schweigen unangenehm geworden und sie wollte möglichst harmlos Smalltalk betreiben. Leider zeigte sich, dass sie bei der Themenwahl ein nicht ganz so glückliches Händchen hatte.

»Mensch Elise, wie soll der *Künstler* denn an der Auktion teilnehmen? Soll er sich selbst verkaufen? Ich glaube, das ist bereits passiert ...«

Das Zucken kam gleichzeitig mit Elises entsetztem Ausruf: »Schatz!« Eine Millisekunde später schrie Geronimo nicht weniger laut: »Au! Verdammt! Gianluca!«

Es wurde kurz still vorne im Saal. Tom spürte die Blicke der Gäste in seine Richtung schweifen. Jetzt war er es, der heimlich seine Hand auf ein fremdes Knie schob und zudrückte. Gianluca grinste. Und Geronimo nickte angestrengt lächelnd in die Runde.

Plötzlich stellte sich ein stattlicher älterer Mann an den Tisch, den Tom als Gianlucas Vater wiedererkannte. Er tätschelte Maries Schulter. »Meine Liebe, ich hoffe, meine Söhne machen dir nicht allzu viel Ungemach. Einer missratener als der andere. Das gilt auch dir, Elise, du siehst fantastisch aus. Ihr beide seid zu Unrecht gestraft.«

Die Worte wurden gerade so laut ausgesprochen, dass sie am Tisch gut zu vernehmen waren. Und dann setzte der Blick des

Familienoberhaupts an und bohrte sich in Toms Kopf. Graue Augen, aus denen so viel Kälte und Verachtung sprachen, dass Tom unvermittelt übel wurde.

»Wie schmecken dir die Kekse, Vater?«, fragte Gianluca. »Das Essen dauert ja wohl noch etwas und das Dudeln der Streicher macht unglaublich hungrig, nicht wahr?«

»Mein witziger Sohn.« Die andere Hand des Alten legte sich auf Gianlucas Schulter. Der Stoff wurde gequetscht und die massigen Finger färbten sich weiß vom Druck.

»Mein herzlicher Vater«, antwortete Gianluca mit einem Lächeln, das wie ein Unfall aussah.

Tom legte möglichst beiläufig seine Hand ans Kinn und schob dann drei Finger auf seine Wange. Ihm war furchtbar übel.

»Was machen die Geschäfte, Gero?«, fragte der Alte und ließ Gianlucas Schulter kein bisschen los.

»Entschuldigen Sie bitte«, sagte Pino plötzlich mit gedämpfter Stimme. »Ein Anruf für Sie, Herr Lövenich.«

Ohne auf die anderen zu achten, erhob sich Tom. Er stieß ungeschickt gegen den Tisch. Pino fasste ihn blitzschnell am Arm und stützte ihn. Dann flüchtete Tom an dessen Seite viel zu langsam aus dem Saal.

»Ich muss an die Luft!«, keuchte er, sobald sie den Eingangsbereich erreicht hatten.

Es war wie eine Befreiung, als sie endlich nach hinten raus auf eine Terrasse traten. Die Sonne war inzwischen untergegangen und die Umgebung wurde lediglich durch das Licht beleuchtet, das von innen aus den Fenstern drang.

»Danke«, sagte Tom nach ein paar Atemzügen. »Ich brauch einen Moment, bevor ich wieder reingehen kann.«

Pino nickte. Aber er ging nicht, sondern blieb schüchtern stehen. »Soll ich – hierbleiben?«

»Wenn dich drinnen keiner vermisst …«

»Ich denke, die kommen ein paar Minuten ohne mich klar. Rauchst du?«

»Eigentlich nicht … Wahrscheinlich gibt es solche Momente wie jetzt, um damit anzufangen, was?«

Pino grinste. »Ich bin für Notfälle ausgerüstet …«

Tom zog eine Augenbraue hoch.

»Lass uns mal aus dem Licht gehen.«

Wieder hatte Tom den Verdacht, dass der Kleine sich an ihn heranmachen wollte. Das war nicht gut. »Ähm …«

»Keine Sorge, ich verführe dich höchstens auf eine andere Art.« Pino öffnete seine Hand, in der ein perfekt gerollter Joint lag.

»Du durchtriebener …«

»Psst! Los, komm!«

Tom folgte dem Jungen in eine dunkle Ecke. Obwohl er Künstler war und einige Freunde hatte, die sich regelmäßig zudröhnten, hielt er persönlich nicht ganz so viel davon. Ab und zu schloss er sich ihnen an, achtete aber stets darauf, dass es nicht zu viel wurde. Die Gelegenheit musste passen. Und wie er gerade bereits festgestellt hatte, war heute genau der richtige Tag, um es in dieser Hinsicht etwas entspannter anzugehen. Sagte Gianluca nicht ständig, dass er lockerer sein sollte?

Pino hatte den Joint bereits angezündet und blies weißen Dunst in den Nachthimmel. Dann hielt er ihm die Tüte wortlos hin. Tom nahm ohne zu zögern an. Diese Gesellschaft da drinnen ließ sich doch auch nur bekifft ertragen. Tief inhalierte er den Rauch ein und war überrascht, dass es gar nicht kratzte im Hals.

»Das ist guter Shit.« Pino nickte erklärend und lächelte anschließend stolz. »Was meinst du, was los ist, wenn ich den feinen Herren und Damen schlechtes Zeug andrehe?«

Tom behielt den Rauch so lange in den Lungen wie er konnte, bevor er ausblies. »Du vertickst das Zeug?«

»Na, nicht so, wie du denkst. Das ist meine Aufgabe. Ich hab für den Notfall ein bisschen was zur Entspannung dabei. Glaub mir, ein paar der Gäste haben das ziemlich nötig. Und dein Kerl …« Pino zuckte zusammen und biss sich auf die Lippe.

»Mein Kerl?«, hakte Tom nach.

»Ähm, also seid ihr – ein Paar? Ich wollte nicht indiskret sein.«

»Hallo? Du stehst hier mit mir in der Ecke und kiffst. Lassen wir den Höflichkeitsmist doch einfach weg.«

Pino lächelte erleichtert. »Okay.«

»Außerdem duzt du mich eh schon die ganze Zeit.«

»Ich weiß. Entsch…«

»Ah! Hör auf!«

»Okay. Also seid ihr zusammen?«

Tom zuckte mit den Achseln. »Keine Ahnung. Ich kenn Luca erst seit Freitag.«

»Aber so wie du ihn anguckst, bist du schwer verliebt.«

»Scheiße …« Tom zog wieder kräftig am Joint.

»Ich glaub, du hast Glück.«

Mit angehaltenem Atem hob Tom die Schultern.

»Doch, ich seh sowas. Herr Chessa – also, dein Kerl, der ist ebenfalls total in dich verschossen.« Pino zwinkerte. »Schade.«

»Was heißt schade?«

»Du bist süß«, kicherte Pino. Noch im Dunkeln konnte man erahnen, dass er rot wurde.

»Du auch«, antwortete Tom, »aber du bist mir leider zu jung.«

»Ja, dachte ich mir schon.«

»Aha?«

»Na ja, du stehst auf meinen Chef – oder sollte ich sagen: unseren Chef?«

»Gehörst du nicht …« Tom machte eine Geste zum Eingang.

»Doch. Herr Chessa ist der Besitzer. Wusstest du das nicht?«

Tom runzelte die Stirn. »Ich glaub, ich weiß so manches nicht

…«

»Oh, entschuldige bitte …«

Dann grinste Tom. »Aber jetzt versteh ich das schon eher, dass es zu deinen Aufgaben gehört, immer ein paar Joints am Start zu haben.«

»Ja. Also keine Sorge, der geht aufs Haus.«

Tom fühlte sich viel leichter, obwohl er das Gefühl hatte, gerade in den Boden gestampft worden zu sein. Er nahm noch einen ordentlichen Zug und reichte die Tüte wieder an Pino zurück. »Wenn du mit allen Bedürftigen hier draußen mitkiffst, geht dir die Arbeit ja leicht von der Hand …«

»Ich tue nur so.« Pino zwinkerte. »Na ja, vielleicht der erste Zug … Aber ich schaue immer, dass viel Tabak in der Spitze ist. Wenn du nicht mehr magst …«

Tom nahm den Stumpen zurück. »Was wollte ich vorhin sagen? Durchtriebenes Aas? Ja, sowas in die Richtung.« Er zog die Glut bis an die Finger und trat die Kippe aus.

»Solltest du in Zukunft öfter hier sein, wirst du mich zu schätzen wissen.«

»Daran zweifle ich nicht, Pino Pinguin. Ich mag dich schon jetzt.« Tom kicherte und legte einen Arm um den Kleinen. »Darf die Kippe da liegen bleiben oder müssen wir sie umbetten?«

»Da kümmere ich mich schon drum. Willst du wieder ein?«

»Ja, verdammt kalt.« Tom spürte, wie er von Augenblick zu Augenblick leichter wurde. Ein weiteres Kichern bahnte sich durch seinen Hals nach draußen. »Mach du nur deine Arbeit, ich finde den Weg schon. Ich heiße Tom übrigens. *TomTom*. Ich finde jeden Weg …«

»Oh Mann, vielleicht bleibst du noch ein bisschen hier.« Pino hielt ihn am Arm zurück.

»Ach was! Sobald ich die Gesichter da drin sehe …« Tom gab sich Mühe, eine möglichst schreckliche Grimasse zu machen. »…

ist das *High* doch wieder *low*, oder?«

Pino schüttelte den Kopf. »Mach mir keinen Ärger.«

»Wieso dir?«

»Weil ich auf dich aufpassen soll.«

»Du?« Tom zeigte mit dem Finger auf Pinos Brust. »Duhu?«

»Ja, ich!«

»Duhuuu?«

»Ja, ich!«

»Nein! Duhuuu?«

»Ja, wirklich ich!«

»Ach, jetzt hör doch mal zu, Mann!« Tom lachte. »Duhuuu erzählst Luca aber nichts – hieeervooon?«

»Ich kann sehr verschwiegen sein.«

»Dann fang damit sofort an!«

»Alles klar.«

»Duhuuu?« Tom kicherte wieder.

»Ja?«

»Was ist hier passiert?«

Pino runzelte die Stirn. Dann schüttelte er belustigt den Kopf. »Nichts.«

»Das ist sehr gut. Das vergessen wir jetzt auch noch.«

»Was?«

»Dass hier nichts passiert ist!«

»Sag mal, das Zeug steigt dir ziemlich zu Kopf, oder? Geht's dir gut?«

»Mir?«

»Ja.«

»Mir geht's primös!«

Jetzt lachte Pino – und Tom fiel lautstark mit ein. Es dauerte sicher fünf Minuten, bis Tom sich wieder einbekommen hatte.

»Du, ich muss jetzt rein. War wirklich schön mit dir hier draußen. Aber das Licht ist kalt und die Luft ist aus …« Tom überlegte. »Die Luft ist raus«, korrigierte er sich. »Ich schau mal, ob drinnen noch was da ist.«

Pino war offensichtlich nicht ganz wohl bei der Vorstellung. »Wenn du magst, kannst du dich auch erst noch in einem der Gästezimmer ein wenig ausruhen.«

»Pino Pinguin! Das hatten wir doch geklärt! Zu jung! So, ich muss wirklich rein. Apfelärschlein wartet bestimmt schon. Gott, ich muss den retten! Diese Familie ist ja ein Alptraum! Kennst du die? Schlimm-palim!« Tom schwebte über die Terrasse zurück in den Eingangsbereich. Das Licht war so wahnsinnig hell, dass er am liebsten mit geschlossenen Augen weitergelaufen wäre. Aber er war ja nur bekifft, nicht blöd. Und deshalb drehte er sich auch noch mal nach Pino um. »Kannst du mir noch einen Gefallen tun?«

»Aber selbstverständlich.« Der Kleine war nun wieder ganz in seiner Angestelltenrolle.

»Haut das nicht hin – mit dem Benimm – hau mir eine rinn – macht das Sinn?«

Pino lächelte. »Ich denke, ich habe die Kernbotschaft verstanden. Denken Sie an die drei Finger.«

»Was? So viele? Das geht nicht ohne gute Vorbereitung - zumindest nicht schmerzfrei …«

Tatsächlich wurde Pino rot. In dem grellen Licht sah das total faszinierend aus. Am liebsten hätte Tom die Wangen angefasst. So schön. Aber er hielt sich zurück. »Entschuldigung.« Er unterdrückte ein Kichern. Dann drückte er ein Auge zu und machte ein Gesicht, von dem er glaubte, dass es möglichst verschwörerisch aussah.

»Drei Finger! Oder auch zwei oder einer …« Pino führte ihn am Arm zum Festsaal.

»Olle Sau!«, flüsterte Tom und machte sich auf den Weg durch den Saal. Obwohl die Vorspeise bereits serviert war, standen manche Gäste noch. Eine Frau auf der linken Seite lachte haltlos. Tom spürte, wie sich ebenfalls ein Lachanfall in ihm formierte. Möglicherweise hatte er die anderen Prinzessinnen und Pinguine zu früh abgeurteilt. Hier und da schien es doch Oasen der Heiterkeit zu geben. Nur dass er ja auf dem Weg zum Horrortisch war. Allein die Vorstellung von Geronimo wirkte wie ein schwarzes Loch auf sein Gemüt. Aber davon durfte er sich nicht beeindrucken lassen.

Gianluca sah ihm erleichtert entgegen. Offenbar hatte er schon gewartet. Er lächelte jedoch irgendwie – seltsam. Das sah so lustig aus, wie er da in der steifen Gesellschaft steckte und plötzlich den Hals langmachte wie eine Schildkröte und die Augen sich in Tennisbälle verwandelten. Ob das nochmals eine Warnung sein sollte? Aber vom Vater der Addams Family war nichts mehr zu sehen. Mit der Monsterbacke von Bruder würde er klarkommen.

Tom setzte sich betont langsam auf seinen Platz. Jetzt galten wieder andere Gesetze. »Entschuldigt bitte, ein wichtiges Gespräch, ließ sich leider nicht aufschieben. Ihr wisst ja sicher, wie das so ist …«

»Kein Problem«, sagte Gianluca. Unter dem Tisch schob er seine Hand auf Toms Bein zurück und senkte dann die Stimme. »Wir haben bereits angefangen. Jakobsmuschel mit Spinatschaum.«

Tom verzog das Gesicht. »Spinat? Ich hasse Spinat!«

Geronimo schnaubte. »Und dabei hat er gerade noch mit Popeye telefoniert, dass er eine Pizza will …«

»Hast du dir schon ein Bild ausgesucht?«, fragte Elise etwas zu laut an Marie gerichtet.

»Ich muss sagen, dass mir dieses Jahr keins so richtig gefällt. Ich denke, ich werde hier und da mitbieten. Ist ja für den guten Zweck.«

Tom kicherte. »Mit Popeye telefoniert?«

»Hast du keinen Hunger?«, flüsterte Gianluca.

»Doch, aber – Pizza wär irgendwie cooler …« Tom setzte sich gerade auf und gab sich Mühe, möglichst versnobt zu wirken. »Na ja …« Er nahm die Gabel und fischte die Muschel aus der grünen Soße.

Geronimo lachte hölzern auf. Kurz darauf fiel der komplette Nachbartisch mit ein und es wurde vorübergehend richtig laut. Auch Tom fand alles furchtbar lustig. »Popeye!«, murmelte er. Aber er hielt sich zurück. Er wollte Pino auf keinen Fall die drei Finger zeigen müssen.

»Vater bringt dich um, das weißt du, oder?«, sagte Geronimo nach einer Weile.

»Das hätte er schon einfacher haben können …« Gianlucas Stimme klang bitter. Das tat Tom unendlich leid. Er spürte, dass sein Liebhaber auf eine Wunde in seiner Seele verwies. Plötzlich hatte er das Bedürfnis, ganz nah bei ihm zu sein. Er wollte am liebsten gleich neben ihm sitzen. Unauffällig versuchte er, seinen Stuhl etwas näher an ihn heranzurutschen. In dem Moment tauchten aber mehrere Servicekräfte auf und tauschten die Vorspeisenteller gegen riesengroße Platten. Tom blieb wie erstarrt sitzen. Solche großen Teller hatte er noch nie gesehen – und mittendrin nicht mal eine Handvoll Essen …

Gianluca schien seine Frage zu erahnen und räusperte sich genau im richtigen Moment laut.

»Das ist alles?« Tom flüsterte seine Frage fassungslos. Niemand außer seinem Liebhaber schien es mitbekommen zu haben. Also riss sich Tom zusammen und probierte ein Stück Fleisch mit roter und weißer Soße. Ein paar Kräuter waren lustig darauf verteilt. Doch Tom fühlte sich alles andere als heiter. Was bedeutete es, dass Gianlucas Vater dessen Tod schon einfacher hätte haben können? Hatte dieses Arschloch etwa … Tom erinnerte sich an die Pranke, die sich in Gianlucas Schulter gegraben hatte. Wie in

Großaufnahme sah er die manikürten Nägel an den Enden der Wurstklauen. Dazu spielte das Orchester einen dramatischen Verlauf. Tom wurde schlecht. Vorsichtig lehnte er sich zurück und hielt das Fleisch unwillig auf der Zunge. Am liebsten hätte er es ausgespuckt. Sein Mund war viel zu trocken. Das Würfelchen totes Tier konnte nur geradewegs aus der Wüste eingeflogen worden sein.

»Ich denke, ich werde das kleine blaue Bild ersteigern«, verkündete Elise.

Tom wunderte sich, dass er sie überhaupt hörte bei all dem Krach um sie herum. Das Gemurmel und Gerede und Gelache war unerträglich laut. Und irgendwie hatte er auch ein bisschen das Gefühl, als stünde ihr Tisch plötzlich ein paar Zentimeter tiefer als die der anderen.

»Ja, das Blaue ist hübsch«, kam es von Marie.

Geronimo schaltete sich schnell ein. »Solange es nicht zu teuer wird …«

»Wie Marie gesagt hat, es ist für einen guten Zweck.«

»So viele Straßenjungen, wie Gianni eingestellt hat, dürften die Seelen der ganzen Familie wohl gerettet sein.«

»Da wäre ich mir mal nicht so sicher«, konterte Gianluca.

Eine Frau irgendwo auf der anderen Seite des Saals schrie laut auf vor Lachen.

»Gott, was hast du in die Kekse reingetan? Du bist wahnsinnig! Komplett irre!«

»Was soll denn in den Keksen drin sein?«, fragte Tom. »Ich war dabei! Die …«

Gianluca drückte sein Bein so fest, dass es weh tat. Tom brach ab. Das, was er gerade fast ausgeplaudert hätte, lief in Zeitraffer noch mal vor seinem geistigen Auge ab. Sein Schwanz im Keksteig, der Orgasmus, der Spritzer Sperma …

»Ja?«, fragte Geronimo eisig.

Tom fiel nichts ein. Sein Kopf war voller Kekspimmelchen. Er kicherte.

»So viel dazu! Nichts in den Keksen! Na, Gianni, willst du es weiterhin leugnen? Guck dir doch mal die Augen deines Betthäschens an …«

»Geronimo!«, rief Elise. »Jetzt reicht es!«

»Und dabei war ich freundlich in meiner Wortwahl!«

Tom schwieg krampfhaft. Er ahnte, dass er noch immer ein dümmliches Grinsen auf den Lippen hatte. Aber er traute sich nicht, etwas an seiner Mimik zu ändern. *Betthäschen!* Wenn er jetzt laut loslachte, dann wäre das wie ein Beweis. Verdammt, man hatte ihn erwischt.

Elise beugte sich mit einem mitleidigen Lächeln zu ihm. »Wenn Ihr Bild fertig ist, steht es vielleicht auch zur Auktion?«

»Nein«, sagte Gianluca schnell. »Tom ist nur …«

»Warum nicht?«, platzte es aus Tom heraus.

»Wundervoll«, sagte Elise.

Gianluca wiederholte: »Nein!«

Tom schüttelte den Kopf. »Doch, natürlich. Wenn ich schon hier bin, dann kann ich gleich am Wettbewerb teilnehmen.«

»Es ist eine Auktion«, korrigierte Elise etwas unsicher.

»Ach ja, Kaution.« Tom kicherte.

Gianluca drückte wie verrückt Toms Bein. »Ich denke, das ist keine …«

»Das ist eine sehr gute Idee«, fuhr Tom dazwischen. »Ich bin des Gehabes hier nämlich überdrüssig. Jetzt habe ich einen Grund, mich frühzeitig zu entschuldigen, weil das Bild fertig werden muss. Ich will eine anständige Kaution. Also, ich entschuldige mich. Wofür eigentlich? Ich hab gar nichts gemacht.« Tom dachte an den Joint. »Ehrlich nicht!«

»Tom …«

Tom lachte auf. »Luca! Das kitzelt!«

Geronimo prustete einen Schluck Wein zurück ins Glas.

»Drei Finger!« Tom hielt drei Finger hoch und legte sie sich an die Wange.

Plötzlich lachten alle am Tisch und auch an einigen Nebentischen. Gianluca war der Einzige, der ernst dreinschaute. Tom spürte wieder den Schmerz, weil er diesen Mann wirklich liebte. Pino hatte recht. Trotzdem lachte er, weil alles lachte. Dann tätschelte er seinen Liebhaber unter dem Tisch. »Alles in Ordnung. Ich male und du machst deine Arbeit. Wir treffen uns nachher …« Tom fiel auf, dass das sexuell interpretiert werden konnte. Also fügte er schnell hinzu: »Zur Kaution!«

»Ich bitte um Entschuldigung«, sagte Pino.

»Ein Anruf! Schon wieder!« Tom kicherte. »Nur nicht neidisch werden!« Dann ließ er sich von Pinos stützendem Arm durch den Saal dirigieren. Er kam sich vor wie ein Luftballon, der an einer Schnur geführt wurde. Endlich war er aus diesem Loch heraus, in das der Miesmachertisch versank. Jetzt schwebte er über lachenden Gästen in Barbiekleidung. Und sogar die Weihnachtsdekoration machte plötzlich Sinn. Tom breitete die Arme aus. Frei!

»Soll ich sie rausbegleiten?«, fragte Pino.

»Nein, ich muss malen. Hilf mir mal!« Er schälte sich aus dem Jackett, löste den Schlips und fing an, sein Hemd aufzuknöpfen.

»Nein-nein!« Pino hielt ihn zurück. »Das reicht.« Dann hielt er den Kittel hin.

»Bah, es ist aber unglaublich heiß …« Widerwillig stieg Tom ein und ließ sich verpacken. Sein Herz pumpte einen chillenden Technobeat. Von der Bühne her mischte sich ein Klavierstück dazwischen, das unglaublicherweise hervorragend passte. Danach hatte er plötzlich die Farben in der Hand. Wie im Rausch begann er, Gianlucas Seele über die schmerzhafte Leinwand zu ziehen. Nicht zu viel. Er wollte, dass die harte Realität sichtbar blieb. Aber er musste einfach der inneren Schönheit seines Geliebten einen Platz geben. Liebe! Ja, das war es: Liebe!

winter wonderland

KAPITEL 11

… in welchem Tom böse erwacht …
… und jemanden ins Wunderland schickt.

Toms Mund war so trocken, dass es weh tat. Er lag im Bett und wachte langsam auf. Verdammt, was war passiert? Er hörte ein kratziges Stöhnen und brauchte einen Moment, bis er bemerkte, dass er selbst das Geräusch machte. »Oouh!«

»Alles okay?«, fragte Gianluca hinter ihm.

Tom riss die Augen auf. Glücklicherweise war es stockdunkel. »Ja«, keuchte er und setzte sich vorsichtig auf. Zahllose Gedanken schossen ihm durch den Kopf. Ein paar Erinnerungsfetzen behagten ihm gar nicht. Aber die wichtigste Frage war: »Wie spät ist es?«

»Gleich acht.«

»Gott, danke!« Er ließ sich wieder zurückfallen. Dann bemerkte er, dass das Bett feucht war und komisches Zeug herumlag. Sofort sah er ein Horrorszenario vor sich. Als Siebzehnjähriger hatte er es mal mit dem Wodka übertrieben und war am nächsten Morgen in seinem eigenen Erbrochenen aufgewacht. Gestern hatte er einen Joint geraucht … Tom wurde heiß und kalt zugleich. Sowas war ja schon echt übel, wenn man allein im Bett lag.

»Geht's dir gut?«, fragte Gianluca und knipste tatsächlich das Licht an.

Eilig zog Tom die Decke über sich.

»Hey, was machst du?«

Irritiert tastete Tom auf einer halben Orange herum. »Ähm, die Frage ist wohl eher …«

Gianluca runzelte die Stirn. »Du erinnerst dich nicht mehr?«

»Nein! An was?« Jetzt schlug Tom doch die Decke zurück. Das Laken war voller Flecken und er fand noch zwei weitere Orangenhälften, die teilweise ausgepresst waren. »Was haben wir getrieben?«

»Tom, es tut mir echt leid. Du warst vollkommen – bekifft.«

»Ich weiß«, gab Tom zu. »Das tut mir auch leid, aber – warum tut dir das leid?«

Gianluca wirkte jetzt ebenfalls irritiert. »Na, weil ich Haschöl in die Kekse eingebacken habe.«

»Ach so, deshalb.«

»Was heißt hier deshalb?«

»Ich hab mich schon gefragt, was Pino mir da für ein Monsterkraut angedreht hat. Das hat ja gar nicht mehr aufgehört …«

»Du hast draußen mit Pino gekifft?« Gianluca riss die Augen auf. »Der Kerl kann sich auf was gefasst machen!«

»Nein – also, ja. Ich hab gekifft«, gab Tom kleinlaut zu. »Aber das ist nicht Pinos Schuld.«

Gianluca schwieg eine Weile. »Ja stimmt, der Idiot bin wohl ich. Tut mir wirklich leid. Der Schwachsinn mit den Keksen … Meine Familie hat recht, ich bin unzurechnungsfähig und – ein Kind.«

»Also Abführmittel hätt ich jetzt schlimmer gefunden.« Tom sammelte die Orangenstücke ein und hielt sie unschlüssig in den Händen. »Ähm, wir hatten also hemmungslosen Zitrus-Sex?«

Gianluca zog die Brauen zusammen. »Du warst völlig hinüber, ich hatte echt Angst!«

»Aber da kamen dann die Orangen und haben mich gerettet …«

»Ich hab meinen Hausarzt angerufen. Er meinte, du brauchst Ruhe, viel zu trinken und Vitamine.«

»Mmh …« Tom betrachtete die Überreste und hob instinktiv die Bettdecke an. Zwischen ihm und seinem Liebhaber lag ein ganzer Haufen von Apfelsinen- und Mandarinenschalen. »Oh …«

»Immerhin weiß ich jetzt, dass du auf Zitrusfrüchte stehst.«

»Also ist doch was Unanständiges passiert?«

»Nicht mehr, als du hier sehen kannst.«

»Na, den Abend hast du dir anders vorgestellt, was? Hast du noch was zu trinken?«

Gianluca reichte ihm eine halbvolle Flasche Wasser, die Tom gierig austrank. »Ja, mein Abend ist wohl völlig zurecht ins Wasser gefallen. Aber dafür haben wir jetzt einen saftigen Morgen. Geht's dir auch wirklich gut?«

Tom drehte sich zu seinem Gastgeber um. »Ja, ich denk schon. Ich hoffe, ich hab mich nicht zu sehr danebenbenommen.«

Gianluca kniff den Mund spitz zusammen.

»Scheiße …« Tom erinnerte sich nur noch daran, dass er das Bild weitermalen wollte. Danach verschwammen die Erinnerungen in einem wahnsinnigen Durcheinander. Und er konnte sich entsinnen, dass er irgendwann eine Art Panikanfall gehabt hatte. Das war alles zu viel gewesen und hat einfach nicht aufgehört.

»Sagen wir so: Es ist nichts passiert, was ich nicht verdient hätte.« Gianluca schob einen Arm um Toms Taille. »Es tut mir wirklich leid.«

Ein bisschen war Tom irritiert, weil sein Liebhaber das so oft und ernsthaft sagte. Natürlich, man mischte keine Drogen ins Essen … Jetzt verstand Tom auch, weshalb an den anderen Tischen so gekichert und gelacht worden war. Aber – sollte er etwa böse sein deswegen? Tom hatte ganz andere Fragen.

Gianluca schnaubte. »Verdammt, hätte ich gewusst, dass Pino dir noch einen Joint gibt ... Das kann man doch gar nicht mehr abschätzen! Ich bin echt ein Kindskopf!«

Tom schob seinerseits einen Arm um seinen Partner und zog ihn an sich. Die Orangenschalen lagen blöd zwischen ihnen. »Wir kleben voll eklig.«

»Wenn ich dich damit an mir festkleben könnte, ich würd's machen ...«

»Was bist du eigentlich für ein Kerl?« Tom stellte die Frage vollkommen ernst. Er dachte an Pinos Information, dass Gianluca sein Chef war und Schlossbesitzer.

»Einer, der mit dir zusammen sein will!«

Augenblicklich war wieder das Flattern in der Brust da. Aber Tom ignorierte es. »Das passt nicht.«

Gianluca schwieg. Nach einer Weile nahm er seinen Arm zurück. »Was ist es?«

»Dein Geld, deine Familie, Marie ...« Tom schluckte. Langsam drehte er sich auf den Rücken, weil er seinen Gegenüber nicht mehr anschauen konnte. Sofort fiel sein Blick in den Spiegel und er sah Gianlucas verletztes Gesicht doch. Er schloss die Augen. Sein Herz wollte etwas anderes, aber der Verstand sah es nun mal vollkommen klar. »Das ist einfach nicht meine Welt. Du hast ja gesehen: Das funktioniert nicht mal für einen Abend ...«

»Und wenn ich dir sage, dass das meine Welt auch nicht ist?«

»Dann lügst du ...«

»Wieso? Komme ich dir wie ein Geldhai vor?«

»Nein.« Tom lachte bitter. »Du bist echt ein Traumtyp. Aber trotzdem wirst du Marie heiraten, oder?«

Gianluca seufzte. »Sie ist meine beste Freundin. Das liegt wohl daran, dass wir beide einen Vater haben, der absolut geldgeil und

– zum Kotzen ist.« Er räusperte sich. »Ich weiß, dass sich das alles ziemlich komisch anhören muss. Aber wir haben einen Plan. Es ist nicht so, dass mir wirklich viel an der Kohle liegt. Ich will allerdings verdammt sein, wenn ich meinem Vater in die Hände spiele.«

Tom traute sich nicht, etwas zu sagen. Die Worte klangen so bitter, dass er plötzlich Angst hatte, die ganze Wahrheit zu erfahren.

»Mein Vater ist ein Arschloch, das kannst du mir glauben. Dagegen ist Gero die Freundlichkeit in Person.«

»Und wenn du heiratest, was passiert dann?«

»Dann geht das Erbe meines Großvaters an mich und nicht an meinen Vater. Das ist alles ein wenig verworren.« Gianluca seufzte. »Fakt ist, ich würde das Schloss verlieren und auch die Wohnung hier und damit das Atelier.«

»Du könntest bei mir wohnen …« Tom grinste müde. Schon wieder diese naive Idee. Sein Herz hielt das offenbar für eine mögliche Lösung. Was für ein grausamer Scherz.

»Würdest du auf so viel Geld verzichten und es deinem ärgsten Feind überlassen?«

»Wahrscheinlich nicht.« Tom stand auf. »Nein, ganz sicher nicht. Wenn ich daran denke, dass ich nachher im Kaufhaus stehe und Weihnachtsmann spiele, dann bin ich mir nicht mal sicher, ob ich überhaupt einen ärgsten Feind brauchen würde. Also ich habe keine Ausrede.«

»Wenn du magst, biete ich dir einen schöneren Job an.«

»Und wer wärst du dann?«

»Dein Arbeitgeber?«

»Oder Sugardaddy …«

»Nicht, wenn du mich ebenfalls liebst …«

»Dann wärst du mein Mann und ich – dein Schmuckstück?«

»Klingt doch süß!«

»Nur, solange du mich auch heiraten kannst.« Tom zwinkerte. Es kam jedoch eher traurig als witzig rüber, wie er an Gianlucas Gesicht ablesen konnte. Eilig nahm er seine Klamotten und zog sich an. Der Stoff rieb unangenehm über die klebrige Haut.

»Ich weiß, dass du es nicht glaubst, aber das Erste, was ich von dir gesehen habe, waren deine Bilder. Marie fördert die Akademie. Sie hat mich auf dich gebracht. Das Bild, das du gestern gemalt hast …«

Tom schluckte. »Ich hoff, ich hab's nicht verbockt. Ich kann mich nicht wirklich an die Auktion erinnern.«

»Es war das beste Bild von allen.«

»Oh, okay. Aber es war garantiert noch nicht fertig.« Tom sah zur Tür. Er schloss die Augen. Er brauchte dringend eine Dusche. Aber wenn er länger blieb, würde er vielleicht zu lang bleiben, um wegzukommen. Weh tat es ja jetzt schon.

»Manchmal ist es super, etwas nicht abzuschließen.«

»Hmm …« Tom wurde sich der Doppeldeutigkeit bewusst. Nein, er wollte das hier auch nicht abschließen, alles andere wäre allerdings eine Farce.

»Selbst wenn du mich nicht willst, du kannst jederzeit in mein Atelier, okay?«

»Danke.« Tom atmete tief durch. »Danke, wirklich. Und es tut mir leid, falls ich dich blamiert habe gestern.« Ohne auf eine Antwort zu warten, verließ er das Schlafzimmer. Die Wendeltreppe machte einen Höllenlärm. Das war der seltsamste Abschied, den er jemals hingelegt hatte. Alles in ihm schrie danach, nicht nur zu gehen, sondern zu laufen, damit er nur ja nicht sofort wieder umkehrte. Also riss er seine Jacke an sich und stürmte die Treppen hinunter.

Draußen stach die kalte Luft in seine Lungen. Es schneite dicke Flocken. Aber Tom ignorierte es. Er lief und lief. Irgendwann folgte er ein paar Leuten, die so aussahen, als wollten sie an diesem Montagmorgen eilig zur Arbeit. Tatsächlich sah er hinter der nächsten Ecke einen Bahnhof. Die S-Bahn fuhr gerade ein und Tom erwischte sie noch ganz knapp. Zwei Stationen waren es glücklicherweise nur. Er wollte gar nicht wissen, wie er aussah – oder roch. Kifferschweiß mit Zitrusduft.

Als sich die Türen etwas später an seinem Zielbahnhof öffneten, entdeckte er Dennis unter den wartenden Leuten. Tom ging mit gesenktem Kopf an ihm vorbei und war froh, dass sein ehemaliger Mitschüler ihn offenbar nicht gesehen hatte. Doch dann überkam es ihn plötzlich. Von wegen *nicht gesehen!* Der Kerl war allein! Logisch, dass er da schön die Fresse hielt.

Entschlossen wirbelte Tom herum. »Hey, Dennis!«

Dennis glotzte blöd.

»Ich schulde dir noch was.« Mit aller Kraft boxte Tom dem Blödmann ins Gesicht. Und zu seiner Überraschung klappte der auch artig zusammen. »Wenn was fehlt, sag Bescheid. Aber ich glaub, es stimmt so.« Dann rieb er sich die schmerzende Hand und lief davon.

baby, it's cold outside

KAPITEL 12

... in welchem Tom sich allein fühlt ...
... und draußen in der Kälte sitzt.

Zu Hause brauchte er über drei Stunden, um sich zu duschen und fertigzumachen. Und kaum war er soweit, fühlte er sich dermaßen schlapp, dass er sich noch mal für zwei Stunden ins Bett legte. Nur schlafen konnte er nicht, obwohl er hundemüde war. Die Gedanken an Gianluca hielten ihn wach.

Er hatte sich den Wecker gestellt für den Fall der Fälle. Sein Magen weckte ihn vorher mit lautem Knurren. Aber er wollte nichts essen. Wahrscheinlich war ohnehin nichts da. Außerdem mochte er dieses beißende Gefühl in seinem Bauch. Vielleicht sollte er selbst ebenfalls knurren und schreien, um die Leere in sich mitzuteilen. Und dann dachte Tom an Gianlucas Kochkünste, wobei es ihm gar nicht wirklich ums Essen ging, sondern schlicht um die Tatsache, dass Gianluca es gekocht hatte. Auch die Sache mit den Orangen. Er hatte das Bett total eingesaut und war inmitten der Schalen eingeschlafen. Es war offensichtlich, dass sich dieser Mann etwas aus ihm machte. Tom sehnte sich schon jetzt nach den starken Armen, die ihn hielten, in die er sich einkuscheln konnte und ...

Tom schluckte bitter. Er wollte nicht an Sex denken. Überhaupt wollte er nicht an Gianluca denken.

Wie in Nebel gehüllt fuhr er ins Kaufhaus. Er reagierte mechanisch auf die Begrüßungen. Fast kam es ihm wie eine Erleichterung vor, endlich den Bart vors Gesicht kleben zu dürfen und müde in der Herrenabteilung herumzustehen. Ein bisschen erwartete er, dass Dennis auftauchen und sich rächen würde. Tom hoffte es beinahe, denn dann würde er wahrscheinlich genau das bekommen, was er jetzt brauchte: eine satte Ohrfeige, damit er zur Besinnung kam.

Last Christmas dudelte noch öfter aus den Lautsprechern als ohnehin schon. Als ob die Trottel die Auswahl immer mehr eindampften, je näher das bescheuerte Fest rückte. Tom überlegte kurz, ob er in der Medienabteilung auf den CDs von George Michael herumtrampeln sollte. Aber so war das: Die Welt passte sich nicht dem eigenen Soundtrack an, egal, wie mies man sich fühlte. Und wahrscheinlich würden die allermeisten ihn auch knallhart auslachen. Er selbst konnte ja kaum glauben, dass er sich innerhalb kürzester Zeit so sehr in Gianluca vernarrt hatte, dass es ihm jetzt wehtat. Dabei war noch nicht mal ein Tag vergangen. Wie sollte das bloß morgen aussehen? Und überhaupt die ganze Woche … Er musste jeden Tag hier stehen, sich an den Wühltischen für Herrenunterwäsche festhalten und möglichst starr diese unsägliche Weihnachtsmusik ertragen. Wenigstens die Klamotten waren rot, da würde niemand sehen, wie sein Herz blutete.

»Gott! Ich kotze!«, murmelte Tom, weil er sich selbst für diese melodramatischen Gedanken hasste. Immerhin ein schwacher Trost: Es würde besser werden. Ja, davon war er überzeugt. Und ebenfalls davon, dass er richtig entschieden hatte.

»Guten Tag, Herr Weihnachtsmann.«

Tom fuhr zusammen. Fast schon erwartete er Dennis vor sich, doch die Stimme passte nicht. Es war Marie. »Ha-hallo …«

»Na, wie geht's?«

»Ähm – ganz okay …«

Marie nickte. Sie hatte heute etwas dezentere Kleidung an, auch wenn man ihr immer noch gut ansehen konnte, dass ihrem Vater das Kaufhaus gehörte.

»Ähm – ich …« Tom hatte das Gefühl, sich erklären zu müssen – für den Abend gestern und dafür, dass er schon wieder nicht an seinem eigentlichen Platz stand.

»Spar's dir!« Marie winkte ab. »Es geht mich absolut nichts an. Es ist nur, ich mag Gianni wirklich sehr.«

»O-okay.«

»Lass dich vom Geld nicht täuschen. Er ist wie ein großes Kind. Und ich an deiner Stelle wäre auch sauer, wenn er mich mit seinen Keksen vergiftet hätte.« Sie zwinkerte. »Aber weißt du was? Genau das mag ich an ihm.«

Tom fand es total seltsam, dass er jetzt hier während der Arbeit und in der Öffentlichkeit ernsthaft über Gianluca redete. Ausgerechnet mit Marie! Er musste versuchen, das Thema so schnell wie möglich zu beenden. Irgendwie befürchtete er, dass er in Tränen ausbrechen könnte, was natürlich ultrapeinlich wäre. »Ich bin nicht sauer.«

»Oh, das ist doch gut.« Sie runzelte die Stirn. »Ich will mich wirklich nicht einmischen, aber … Ich hab ihn schon lange nicht mehr so glücklich gesehen wie an diesem Wochenende.«

Tom schluckte. Er hatte das dringende Bedürfnis, einfach wegzulaufen. Wie sehr wünschte er sich jetzt, Dennis' Faust auf sich zuzufliegen zu sehen.

»Darf ich dir etwas anvertrauen?«

»Klar, aber ich bin auf der Arbeit und …«

»Ach komm! Als ob du deinen Job ernstnehmen würdest!«

Wieder dachte Tom erleichtert daran, dass das Kostüm den Großteil seines roten Gesichts verbarg.

»Ich hab dir gestern gesagt, dass ich Hoffnungen in dich setzte. In künstlerischer Hinsicht hast du bewiesen, dass ich nicht falsch liege. Ich würde mich sehr freuen, wenn ich mich bei dir und Gianni ebenfalls nicht täuschen würde.«

»Du hoffst, dass wir zusammenkommen?«

Marie machte ein ernstes Gesicht. »Ja.« Plötzlich sah sie ziemlich traurig aus. »Er war schon mal verheiratet – mit einem Mann. Gianni macht immer solche Sachen von jetzt auf gleich. Und da kam er damals an mit einem hübschen Kerl und legte seinem Vater eine Heiratsurkunde hin. Der alte Bock hat ihn sofort vom Hof gejagt und alle Konten sperren lassen. Aber das hat Gianni gar nicht gestört; er war einfach nur glücklich – sogar ohne die Kunst. Du musst wissen, dass er für seinen Vater im Grunde ein wandelndes Reizthema ist. Alles, was Gianni liebt, verachtet der Alte.«

»Und jetzt heiratet ihr, damit er sich rächen kann?«

»Damit er abgesichert ist. Er hat sich für die Kunst entschieden. Und du wirst wissen, dass das nicht gerade der Weg ist, auf dem die Goldmünzen liegen.«

»Schlecht ist es sicher nicht, wenn man da ein Schloss im Rücken hat.«

Marie lächelte unverbindlich. »Ich bin ganz ehrlich zu dir: Am Anfang war ich skeptisch. Für einen jungen Künstler ist jemand, der im Geld schwimmt, ein gefundenes Fressen.«

»Ich will Lucas Kohle nicht!«

»Ich weiß … Außerdem wirst du bald eh dein eigenes Geld verdienen. Ich habe schon zwei Anfragen nach Auftragsarbeiten.«

Tom riss die Augen auf. »Für mich?«

»Ja, dein Bild ist gut angekommen.«

»Oh …«

»Hättest du mal besser auf meine dezente Warnung gehört

und die Kekse nicht gegessen.« Marie lachte. »Aber okay, das ist nicht deine Welt mit dem gezierten Getue. Ich hab dein Gemälde ersteigert. Gianni hat mich zwar mehr oder weniger im Vorfeld gezwungen, aber ich hätte im Leben nicht so viel ausgegeben, wenn du mich nicht überzeugt hättest. Also …«

»Du hast mein Bild gekauft?«

»Gianni hätte es mir nie verziehen, wenn ich es nicht vor den anderen gerettet hätte. Nun ja, es war eine Spendenauktion, da ist es üblich, dass solche Werke über Wert verkauft werden. Allerdings gibt es einige Interessenten, die meinen Käufen besondere Aufmerksamkeit zukommen lassen. Ein Schloss solltest du jedoch nicht erwarten.«

Mit einem Mal fühlte sich Tom ganz leicht. Die Aussicht, nur irgendwas mit der eigenen Kunst einzunehmen, beflügelte ihn regelrecht. Dann fiel ihm aber die Information ein, die ihn gleich wieder erdete. »Du sagtest, Luca war schon mal verheiratet … Was ist denn mit seinem Mann passiert?«

Marie lächelte schmerzlich. »Bernd ist bei einem Autounfall gestorben. Das war Weihnachten vor vier Jahren.«

Tom hielt sich an den Wühltischen fest. Natürlich, etwas musste da geschehen sein, sonst könnten Gianluca und Marie nicht verlobt sein. Aber …

»Er liebt die Kunst und sonst niemanden. Und darum hoffe ich auf dich. Du bist ganz anders als Bernd. Es ist Zeit, dass er loslassen kann und … Tom? Geht's dir nicht gut?«

Tom riss sich den Bart vom Gesicht. Das Kostüm war plötzlich viel zu heiß, während ihm gleichzeitig alles total kalt vorkam. Hart setzte er sich auf den Boden.

»Alles okay?« Maries Stimme klang leicht panisch.

»Ja – ja, geht schon …« Er wischte sich über die Stirn. Dann stellte er verdutzt fest, dass Marie sich ebenfalls hinsetzte. Gianlucas Aussage schoss ihm durch den Kopf, dass man diese Frau nicht unterschätzen sollte. Unerwartet spürte er ihre Hand auf seiner.

»Tut mir leid, dass ich dich damit so überfallen hab. Gianni wäre sicher auch ziemlich stinkig, wenn er davon wüsste …«

»Ich erzähl's ihm nicht.«

»Aber jetzt weißt du, weshalb er wieder Schlossbesitzer ist und sein Vater Hoffnungen hegt. Ich erspare dir die schrecklichen Einzelheiten. Ich will nur, dass du verstehst, wieso ihm dieses Erbe so wichtig ist.«

»Und ich war so ein Arsch.« Tom atmete tief durch. Er dachte an seine Vermutung, dass Gianluca in seiner Nobelbude Orgien feierte. Verdammt, dass dem Kerl die Kohle gar nicht wirklich was bedeutete, das hatte er doch die ganze Zeit über gemerkt. Welcher reiche Typ stellte sich selbst in die Küche und kochte – oder backte Kekse, selbst wenn es recht eigenwillige Kreationen waren?

»Ich will dich gar nicht überreden. Ich will nur, dass du ihm eine Chance gibst. Du hast bereits unter die Oberfläche geschaut, das weiß ich. Und ich hab eure Blicke gesehen.«

»Wie war er so, sein Mann?«

Marie seufzte traurig. »Bernd war Lehrer. Da habe ich am Anfang ebenfalls gedacht, dass das niemals gutgeht. Gianni war mit fünfundzwanzig noch sowas von unreif.« Sie lachte auf. »Schlimmer als jetzt, kannst du dir das vorstellen? Und Bernd mit zehn Jahren Vorsprung war ein richtiger Mann. Also nicht so ein Verrückter, wie Gianni heute. Aber irgendwie hat es gepasst. Vielleicht hat er in ihm auch eine Art Vaterfigur gefunden. Und nach seinem Tod … Gianni hat fast ein Jahr lang das Haus nicht verlassen. Zwei Mal habe ich es geschafft, ihn dazu zu bewegen, sich nach netten Männern umzuschauen. Das letzte Mal vor über einem Jahr. Allerdings hat er sich immer welche ausgesucht, die Bernd so furchtbar ähnlich waren, dass es selbst mir wehtat …

Und in der Akademie hat er plötzlich von deinen Bildern geschwärmt, von wegen, dass er dich unbedingt kennenlernen müsse. Ja, er hat eine absolut verschrobene Art, an die Dinge heranzugehen. Sei ihm deshalb nicht böse …«

»Also kannte er mich schon, bevor er …«

»Ja.« Marie räusperte sich. »Und als ich mitbekommen habe, dass du ausgerechnet für meinen Vater den Weihnachtsmann machst … Na ja, den Rest der Geschichte kennst du ja.«

»Oh Gott!« Tom hielt sich die Hand vor den Mund. Ihm fiel ein, dass er den Job von einem Dozenten empfohlen bekommen hatte. Das war sicherlich kein Zufall gewesen. Im selben Moment fing wieder *Last Christmas* an. »Oh Gott!«, wiederholte er lauter.

»Tom, bitte! Nimm dir etwas Zeit und denk drüber nach. Ich glaube, dass du der Richtige für ihn bist. Du bist nicht Bernd und du bist – vielleicht – ein bisschen so verrückt und wild wie er. Möglicherweise ist das die Gelegenheit, dass er doch noch erwachsen wird.«

Tom schluckte. »Ich bin keine Puppe!«

»Das sagt auch niemand. Wir haben aber alle unsere Geschichten und Bedürfnisse. Und ich bin in meinem Job so gut, dass ich ganz genau weiß, dass du ihn brauchst.«

Tom runzelte die Stirn.

»Guck nicht so. Ich kenne deine Bilder – und ich hab mir das von gestern lange angeschaut. Gianni malt das, was er gern hätte, du malst das, was du gern loswerden möchtest. Trefft euch in der Mitte!«

»Was …«

Marie sah auf die Uhr. »Du hast Feierabend. Ich will dich nicht aufhalten.« Geschmeidig kam sie auf die Beine und strich sich die Kleidung glatt. »Ach übrigens: Du bist gefeuert! Der einzige Mensch, der etwas mit einem Weihnachtsmann bei der Herrenunterwäsche anfangen kann, ist Gianluca. Also, du hast den

Jackpot schon geknackt, jetzt sei nicht so blöd, alles zu verspielen.«

Sprachlos sah Tom Marie hinterher. Er brauchte eine Weile, bis er selbst aufstehen konnte. Dann begriff er, worauf das hinauslief. Tom rannte los. Noch während er durch die Gänge zum Umkleideraum lief, riss er sich das Kostüm vom Körper. Den Bart hatte er unterwegs verloren. Aber das war ihm völlig egal. Auch die verwunderten Kommentare seiner Kollegen ignorierte er. Trotz der Dusche vorhin stank er verschwitzt und muffig – zum letzten Mal.

Erst im Bus knöpfte er sein Hemd korrekt zu und schloss die Jacke. Sein Kopf war sich noch immer nicht sicher, ob er hier das Richtige tat. Dafür hüpfte ihm das Herz wie verrückt durch die Brust. Was er in den letzten Tagen erlebt hatte, das war alles so überwältigend. Wie konnte er von seinem Verstand da eine vernünftige Entscheidung erwarten? Er musste einfach auf sein Gefühl vertrauen. Und jemand, der sich in einem bescheuerten Weihnachtsmannkostüm stundenlang *Last Christmas* in die Ohren pusten ließ, der würde auch mit dummen Sprüchen von reichen Ekelpaketen klarkommen. Ja, wieso ließ er sich eigentlich von Gianlucas Umfeld einschüchtern? Das war doch dämlich!

Es dauerte über eine Stunde, bis Tom endlich in der richtigen Straße angekommen war. Auf dem Bahnsteig hätte er sich fast zu Tode gezittert, aber jetzt war ihm ganz warm vom Laufen und dem Gedanken, seinen Freund gleich in die Arme nehmen zu können. Und ja, das war er: Gianluca war sein Freund! Fest!

Tom klingelte wie verrückt. Ihm wurde schlecht bei der Vorstellung, all die Stufen hinaufrennen zu müssen. Doch er würde es schaffen, da war er sich sicher. Gianluca musste ihm lediglich die Tür öffnen …

Erst, als sein Klingeln auch nach einer weiteren Attacke auf das Namensschild nicht beantwortet wurde, ließ die Euphorie nach. Gianlucas Wagen stand auf dem Parkplatz. Er musste also da sein. Tom kramte sein Handy hervor und wählte die Nummer. Das war zwar weit weniger romantisch, als er sich das Treffen auf dem Hinweg ausgemalt hatte, aber in der Realität ging es ja nicht danach. Kein Mensch fuhr einfach auf Gutglück zum Flughafen, um den Liebsten aufzuhalten. Da rief man an!

Tom holte schon Luft, als er Gianlucas Stimme hörte. Dann hielt er inne, weil es nur die Mailbox war. Kurz darauf brachen all seine Vorstellungen von einem Wiedersehen in sich zusammen. Gianluca teilte mit geschäftsmäßigem Ton mit, dass er unvorhergesehen für zwei Wochen ins Ausland müsse und daher keine Termine wahrnehmen könne. Deshalb stand auch der Wagen hier. Natürlich war er mit dem Taxi zum Flughafen gefahren. Und genau jetzt fand Tom sich richtig doof, weil er überhaupt an einen Flughafen gedacht hatte. Trotz der Kälte ließ er sich mutlos auf die Eingangsstufen sinken.

Nach zwanzig Minuten zitterte er so stark, dass er sich doch auf den Heimweg machen wollte. Vorhin hatte er sich von Gianluca verabschiedet, auch wenn es ihm schwergefallen war. Aber das hatte er freiwillig getan. Wie dumm! Nun war er von seinem Freund getrennt und konnte nicht das Geringste dagegen unternehmen. Selbst wenn er zum Flughafen fuhr und ihn dort ausrufen ließ – er wusste ja nicht mal, von wann die Ansage stammte. Und welches Recht hatte er, Gianluca aufzuhalten?

Als er den Hinterhof verlassen wollte, bogen grelle Scheinwerfer in die Einfahrt. Tom machte Platz, doch zu seinem Erstaunen hielt der Wagen und die Fensterscheibe senkte sich.

»Es tut mir leid«, sagte Marie. »Ich hab erst gerade meine Nachrichten abgehört. Los, steig ein!«

Die Kälte verbat es, groß nachzudenken. Tom war heilfroh, dass er ins Warme kam. »Woher wusstest du …«

»Wie gesagt, ich habe so meine Hoffnungen.« Marie lächelte.

»Ich bin sehr froh, dass du tatsächlich hier bist.«

»Ja, aber was machen wir jetzt?«

»Ich hab ein schlechtes Gewissen und beruhige es, indem ich dich nach Hause fahre.«

»Also weißt du nicht, wo Luca ist?«

»Wenn Gianni nicht gefunden werden will, findet ihn auch keiner. Ich sag doch, er ist ein Kindskopf! Wo wohnst du?«

all i want for christmas is you

KAPITEL 13

… in welchem Tom überrascht wird …
… und ein Versprechen abgibt.

Tom wusste nicht recht, wie er sich verhalten sollte, als Marie eine knappe halbe Stunde später vor seiner Wohnung hielt. »Danke«, sagte er zögerlich.

»Na ja, ich hab dir ja den Floh ins Ohr gesetzt. Hätte ich gewusst, dass Gianni wieder mal durchdreht …«

»Macht er das öfter?«

»Nur, wenn ihn etwas wirklich mitnimmt.«

»Machst du dir da keine Sorgen?«

»Wir haben einen Deal.« Marie lächelte. »Aber das geht jetzt zu weit. Ich hab mich heute eh schon um Kopf und Kragen geredet. Tut mir leid, dass du vor der geschlossenen Tür gestanden hast.«

»Sagst du mir Bescheid, wenn du was von ihm hörst?«

Marie zog eine Visitenkarte aus ihrer Handtasche. »Ruf mich an! Das gilt auch für geschäftliche Angelegenheiten. Neue Bilder, die ich mir angucken soll, sowas halt.«

»Ja – okay.« Tom nahm die Karte. »Ähm, mein Bild war übrigens noch nicht fertig …«

»Wen interessiert denn das?« Marie schnaubte unwillig. »Raus jetzt, ich will nach Hause!«

Tom stieg aus und sah dem Wagen hinterher. Er wartete so lange, bis die Kälte wieder vollständig durch seine Sachen gekrochen war. Es grauste ihm davor, gleich allein in dieser trostlosen Bude da oben zu hocken. Und noch schlimmer stellte er es sich vor, wenn Robert in der komplett zugemüllten Küche saß und qualmte. Das war das Deprimierendste überhaupt, wenn man sich einsam fühlte, obwohl einen Raum weiter jemand saß.

Tom schlich sich das dunkle Treppenhaus hoch. Er überlegte tatsächlich, ob er vielleicht zu seinen Eltern fahren sollte. Aber das sähe um diese Uhrzeit seltsam aus. Also schloss er die Wohnungstür auf und betrat den Muff. Aus Roberts Zimmer drangen laute Fernsehergeräusche. Das Schicksal zeigte sich nicht gnädig.

Plötzlich ging die Tür auf und sein Mitbewohner kam heraus. Im Vorbeigehen schlug er Tom grinsend auf den Oberarm. »Na, Schwuli?«

»Was willst du, Bauer?«, konterte Tom.

»Bier!« Robert holte sich eine Dose aus dem Kühlschrank. Dann verschwand er wieder in sein Zimmer. »Aber leise sein! Ich will nix hören!«

Tom starrte verdutzt die Tür an und schüttelte den Kopf. »Was geht denn mit dem ab?« Verwirrt ging er auf sein Zimmer zu. *Aber leise sein! Ich will nix hören!* Bei dem Krach, den der Trottel ständig machte … Irgendwas stimmte da doch nicht. Und seit wann nannte der Blödian ihn eigentlich *Schwuli?* Woher wusste …

Plötzlich fuhr eine Hitzewelle durch Toms Körper. Nein! Er durfte sich auf keinen Fall Hoffnungen machen! Aber … Tom stieß seine Zimmertür auf. Es war dunkel. Gleich nach dem Euphorieschub folgte Niedergeschlagenheit. Gerade noch hatte sein Herz vier Schläge auf einmal gemacht, jetzt blieb es stehen, weil die Leere an ihm zog. Kurz überlegte er, ob er zu Robert ins Zimmer stürmen und ihm eine knallen sollte. Seine Hand tat zwar schon von der Zusammenkunft mit Dennis ziemlich weh, aber …

»Willst du nicht reinkommen?«, fragte eine Stimme aus der Dunkelheit.

Ein weiterer Adrenalinschub raste durch Toms Körper. Wie von Sinnen schlug er auf den Lichtschalter und tatsächlich: Gianluca saß auf dem Bett! Nackt – also, fast nackt. Er hatte einen grünen Slip an und eine ebenfalls grüne Weihnachtsmütze auf dem Kopf.

»Was – was machst du hier?« Tom war ganz starr vor Schreck und Freude – und Angst, dass alles nur ein Traum sein könnte.

»Ich hab mir deine Worte durch den Kopf gehen lassen.«

»Aha? Und da war zufällig ein magischer Spruch dabei, der dich nackt hergebeamt hat?«

Gianluca lachte. »Nein. Ich bin mit dem Taxi hergefahren.«

»Aber doch hoffentlich nicht in dem …« Tom brach seinen Scherz ab, denn erst jetzt sah er die beiden Koffer, die vor dem Kleiderschrank standen. Darauf fein säuberlich Gianlucas Anziehsachen. Also war er nicht in Unterhose und Nikolausmütze hergekommen …

»Ich nehme dein Angebot an«, sagte der erotische, grüne Weihnachtsmann auf seinem Bett. »Ich muss eine Weile bei dir wohnen. Aber wir schaffen das schon. Ich such mir einen Job und …«

»Das ist nicht dein Ernst, oder?« Tom dachte an Maries Worte. Dieser Mann war ein Kindskopf!

»Na und ob das mein Ernst ist! Scheiß auf das Geld! Ich will dich! Und bitte lass dich nicht davon abschrecken, dass ich gerade ein wenig verrückt rüberkomme, aber *ich liebe dich*!«

»Na ja, du gibst dir nicht sonderlich Mühe, seriös zu wirken …« Toms Stimme zitterte. Sein ganzer Körper fühlte sich an wie ein Schmetterlingshaus. »Du hast allerdings Glück: Ich steh auf *verrückt* – und auf grüne Weihnachtsmänner mit wenig Stoff.« Endlich gab er seinem Gefühl nach und stürmte auf seinen Freund zu. Er hatte keine Zeit, sich auszuziehen; ihm war es egal, dass er mit Schuhen ins Bett stieg; er wollte nur noch diesen Mann umarmen und …

Sie knallten mit den Köpfen aneinander.

»Au!«

»Ah, Scheiße!« Tom rieb sich die Stirn. »Alles okay?«

»Ein bisschen schwindelig …«

»Ach komm! Hör auf!«

»Nein, nicht, weil du mich ausknocken wolltest.« Gianluca grinste. »Weil du bei mir bist.«

»Ähm – *du* bist bei *mir*! Nur, um das mal korrekt festzuhalten.«

»Dann bin ich zum ersten Mal seit langer Zeit genau da, wo ich hingehöre …«

Tom dachte an die Geschichte mit Bernd. Er versuchte aber, all sein Wissen zu verdrängen. Marie hatte ihn darum gebeten, Gianluca eine Chance zu geben. Das musste er gar nicht. Der Kerl hatte längst gewonnen. Doch jetzt, da er diesen Vorsprung an Intimität hatte, wollte er sich zusammenreißen und nicht gleich jede Andeutung in einem anderen Licht sehen. Er würde Marie nicht verraten – und er würde nicht drängeln. Gianluca sollte von selbst alles erzählen wollen. Solche Dinge hatten vielleicht auch noch etwas Zeit. Sie waren Verliebte, die sich um nichts Sorgen machen mussten.

Tom seufzte. Wenn das nur mal so einfach wäre!

»Was ist?«

»Ich hab mir auch Gedanken gemacht.«

»Ei, das hätte ich jetzt aber nicht von dir gedacht.«

»Schweig, du blöder Weihnachtskobold!«

»Wie der Herr wünscht ...«

»Ich glaub, ich komm damit klar, wenn du Marie heiratest.« Tom räusperte sich. »Solange du dich nicht in sie verliebst, ihr keine Kinder zeugt – es sei denn, das ist vorab mit mir abgesprochen – und ich niemals, niemals wieder mit reichen Menschen in Kontakt komme.«

Gianluca lächelte verhalten. »Ich weiß nicht, ob das alles funktioniert. Also, doch, ich kann ein paar Punkte ganz gewiss ausschließen, so ist es nicht ... Aber – das sind mindestens fünf Jahre ...«

»Ich mag deine Frau.« Tom musste über sich selbst schmunzeln, weil er sich umentschieden hatte. »Und vielleicht ist es gar nicht so verkehrt, sich über Kohle keine Gedanken machen zu müssen. Ich glaub, mein Zimmer ist echt ein bisschen zu klein für all deine Bilder.«

»Ich hab nur das Wichtigste mitgebracht.« Gianluca deutete zur Wand neben der Tür.

Fast fünf Minuten schaute Tom sprachlos auf sein eigenes Gemälde. Er konnte sich nur vage an die Farben erinnern. Jetzt hing da plötzlich ein Werk an der Wand, das mit aller Kraft die Depression zerriss und schrie: *Ich will leben!* Er hatte es tatsächlich geschafft, Gianlucas Stil mit seinem zu kreuzen. Und ja, es war unfertig. Aber es stimmte: Er wüsste nicht, wie er da noch etwas machen sollte, ohne diese Wucht abzuschwächen.

»Warum – hängt das hier? Marie hat es doch ...«

»Sie hat es für mich gekauft.« Gianluca nahm Toms Gesicht in die Hände. »Sie weiß, was es mir bedeutet – und damit weiß sie auch, was du mir bedeutest.«

Tom musste grinsen.

»Was?«

»Tut mir leid …«

»Was ist?«

»Na ja, du … Mein Gott! Nimm die verdammte Mütze ab!« Tom riss das blöde Teil von Gianlucas Kopf. »Wie soll ich dich denn ernstnehmen, wenn du mir solchen Schmalz erzählst und dabei den Quatsch auf der Birne hast?«

»Aha! Es geht dir also doch nur ums Äußere!«

»Zumindest bei der Unterhose hab ich nichts zu meckern.«

»Das ist übrigens deine. Ich dachte, ich trag sie schon mal für dich ein.«

»Du meinst, du beulst sie für mich aus …« Tom schob seine Hand zwischen Gianlucas Beine.

»Dann musst du dir halt Mühe geben, da reinzuwachsen.«

»Luca?«

»Tom?«

»Bevor wir jetzt übereinander herfallen, will ich dir noch schnell sagen, dass ich dich tatsächlich liebe. Das klingt total verrückt, oder? Aber: Ich liebe dich.«

Gianluca küsste ihn und Tom wusste, dass er seinen Freund in dieser Nacht so nah bei sich haben wollte, wie es irgend ging. Dann schreckte er hoch: »Scheiße! Wir haben keine Kondome!«

Gianluca grinste breit. »Doch, haben wir.«

HAPPY END